Las chicas de CANTERBURY

Las chicas de
CANTERBURY

- KIM WRIGHT -

Umbriel Editores

Argentina • Chile • Colombia • España
Estados Unidos • México • Perú • Uruguay • Venezuela

Título original: *The Canterbury Sisters*
Editor original: Gallery Books, an imprint of Simon & Schuster, Inc., New York
Traducción: Victoria Horrillo Ledesma

1.ª edición Febrero 2016

Copyright © 2015 by Kim Wright
All Rights Reserved
© de la traducción 2016 *by* Victoria Horrillo Ledesma
© 2016 *by* Ediciones Urano, S.A.U.
   Aribau, 142, pral. – 08036 Barcelona
   www.umbrieleditores.com

ISBN: 978-84-92915-76-7
E-ISBN: 978-84-9944-946-3
Depósito legal: B-37-2016

Fotocomposición: Ediciones Urano, S.A.U.
Impreso por Romanyà Valls, S.A. – Verdaguer, 1 – 08786 Capellades (Barcelona)

Impreso en España – *Printed in Spain*

Para mi madre, Doris Mitchell,
que hizo posibles tantos viajes.

Mejor que llegar es hacer un buen viaje.
Buda

1

¿Conocéis esa antigua maldición china que dice «Ojalá vivas en tiempos interesantes»? Siempre he pensado que hoy en día su corolario perfecto sería «Ojalá tengas una madre interesante». Porque yo quedé condenada desde el minuto uno de mi nacimiento a cargar con la mía, Diana de Milan, una mujer impetuosa, radical en cuestiones políticas, proclive a la experimentación sexual y talentosa.

Lo del «de» fue cosa suya. El nombre «Diana Milan» no era lo bastante grande para contenerla. Necesitaba agrandarlo con esa partícula, pequeña pero exótica: así su vida sería más espaciosa, más holgada, le daría espacio suficiente para crecer.

En cuanto a mí, me llamo Che.

Sí, ya sé: es completamente ridículo y ni siquiera es un apodo cariñoso. Me pusieron ese nombre en honor del Che Guevara, el revolucionario argentino, el día posterior a ser ejecutado por un pelotón de fusilamiento del ejército boliviano. Mi madre aseguró siempre que fue la impresión de su muerte lo que hizo que se pusiera de parto, pero ésa no es más que otra pieza de su compleja mitología personal. Según mi padre, nací con dos semanas de retraso y el parto fue provocado.

El día de mi nacimiento fue el primero y el último de mi vida en que llegué tarde a algún sitio. Si hubiera nacido el 24 de septiembre, como estaba previsto, habría entrado en este mundo llevando el nombre un tanto almibarado pero tolerable de «Leticia», en honor de la tía soltera que dejó en herencia a mis padres el huerto de manzanos en el que fundaron su primera comuna. Pero por quedarme demasiado en la tripa me pusieron Che de Milan, un nombre más apropiado para un revolucionario que para una crítica experta en vinos, y desde entonces procuro llegar siempre a cualquier parte con veinte minutos de antelación.

Mi madre se volvió religiosa al final de su vida, cuando ya había perdido un pulmón por culpa del cáncer y a mi padre a causa de un ictus repentino. Y no me refiero a religiosa al estilo de su juventud, tocando bongós, enseñando los pechos y canalizando la energía de la diosa madre. Ah, no. Diana de Milan nunca hacía nada a medias. Cuando mi madre se volvió hacia Dios, lo hizo dando varias piruetas *en pointe* y saltando al aire como una bailarina. Se remontó a sus raíces espirituales, lo cual resulta irónico teniendo en cuenta que siempre proclamó que el catolicismo era su cruz, una cruz que se había pasado la vida entera intentando quitarse de encima. Ahora, sin embargo, había unas manchas en el único pulmón que le quedaba y había empezado a sentir el anhelo de una deidad muy concreta, esa que ella llamaba «el Dios de mi infancia». Pasó los últimos siete meses de su vida en una residencia regentada por la parroquia local, un lúgubre edificio neogótico que parecía el decorado perfecto para una película de terror. No recuerdo haber ido nunca allí sin que estuviera lloviendo.

Para las monjas y el cura que dirigían el centro, Diana era una verdadera hija pródiga. No parecía importarles que se hubiera manifestado por todas las causas progresistas conocidas por la humanidad, ni que en su juventud hubiera escrito un panfleto que alcanzó cierta fama pasajera acerca de los gozos de la bisexualidad. De hecho, creo que les gustaba más precisamente por eso. Las muchas ancianas encantadoras que ocupaban las camas de la residencia, mujeres que se habían pasado la vida entera horneando pasteles para colectas benéficas y jugando al bingo, pasaban completamente desapercibidas. En cambio, a las pacientes más pecadoras se las trataba como a auténticas celebridades. Cada mañana, el cura en persona iba a buscar a mi madre para llevarla a misa, como si fuera una cita. Él mismo empujaba su silla de ruedas por el pasillo de la capilla.

Mientras el cáncer proseguía su lento pero implacable avance colonizando su cuerpo, Diana comenzó a abrigar fantasías acerca de una cura milagrosa. Estaba especialmente obsesionada con la idea de ir a Canterbury. Deseaba arrodillarse en el santuario de Thomas Becket, un lugar célebre por haber sido escenario de toda clase de curaciones espontáneas y ofrecer, por lo tanto, esperanza a los ciegos, los tullidos y los estériles. Incluso a los leprosos. Nunca me preguntó si quería ir, igual que nunca me preguntaba si quería acompañarla en alguna de sus muchas aventuras, pero supongo que en algún momento de esos últimos meses agónicos debí de decirle que la llevaría. Cualquier cosa con tal de mantener su ánimo en alto y, además, en cierto modo creo que las dos sabíamos que nunca llegaría a hacer ese viaje. Apenas tenía fuerzas para acompañarme al ascensor después de mis visitas, y mucho menos para recorrer la senda llena de baches que se extiende entre Londres y la catedral de Canterbury.

—Noventa y cinco kilómetros, más o menos —le dije una vez—. Así que quizá no se pueda. Por lo menos de momento. Quizás algún día, cuando estés más fuerte. Sí, decididamente algún día.

Sí. Era una mentira de lo más burda, pero cuesta ser sincera en presencia de personas moribundas, igual que cuesta ser sincera con tu madre en cualquier circunstancia. De modo que, cuando es tu madre la que está moribunda, el efecto se duplica y entras en el extraño submundo de las paparruchas. Empiezan a salirte de la boca palabras sin ton ni son, porque estás dispuesta a decir cualquier cosa con tal de superar un momento concreto. Una vez, me descubrí recitando las capitales de los cincuenta estados de Estados Unidos por orden alfabético.

Y cuando estaba en algún punto entre Denver y Dover, mi madre se dio la vuelta en su cama de hospital y me miró. Me miró como tantas veces antes: como si fuera una sorpresa, una especie de misterio eterno y no alcanzara a explicarse cómo es que había aparecido allí, en medio de su vida.

Sería lógico pensar que la muerte de Diana marcó el final de aquel viaje de expiación a Canterbury. Pero tres semanas después de su funeral, cuando recibí la urna con sus cenizas, vi que venía acompañada de una nota.

Si estás leyendo esto, había escrito mi madre, *es que por fin me he muerto de verdad. Conforme a nuestro acuerdo, ahora debes llevarme a Canterbury. Hazlo, Che. Llévame allí. Aunque estés muy liada. Sobre todo si estás muy liada. Nunca es demasiado tarde para curarse.*

Era muy extraño, incluso para los parámetros de Diana. No sólo por el chocante lenguaje legal («conforme a nuestro acuerdo»), sino por eso de que «nunca es demasiado tarde para curarse». Cualquiera pensaría que, cuando tu cuerpo ha sido incinerado y metido en una urna (una urna que, dicho sea de paso, era sorprendentemente pesada), cualquier oportunidad de recuperarse quedaría *kaput*. Mi madre había pasado gran parte de su vida ligeramente colocada (primero con el cannabis que cultivaba entre los manzanos y luego con la morfina que le suministraban las monjas junto con un goteo constante de doctrina cristiana), pero yo no creía que ni siquiera ella creyera posible resucitar estando ya en la tumba.

La urna me la habían enviado a mi oficina. Me la entregó un mensajero de UPS junto con una caja de doce botellas de syrah de crianza que me enviaba un viñedo en ciernes para que lo catara e hiciera, quizás, una reseña. Mi boletín electrónico, *Expertas en vinos*, lo reciben mensualmente miles de restaurantes y tiendas de vinos, y una mención mía puede aumentar las ventas de una nueva marca, sobre todo si la crítica es positiva. Pocas lo son. En la industria vitícola se me conoce por mi exigencia. No es fácil complacerme, de modo que, cuando le doy el visto bueno a un vino, mi opinión cuenta.

Saqué las doce botellas de su caja y luego desenvolví la urna. Me costó más de lo que esperaba sacarla de la caja bien acolchada del crematorio. Al fondo encontré el libro sobre Canterbury que le había regalado a Diana por su último cumpleaños. Era uno de esos volúmenes grandes de mesa de centro, y a mi madre incluso le costaba sostenerlo. Yo me sentaba a su lado en la cama, con el libro abierto entre las dos, y le leía en voz alta como a una niña. Las rutas que podían hacerse a pie, la bendición que te daba un sacerdote (anglicano, en este caso) cuando entrabas en la catedral, y cómo incluso se arrodillaba para quitarte el polvo del camino acumulado en los zapatos. A ella le encantaba esa parte. El libro enumeraba unos cuantos milagros médicos que supuestamente se habían verificado en el mismo santuario y explicaba cómo aquellos astutos monjes medievales habían empezado a recoger la sangre de Becket segundos después de su asesinato, persuadidos de que cada gota podía albergar potenciales efectos taumatúrgicos. O al menos potenciales beneficios.

Magia surgida del crimen. Dinero surgido de ambos. A mí me había parecido extraño, incluso siniestro, pero Diana había asentido satisfecha, como asiente una cuando por fin consigue poner la última pieza de un puzle.

Así que aquí estoy. Parpadeando como si acabara de salir de un trance. Me recuesto en la única silla de mi despacho y contemplo los objetos alineados encima de mi mesa. El vino, la urna, el libro, la nota. La letra es fina y temblorosa, apenas reconocible como la de mi madre, y, me guste o no, sé que estoy obligada por la promesa que le hice. Siempre he sido hija única, y ahora soy también huérfana y el momento de tener hijos propios pasó hace tiempo. No es que nunca lo haya deseado especialmente. La pegatina del parachoques de mi Fiat dice «No es que no tenga hijos, sino que soy libre de críos», pero aun así me encuentro totalmente sola en el mundo, al menos en cuanto a parientes consanguíneos se refiere, y ese hecho me ha afectado mucho más de lo que yo esperaba.

Diana tardó tanto en morirse que yo pensaba, no sé por qué, que me saltaría esta parte, que había pasado mi periodo de duelo por adelantado. Pero no contaba con que hubiera tanta diferencia entre que tu madre esté *muriéndose* y que esté *muerta*. Que esté *muriéndose* implica mucho ajetreo. Hay un montón de cosas que hacer: reunirse con médicos y trabajadores sociales, brujulear por el sistema hasta encontrar una cama vacante en un sitio decente, liquidar fondos de inversión y llevar los enseres a un guardamuebles. Que esté *muriéndose* implica muchas visitas y, a veces, durante esas visitas, te asaltan pensamientos propios de Judas. Piensas que sería mejor para todos que ya no estuviera allí, atrapada y sufriendo, y te imaginas que cuando recibas esa última llamada será un alivio.

Y lo es, al menos al principio. Pero pasada más o menos una semana la vida vuelve a lo que la gente conoce por normalidad, y sólo entonces empiezas a darte cuenta de que era mucho más fácil que tu madre estuviera *muriéndose* a que esté *muerta*. Sólo entonces afrontas el silencioso vacío final que constituye el centro de la muerte de cualquier ser humano, y no se trata solamente de las horas que de pronto parecen sobrarle al día, extrañamente difíciles de llenar. Es también que no tienes dónde poner toda esa energía mental que circula alrededor del espacio que antes ocupaba tu madre.

Y Diana ocupaba mucho espacio.

Me quedo mirando la urna. Queremos que nuestras madres nos vean tal y como somos de verdad, o al menos eso es lo que siempre decimos de adultas. *¿Por qué no me entiende?*, nos preguntamos lastimeramente. *¿Por qué ni siquiera me pregunta qué es lo que pienso?* Pero cuando lo intentan, cuando te formulan esa pregunta débil e indecisa, ese inesperado «¿Y tú cómo estás?», siempre al final de una conversación que ha girado principalmente en torno a ella, casi en el momento de colgar, cuando ya ha empezado el ritual de la despedida, te das cuenta de que al fin y al cabo no es comprensión lo que querías. Cortas en seco ese desvaído intento de hablar de verdad, contestas apresuradamente «Muy bien, mamá» y le dices que irás a verla el domingo, como siempre. Pero entonces llega el día en que tu madre está finalmente muerta, no muriéndose sino muerta, no desdibujándose sino invisible del todo, y comprendes que ha dejado de existir, que ya nunca estará ahí, que ya no hay modo de que vuelva.

Así que heme aquí, con doce botellas de syrah, ninguna de las cuales es probable que me guste, un libro sobre una catedral que no quiero visitar, un mandato escrito con letra temblorosa y una urna con las cenizas de mi madre. Agarro mi teléfono y pulso una tecla.

—Siri —digo—, ¿cuál es el sentido de la vida?

La lucecita morada del micrófono parpadea mientras hablo.

Y ella contesta: *No lo sé, pero creo que hay una aplicación para eso.*

Estupendo. He llegado a un punto de mi vida en el que mi propio teléfono me contesta con sarcasmo.

No estoy segura de que hubiera tomado la decisión de ir a Canterbury ni siquiera después de recibir las cenizas de mi madre y su extraña nota. No, si ese mismo día no hubiera pasado también otra cosa.

Fue una segunda carta, ésta entregada no por mensajero sino por correo ordinario, y con las señas de mi piso, no de mi despacho. Llegué a casa del trabajo, dejé en la entrada a mi madre y las seis botellas de vino sin catar y le puse la correa a *Freddy*, mi yorkshire, para sacarlo directamente a pasear. Como todavía tenía las llaves en la mano, me pasé por los buzones para ver si tenía correo.

No miro el buzón todos los días. Utilizo Internet para los asuntos del banco y ya nadie escribe cartas, así que dudo que me pase por los buzones más allá de una vez por semana, y normalmente sólo hay publicidad y peticiones de dinero para obras de caridad. Le estoy diciendo algo a *Freddy*, que es muy saltarín y ladrador, mientras meto la llave en el buzón y abro la puertecita plateada y...

Y de repente estoy rodeada de abejas.

Tardo unos segundos en darme cuenta de lo que está pasando. Una me pica en la mano, justo en la parte carnosa de la palma, entre el pulgar y el índice, y enseguida salen del buzón cuatro o cinco más y empiezan a zumbarme alrededor de la cabeza. *Freddy* se está volviendo loco. El correo se me ha caído al suelo con un golpe sordo: folletos publicitarios y una octavilla informándome de que por sólo noventa y dos centavos puedo proporcionarle una cena de Acción de Gracias a un indigente. Luego, al lado de los folletos, cae también una cosa de lo más extraña: una carta personal. Miro el sobre en medio de una especie de estupor paralizante y reconozco la letra: es la de mi novio, Ned. ¿Por qué me escribe? Hablamos por Skype una noche sí y otra no, siempre a las ocho en punto, y como es lógico nos mandamos mensajes a lo largo del día. A veces me envía una tarjeta, pero salta a la vista que esto es una carta. El sobre es largo y de aspecto profesional, con la dirección de su bufete en una esquina.

Lanzo manotazos a las abejas y otra me pica en el hombro, atravesando la camisa, mientras una tercera queda atrapada entre los pelos de mi flequillo. No se me ocurre echar a correr pero a *Freddy* sí, y su correa tira de mi mano. Grito mientras intento quitarme la abeja del pelo. Normalmente soy poco dada a gritar (puede que ésta sea la primera vez que suelto un grito de verdad desde que era una niña), y entonces oigo el bocinazo de un coche y el chirrido de unos neumáticos.

A veces, nuestras vidas pueden dar un vuelco en cuestión de segundos, como ahora. Un aguijonazo en la palma de la mano, el deslizarse de una correa, una carta que cae a nuestros pies.

No os preocupéis. A *Freddy* no lo atropelló el coche. Esta historia tiene su lado lúgubre, pero no es ése. El coche lo conducía una vecina que también tiene perros, y consiguió frenar a tiempo. Sale de un salto del asiento del conductor, trémula y llorosa por lo poco que ha faltado, y agarra la correa. *Freddy* empieza a saltar alegremente, y mi vecina y yo nos ponemos a balbucir las dos a la vez. *Las abejas*, digo yo, *han salido de repente. Estaban en el puto buzón. El perro*, dice ella. *Por poco no lo veo. Ha salido de repente, igual que las abejas*.

Me palpita la mano cuando le cojo la correa. *Lo siento mucho*, digo cuando me agacho para recoger el correo. También le digo al perro que lo siento. Lucha contra el collar, impertérrito. Lo único que quiere es acabar su paseo.

Ponte hielo, me dice la vecina. *Ráspate la piel con una tarjeta de crédito para asegurarte de que no tienes clavado el aguijón. Y tómate un Benadryl por si acaso. Gracias a Dios*, añade. *Podría haber sido mucho peor.* Repite esto una y otra vez.

Sin duda me lleváis mucha ventaja en todo esto. Seguro que habéis adivinado lo que iba a pasar en cuanto os he dicho que la carta me la mandaban desde una oficina. Puede que haya sido por su nombre, Ned, tan mínimo y cuidadoso, o por que sea abogado, o quizás hayáis deducido que vivimos en ciudades distintas porque he mencionado Skype, y todo el mundo sabe que para una relación de pareja eso es como el beso de la muerte. Pero yo seguía preocupada por las picaduras y el perro, y por haber quedado como una tonta irresponsable delante de mi vecina. Así que me guardé la carta en la chaqueta, tiré el resto del correo a la basura y llevé a *Freddy* a dar el paseo largo, el que rodea el lago artificial y pasa por el bosque ajardinado.

Sólo horas después, cuando ya estaba en la cama con la luz apagada y medio dormida, me acordé por fin de la carta de Ned.

Encendí la luz de la mesilla de noche para consternación de *Freddy*, que estaba dormido, saqué la carta de mi chaqueta, me puse las gafas de leer, volví a meterme en la cama y rasgué el sobre. Tres páginas mecanografiadas a un solo espacio, seguidas por una cuarta llena de números. Un cálculo aproximado de cuánto nos costaría a uno de los dos comprarle al otro su parte de nuestra casita de vacaciones en Cape May.

Y así fue como descubrí lo que sin duda el lector ya habrá adivinado.

Que mi novio me había dejado.

La chica por la que me deja Ned se llama Renee Randolph. Ned quiere asegurarse de que conozca los hechos desde el principio. No va a excusarse, ni a fingir que ella no existe. Me respeta demasiado para caer en el blablabá acostumbrado y alegar que nos hemos distanciado y que no es culpa mía, sino suya. No quiere, afirma, que haya «subterfugios entre nosotros». Somos demasiado amigos para eso.

Se conocieron en un gimnasio, explica, y añade que ese detalle seguramente me hará gracia. No entiendo por qué hasta que me acuerdo de que también nosotros nos conocimos en un gimnasio, o al menos en la sala de gimnasia de un hotel, cada uno en una máquina de correr, el uno junto al otro. Y en ese punto empiezo a saltarme renglones. Parece que soy incapaz de leer de izquierda a derecha, de manera normal: sostengo el papel delante de mí y las palabras y las frases salen de la página una a una, como miles de pequeños aguijones.

Esa mujer, esa tal Renee, por lo visto tiene un marido que la maltrata. Lo que es peor: un marido extranjero que la maltrata. Es de uno de esos países en los que un hombre se divorcia de ti por tener sólo hijas y luego intenta secuestrarlas. Vive atemorizada, dice Ned, sin saber cuándo aparecerá ese hombre o si le enviará algún emisario armado hasta los dientes. Los maestros del colegio de las niñas tienen orden de no permitir que salgan del centro acompañadas por nadie que no sea la propia Renee.

Sí, tiene un marido maltratador, y para colmo está enferma. Le pasa algo. Tiene una enfermedad impronunciable, más bien un síndrome, en realidad, uno de ésos difíciles de diagnosticar, una de esas dolencias que te asignan cuando no saben qué diagnosticarte. Pero ese síndrome, o esa enfermedad, quizá requiera que Ned le dé… no sé, algo. Algo vital. Una córnea, o médula ósea, o acceso a su completísimo seguro privado. O mi corazón, quizá.

Ella me necesita. Las palabras salen flotando de la página acompañadas por su eco silencioso: *Y tú no.*

Tiene razón, en cierto modo. Desde que nos conocimos, hace seis años, estando ambos en viaje de negocios, andando codo con codo en aquellas máquinas de correr mientras mirábamos la CNN, Ned y yo hemos tenido una amistad, o una camaradería, endulzada por una compatibilidad sexual casi épica. A mí me gustaba y creía que a él también. Nos dejábamos en paz el uno al otro durante la semana, para dedicarnos a trabajar, y en vacaciones nos reuníamos en algún lugar interesante: Napa, Austin, Miami, Montreal, Reikiavik, Londres, Key West, Telluride o Roma.

Cuando compramos la casa de Cape May pusimos girasoles en la mesa y una alfombra tejida a mano en el suelo. Los muebles eran viejos, de madera buena pero viejos, y pintamos todas las habitaciones de burdeos, de verde musgo o de azul de Delft. Colores de Van Gogh, los llamó Ned. Era un mundo pequeño y perfecto, aunque provisto de un par de defectos cuidadosamente ideados para dejar claro que nosotros no éramos, ya se sabe, «de ésos». Todos los domingos por la mañana íbamos dando un paseo hasta el café de la esquina para comprar dos ejemplares del *New York Times* y, sentados a nuestra mesa, echábamos carreras para ver quién resolvía antes el crucigrama. Estábamos muy igualados. A veces ganaba él y a veces yo.

¿Estaba enamorada? Creo que sí. Debía de estarlo. Era un idilio muy moderno, o al menos eso me decía yo mientras viajaba de acá para allá, siempre en un coche, en un tren o en un aeropuerto. Y nos reíamos. ¡Santo cielo, cómo nos reíamos todo el tiempo!

Y cuando te ríes tanto, cuando acabas los pasatiempos al mismo tiempo que tu pareja y miras hacia el otro lado de la mesa y vuestros ojos se encuentran, satisfechos... Eso tiene que significar algo, ¿no?

No me cabe duda de que lo quería cuando compramos a *Lorenzo*. *Lorenzo* era una langosta. Lo compramos en uno de esos sitios de carretera con el cartel de «Fresco» y un montón de dibujos hechos a mano de mariscos sonrientes. Estaba envuelto en hielo y en espumilla, con las pinzas sujetas por dos gruesas gomas, y yo empecé a tener remordimientos antes incluso de que el Lexus de Ned volviera a ponerse en marcha.

—¿Crees que podrá respirar ahí dentro? —pregunté, y Ned dijo:

—Las langostas no respiran.

Lo cual es ridículo. Todos los animales respiran, de una manera o de otra. Pero no dije nada y pasados unos kilómetros Ned añadió:

—Si necesita algo, seguramente será agua.

Naturalmente era una idiotez preocuparse por el bienestar de un bicho al que le quedan horas escasas para morir ejecutado, pero yo sabía ya entonces que no nos atreveríamos a cocer a *Lorenzo*. No se puede cocer a un animal al que le has puesto nombre. Seguimos adelante y paramos un par de veces más para comprar lechuga, tomates, limón, hierbas y pan, y cuando paramos delante de la casa Ned ya había empezado a hablarle a la langosta señalándole los hitos del paisaje por el que pasábamos como si *Lorenzo* fuera un invitado de fin de semana. Hicimos la ensalada, abrimos el vino y hasta pusimos a calentar la olla con el agua, pero fue inútil: acabamos liberando a *Lorenzo* de sus amarras y lanzándolo a la bahía.

—¿Sabes? —dijo Ned levantando su copa de vino a modo de saludo mientras *Lorenzo* se alejaba mar adentro—, tenemos que dejar de pensar en este sitio como en una inversión y empezar a pensar en él como en un hogar.

El fin de semana siguiente fuimos a comprar a *Freddy*.

Ahora dice que me desea lo mejor, pero yo creía que ya tenía lo mejor. No, «lo mejor de lo mejor», eso es lo que dice. Que me desea «lo mejor de lo mejor en todo». Según él, no merezco menos.

¿Me está diciendo que las risas que compartíamos no cuentan? ¿Ni la amistad, ni el sexo? Hacíamos crucigramas juntos, por el amor de Dios. Teníamos una langosta y un perro. Es el único hombre con el que he salido que le caía bien a mi madre.

Pero obviamente todo eso se ha ido al garete ahora que ha encontrado a su pajarillo herido, que se ha agachado a rescatarlo y lo tiene aleteando en su mano. Y me escribe para informarme de que nunca había sido tan feliz.

Creo, escribe con sencillez aplastante, *que quizá sea mi Alma Gemela.*

Sí, en mayúsculas, para dejármelo bien claro. Su Alma Gemela.

Me quedo ahí tumbada, a oscuras, durante horas, con el corazón acelerado y las piernas entumecidas. Me llamará el lunes, dice la carta. Tenemos muchas cosas de las que hablar, pero no quería pillarme desprevenida. Por eso me ha escrito por anticipado, para darme tiempo de asimilar la noticia. Lo cual es una trola, claro. Me ha mandado la carta porque no quería oírme gimotear, ni gritar, ni acribillarle a preguntas. ¿Cuándo ha pasado todo esto? ¿Desde cuándo la conoce? ¿Alguna vez pasó directamente de su cama a la mía? ¿Y lo fue conquistando ella poco a poco, paulatinamente, o me venció de un solo golpe? ¿Y qué respuesta sería más dura de aceptar?

Casi ha amanecido cuando salgo de la cama. Abro otra botella de syrah, vierto un poco en un vaso de zumo y me voy a mi mesa a encender el ordenador. Durante un minuto lucho con el impulso de buscar a la chica en Google, de informarme sobre Renee Randolph, pero me contengo. Sin duda es muy bella. Bella y trágica, una combinación irresistible, la materia natural del romanticismo, mientras que trágica y del montón sólo es... trágica y del montón. Desde luego, no lo bastante apetecible para impulsar a un hombre a renunciar a una vida tan agradable y cómoda como la que teníamos Ned y yo. Así que debe de ser preciosa. Es lo más lógico.

Tomo despacio un largo trago de vino mientras miro la barra del buscador, en la que he escrito «REN». ¿Qué podría decirme Google sobre esta mujer que pueda servirme de consuelo? Si tiene más éxito que yo, me escocerá. Pero ¿y si tiene menos? Seguramente sería aún peor. Finalmente borro el «REN» y escribo «PEREGRINACIONES A CANTER-BURY».

Como era de esperar, aparecen un montón de páginas dedicadas a temas de literatura e historia. Artículos sobre Chaucer, Becket y los milagros que han dado su fama al santuario de Canterbury. Me recuesto en la silla, irritada, dejando pasar artículos académicos y, mientras espero, poso la mirada en un ejemplar de la revista de exalumnos de mi antigua facultad, que languidece desde sabe Dios cuándo sobre mi escritorio. En la contraportada siempre se anuncian *tours* guiados. Ya me había fijado en ellos otras veces, de pasada. Siempre me ha parecido agradable que un entendido guíe a tu grupo a través de museos, palacios y campos de batalla. Que haya alguien que te vaya indicando lo importante. Es fácil suponer que esos viajes atraigan a mujeres solitarias, esas almas melancólicas que han alcanzado la madurez con dinero suficiente para viajar y nadie con quien compartir sus viajes.

Echo un vistazo al catálogo a la luz azulada de la pantalla del ordenador y al poco tiempo ahí está: el nombre de una profesora de arte que hace de guía en viajes por el sur de Inglaterra, tanto individuales como en grupo. Parece justo lo que necesito: pálida, seria, docta, poco o nada inclinada a hacer preguntas personales. Le envío rápidamente un correo electrónico diciéndole que necesito hacer el Camino de Canterbury lo antes posible, de cabo a rabo, desde Londres a la escalinata de la catedral. Y luego busco en Google cómo transportar cenizas en un vuelo internacional.

Evidentemente, los muertos constituyen un segmento importante de la clientela de las aerolíneas, porque la respuesta aparece enseguida. Hay que llevar la urna en la cabina del avión, pero no metida en una maleta. Tiene que pasar por el escáner y por los diversos controles de seguridad, y me hará falta una notificación del tanatorio confirmando que contiene restos humanos y no otra cosa, como por ejemplo plutonio. Debo estar preparada para que los guardias de seguridad la abran en cualquier momento si así lo desean, y para que pequeños fragmentos de mi madre salgan volando y caigan en la moqueta del aeropuerto o ensucien las manos de un agente de Seguridad Aeroportuaria. O quizá, sugiere la página con una suave pero certera insinuación, prefiera prescindir por completo de la urna y transferir las cenizas a un recipiente más ligero y menos propenso a hacer saltar las alarmas de los escáneres policiales. Como, por ejemplo, una bolsa de plástico para guardar alimentos.

Siempre tuve intención de llevar a mi madre a Europa, pero cuando viajaba a menudo era por trabajo o para reunirme con Ned en algún lugar romántico. Y naturalmente ella también estaba muy atareada defendiendo a pit bulls incomprendidos, marchando en favor de Amnistía Internacional o construyendo viviendas sociales. Y después enfermó. Dejamos pasar todas las oportunidades, Diana y yo, y ahora por fin va a venir conmigo, aunque tenga que llevarla en la maleta. Dejo el vaso de vino pensando que está amargo, pero sé que estoy siendo injusta. He estado bebiendo mientras pensaba en otra cosa, un pecado capital en la cata de vinos, pues todo el mundo sabe lo fácil que es que las emociones pasen de la mente a la lengua. ¿Es el vino el que se ha agriado o soy yo?

Ha salido el sol. Me levanto y dejo el escritorio, con el vaso todavía en la mano. Vierto lo que queda del syrah en el fregadero de la cocina y me quedo mirando la mancha roja oscura. En mi correo le decía a la profesora que podía estar en Londres el domingo y que quería un viaje privado. Seguramente costará una fortuna contratar a un guía personal, pero sólo puedo pensar en que necesito marcharme, estar muy lejos cuando Ned llame para disculparse y explicarme otra vez que no pudo refrenarse, que ningún hombre puede resistirse a una mujer en apuros. Siento dentro de mí un deseo inmenso de escapar. De hecho, si no salgo de aquí ahora mismo no sé qué va a pasar.

Cojo el teléfono y lo intento otra vez:

—Siri —digo—, ¿cuál es el sentido de la vida?

Un silencio y luego la respuesta: *A eso que conteste Kant. Ja, ja.*

Ja, ja. Es la monda esta Siri.

2

Una vez hicieron un estudio sobre por qué hay tanta gente que llora en los aviones: si es por el silencio, por el aislamiento, o quizá sólo por un miedo primordial a abandonar tierra firme.

Yo creo que es porque los aviones te obligan a meditar, y eso es algo a lo que la mayoría no estamos acostumbrados. Durante el trayecto por la pista de despegue, en ese pequeño mundo tembloroso e intermedio, no tenemos nada que hacer salvo sentarnos con nuestros pensamientos. Naturalmente, una vez en el aire tenemos miles de cosas con las que entretenernos: películas, libros electrónicos, juegos, pasatiempos, bebidas, la tenue pero seductora posibilidad de que nuestro compañero de asiento resulte ser nuestra alma gemela... Pero durante el despegue y el aterrizaje estamos completamente solos. No podemos esquivar las vastas praderas solitarias que hay dentro de nuestras cabezas.

Al principio parece que la suerte me sonríe en el vuelo. El asiento del pasillo está vacío, así que puedo estirarme y dormir. Aterrizamos antes de lo previsto, tan pronto, de hecho, que en Heathrow no tienen ninguna puerta libre para nosotros. Mientras esperamos un hueco, saco el teléfono para mirar los mensajes. La mayoría son predecibles: asuntos de trabajo, anuncios y notificaciones de Facebook, Instagram y Twitter. Uno de ellos, sin embargo, es de la profesora universitaria a la que he contratado para que sea mi guía. En el asunto dice: *Ligero cambio de planes.*

¿Ligero cambio de planes? Esto no pinta bien. Sé por experiencia que eso no existe.

Miro por la ventanilla del avión el asfalto mojado por la lluvia mientras un hormigueo de ansiedad me recorre la espina dorsal. No he pasado mucho tiempo documentándome sobre el viaje en Internet, pero aun así sé que hacer el Camino de Canterbury no es tan fácil como parece. Se trata más bien de recorrer a pie lo que queda del Camino. La antigua ruta de peregrinación seguía una calzada romana aún más antigua, pero las exigencias de la vida moderna han roto esa senda vetusta y sagrada.

El Camino está atravesado en varios puntos por una gran carretera y los tramos que quedan intactos serpentean por terrenos de propiedad privada, granjas, huertos y hasta jardines de casas rurales. Dado que el Camino pertenece al National Trust, los propietarios sabían que debían respetar la ruta cuando compraron esas tierras. Seguramente están acostumbrados a ver pasar entre la niebla a estadounidenses con mochila, ampollas y el corazón roto. Pero Google advierte de que seguir la senda puede ser peliagudo. Los indicadores son escasos y están colocados en lugares discretos, lo que hace casi imposible saber dónde se interrumpe la ruta y dónde reaparece.

En resumidas cuentas, que se necesita un guía.

Pero al parecer yo ya me las he ingeniado para perder la mía. Me escribe desde una camilla, en la sala de urgencias de un hospital, donde yace a la espera de que le extirpen el apéndice.

¿Se lo puede creer?, pregunta.

No, no me lo puedo creer. Ya no le extirpan el apéndice a nadie. Es como si me dijera que ha sucumbido a la peste bubónica. Luego, en una prosa sospechosamente correcta y cuidadosa para alguien que presuntamente está atenazado por el dolor, me ofrece una solución. Da la casualidad de que una profesora compañera suya en la universidad va a servir de guía en un viaje organizado a Canterbury que sale de Londres esta misma tarde. Es una profesora de lenguas clásicas muy considerada en su campo de estudio y bastante joven, casi un prodigio. Y me asegura que no tengo que preocuparme por estropearle la fiesta a nadie: las mujeres que forman parte del grupo proceden de Estados Unidos y han reservado el viaje a través de una empresa llamada Ancho Mundo, que sirve sobre todo a mujeres que viajan solas.

Mujeres que viajan solas. Supongo que eso es lo que soy ahora.

«Es la solución perfecta», afirma la profesora, pero yo no estoy convencida. No quiero hablar mientras ando. No quiero entablar relación con esas mujeres, contarles mis problemas, que, aunque angustiosos, son (reconozcámoslo) bastante convencionales. Y en cuanto me vea obligada a contarles mi vida, la buena educación exigirá que escuche también la suya y seguro que a todas se les ha muerto su madre y las ha dejado su novio. Mi teléfono se ha ajustado a la hora local: todavía no son las siete de la mañana. Miro hacia la fea mañana extranjera y sopeso mis opciones.

Quizá debería tomar el tren a Canterbury, tirar a mamá y volver a Heathrow corriendo. Con un poco de suerte, podría estar en un vuelo de regreso a Filadelfia esta misma noche. No sería una peregrinación de verdad, en el sentido de recorrer el Camino paso a paso, pero serviría para cumplir mi promesa. Y de eso se trata, ¿no? De poner el punto al final de la frase. De pulsar el ENTER y empezar un nuevo párrafo de mi vida. De decir adiós. De librarme de fantasmas. No hay ningún motivo para hacer las cosas más difíciles de lo que ya son.

El avión empieza por fin a avanzar hacia la puerta de desembarco. Miro el mensaje que tengo en la mano.

El Ancho Mundo. Ay, Dios. El nombre no suena muy prometedor.

Cuando cojo el Heathrow Express para ir al centro, ha dejado de llover y la mañana se ha vuelto rosa y dorada. Los charcos aceitosos refulgen como cuadros de Monet en las aceras y el aire es fresco. Salgo de Paddington Station y me encamino en la dirección que, según el móvil, es el Este. Las hojas otoñales crujen bajo mis botas mientras camino. *Londres no es como las ciudades de Estados Unidos, se mueve a otro ritmo*, pienso al pararme en una esquina para cambiarme la maleta de mano. El ajetreo es más silencioso. El tiempo más humano y civilizado. No me gusta.

¿Cuánto tiempo hace que he comido? Tanto que no me acuerdo, y eso no está bien, así que entro en la cafetería más cercana. Pido sin pensar el desayuno «estándar» y me ponen delante el típico y siempre desconcertante desayuno inglés: alubias cocidas, champiñones y tomates. Pero en cuanto lo huelo me doy cuenta de que estoy hambrienta, quizá por primera vez desde hace días. Mientras voy comiendo, leo de nuevo el correo de la profesora, esta vez con más calma.

El grupo de El Ancho Mundo ha quedado para comer en George Inn, escribe. *Está cerca de la antigua ubicación de Tabard Inn, donde Chaucer y sus peregrinos comenzaron su viaje hace quinientos años, pero el Tabard se quemó en algún momento a causa de un incendio en un burdel. El George es de la misma índole y del mismo periodo, de modo que es un lugar conveniente para iniciar la peregrinación.* Usa esas mismas palabras («índole», «periodo», «iniciar» y «peregrinación»), y dudo otra vez de que una mujer que está a punto de entrar en quirófano se tome el tiempo necesario para escribir una nota tan extensa y persuasiva. Evidentemente es un rasgo británico, esa flema ante la adversidad, ese impulso de explayarse hablando de historia medieval mientras una está doblada de dolor. *Vaya en metro hasta London Bridge Station*, me aconseja, *y encontrará el George a diez minutos andando, como mucho*. Me acabo las alubias y miro un plano que he cogido en el tren. Hay una distancia considerable entre Paddington y London Bridge, pero tengo horas por delante y, después del encierro del avión, me sentará bien una larga caminata. En realidad no tengo intención de unirme al grupo, claro. Por lo menos, no sin antes echarle un vistazo. Dice que son ocho mujeres, contando a la guía. Será fácil distinguir a un grupo de ese tamaño. Decido observarlas desde una distancia prudencial e intentar calibrar hasta qué punto son exasperantes antes de tomar una decisión. Si me parecen bien, me acercaré a ellas. Si no, puedo coger el tren que va de London Bridge a Canterbury y esparcir yo sola a mi madre.

Según Wikipedia, los peregrinos de Chaucer comenzaron su andadura en Southwark, en aquella época un arrabal de Londres. Southwark, situado fuera de los límites de la ciudad, era el equivalente medieval a un suburbio y se hallaba, por tanto, fuera del alcance de la ley. El barrio estaba lleno de prostitutas, ladrones y borrachos.

Ahora está lleno de turistas. Toda la zona de London Bridge, de hecho, es un centro de ocio diseñado para extranjeros de vacaciones: el puente mismo, las mazmorras, la torre y las reproducciones a tamaño real de navíos amarrados que se mecen al vaivén del Támesis. Hasta hay gente que se pasea por las calles disfrazada, repartiendo folletos sobre museos y recorridos en autobús. Nada más entrar en Southwark, me aborda un hombre vestido de sir Walter Raleigh. Sé que es Raleigh porque hace un gesto grandioso: retrocede y me hace una reverencia quitándose la astrosa capa de terciopelo rojo como si fuera a extenderla sobre uno de los charcos de buen tamaño que se han formado en la calle. Deduzco que tengo que avanzar pisando la capa como la reina Isabel, pero meneo la cabeza para decirle que no es necesario. Para demostrarle que, aunque lleve una mochila y arrastre una maleta, no soy la típica turista americana. Por más galante que se ponga no voy a seguirlo al muelle ni a pagarle diez libras para que me dé una vuelta en su barca.

A mí no me engaña, no soy tan boba. Para poner de relieve mi independencia y mi determinación, piso directamente el charco.

Sonríe.

—Id con Dios, *milady* —dice levantando un poquito la voz en la última sílaba, como si fuera una pregunta.

¿Se está burlando de mí? ¿«Id con Dios» es como se decía «que te den» en tiempos de Isabel I? Siempre he sospechado que los ingleses se creen irresistibles para las americanas, y seamos sinceras: tienen su aquél. Saben que nos chiflan por su acento, que un inglés puede tener la cara llena de granos, estar sin blanca y ser un grosero y que, sin embargo, una estadounidense lo preferirá sin pensarlo dos veces a uno de sus compatriotas. Pero ¿qué se supone que responde una a «Id con Dios»? ¿«Lo mismo digo»? No, no suena bien. ¿O será más apropiado decir «gracias» o «igualmente»?

Miro hacia atrás mientras me alejo. Sir Walter Raleigh ya está desabrochándose la capa para otra turista. Para una más agradecida, más femenina, indefensa y amable que yo. Se ríe por lo bajo y sus amigas le hacen fotos mientras pisa, sosteniendo indecisa un pie en el aire por encima del apolillado terciopelo rojo. Sir Walter Raleigh se inclina ante ella con el sombrero adornado con plumas en una mano y las puntas de los dedos de la turista en la otra. Ella sonríe de un modo que sugiere que va a darle diez libras de propina. O como si estuviera dispuesta a darle cualquier cosa que le pida.

A pesar de la caminata llego temprano, con casi una hora de antelación. El George Inn no es lo que había imaginado. Oscuro, sí, con un reborde rojo en las ventanas, macetas de cobre y todas esas tonterías de posada antigua. Pero más grande y más lujoso de lo que esperaba y lleno de gente, tanto de lugareños como de turistas. Tomo asiento en la larga barra de roble y pido mi primera copa. El hecho de que piense en ella así, como en «mi primera copa», ilustra el estado de ánimo en el que me encuentro.

Los restaurantes son las iglesias de mi generación, los lugares donde nos congregamos para confesar nuestros pecados, beber vino, buscar atisbos de esperanza y, lo que es más importante, sentir que pertenecemos a una comunidad, o al menos encontrar alivio momentáneo a nuestra soledad.

Y si el George Inn fuera de verdad una iglesia, la barra sería su sagrario. Levanto la vista hacia las filas y filas de botellas de colores brillantes, todas ellas iluminadas desde atrás como joyas exhibidas en un museo. O quizá como libros en los estantes de una biblioteca. No, como libros no. Porque los libros contienen historias de cosas que ya han sucedido y las botellas de licor de los elevados anaqueles que tengo delante albergan historias de lo que aún está por pasar. Amantes que todavía no se conocen, espadas aún enfundadas, viajes que tal vez se emprendan y tal vez no. *Y esta copa*, pienso mirando el interior de la que tengo en la mano. *Algo inesperado me espera en su fondo. Una historia dará comienzo cuando tome el último trago.*

Han pasado casi dos horas y, obviamente, estoy borracha.

El grupo de mujeres al que estaba esperando entró hace un buen rato y ocupó una mesa larga, de estilo picnic, cerca del fondo. Desde aquí no puedo oír su conversación, pero veo su reflejo en el espejo de detrás de la barra. No parecen mostrar la incomodidad que cabría esperar de un grupo de desconocidas que están a punto de pasar seis días juntas. Hablan y ríen, se reacomodan en sus sillas. Se han quitado los abrigos y los pañuelos, y tienen ante sí las grandes cartas manchadas de cerveza del restaurante.

Pues os deseo buena suerte, me gustaría decirles. He comido, pero a duras penas.

Siempre me ha molestado la lentitud del servicio en Europa. A mi alrededor, por todas partes, hay platos sin servir y vasos sin llenar. Tarjetas de crédito yacen sin recoger en sus carpetillas negras y, sin embargo, el joven que atiende la barra está recostado contra la pared, de brazos cruzados, mirando pensativo al infinito. Me dan ganas de informarle de que conviene que se dé prisa, que tengo que irme a otra parte, pero naturalmente es mentira. No tengo ningún sitio adonde ir. Nadie en el mundo sabe dónde estoy, salvo al dueño de la perrera donde he dejado a *Freddy* y la profesora universitaria que en estos momentos se está sumergiendo bajo las negras aguas de la anestesia. Nadie, salvo ellos, sabe en qué país estoy. Nadie me espera en ningún sitio y el tiempo libre bosteza ante mí como una gran boca. Si no tengo cuidado puede que me caiga dentro y me trague en un abrir y cerrar de ojos.

Las ocho mujeres se han sentado cuatro a un lado de la mesa y tres al otro. La que sin duda es la más joven ocupa la cabecera. De hecho, yo diría que es una cría: tendrá veinticinco años, como mucho. Delgada y morena, con una coleta baja y un aire de dignidad natural. Salta a la vista que es la profesora de lenguas clásicas, el prodigio académico, y por tanto la guía del viaje. Las maletas, las mochilas y los bolsos se apilan alrededor de las sillas y el grupo bebe a ritmo constante, deteniéndose cada pocos minutos para brindar por algo, seguramente por el comienzo de su viaje. Hay algo en ellas que parece fuera de control desde el principio, pero la suya es la mesa más animada de todo el pub y yo pienso que las mujeres somos tontas: que nos desvivimos por encontrar a un hombre, por atraerlo y seducirlo, por cuidar de él, y mientras tanto, de algún modo, sabemos que sería muchísimo más fácil, y en cierto sentido mucho más gratificante, permitirnos sencillamente...

Rápido, me digo. *Piensa en otra cosa.* Deja la frase en suspenso y pulsa otra vez ENTER, porque estoy a punto de convertirme en Esa Mujer. Ya sabéis cuál, esa que está tan quemada que ha decidido prescindir por completo de los hombres. Esa que siente el impulso de parar a todo el mundo por la calle y contarle lo que le dijo el muy cabrón antes de salir por la puerta, además de todas las cosas que ha hecho mal. Ésa cuya amargura se le nota en la cara, que va por el mundo con los puños apretados. Esa que menea la cabeza con impaciencia ante sir Walter Raleigh. Tengo que cambiar de perspectiva, apartar la mirada de esa larga y alegre mesa llena de mujeres risueñas y volverme hacia los otros clientes del pub.

Hay un juego al que me gusta jugar cuando me pongo así. Recorro con la mirada la habitación en la que esté e intento descubrir a los tres hombres más atractivos del lugar. Da igual que estén casados, o que sean demasiado jóvenes, o evidentemente homosexuales, o inalcanzables por algún otro motivo, porque el objeto del juego no es abordar al hombre en cuestión, ni siquiera sonreírle y flirtear. Es, sencillamente, constatar que está ahí. Recordarme a mí misma que hay hombres atractivos por todas partes.

La opción más obvia aquí en el George es uno de los camareros, otro personaje al que he estado siguiendo por el espejo. No es lánguido, como la mayoría, sino más bien intenso y lleno de energía. Sus ojos vuelan por el salón deslizándose de mesa en mesa mientras camina entre los comensales dejando unas cosas y recogiendo otras. Tiene un calculado asomo de barba en el mentón y viste camisa blanca y vaqueros con un delantal gris atado alrededor de la cintura como un fajín.

El segundo hombre más atractivo no resulta tan evidente. Tengo que girarme en el asiento y observar muy detenidamente la sala antes de verlo sentado a una mesa ocupada por hombres de negocios. Más cercano a mí en edad y con cierto aire bobalicón, tiene los ojos muy grandes detrás de las gafas, una profunda hendidura en la barbilla, hoyuelos y lo que mi padre solía llamar un «aire campechano». Como si fuera a insistir en invitar a todo el mundo, incluso a la gente que no conoce. No es guapo exactamente, pero tiene una cara de la que me fío.

Muy bien. El tercero. Éste es más difícil todavía, pero por fin opto por el hombre sentado justo a mi lado. Calvo, o quizá sólo sea que lleva tan corto el pelo canoso que a primera vista parece que tiene la cabeza pelada. Le da el aire de un senador romano de una de esas producciones de la BBC, el aire de un hombre poderoso. Es delgado, no con la delgadez de un hombre que ha sido flaco toda su vida, por naturaleza, sino más bien como si hubiera estado enfermo y ahora estuviera saliendo lentamente del túnel, hacia la luz. He visto esa misma expresión en la residencia de Diana, en los pacientes del ala de rehabilitación, en los que se estaban recuperando, en los afortunados que, después de rasparse el hombro contra la negra pared de la muerte, han logrado sobrevivir. Tienen esa misma mirada fatigada. Me gusta el jersey azul marino de cuello de pico que lleva puesto, y se ha dado cuenta de que me he fijado en él, como es lógico. Juego a esto a menudo, pero eso no significa que se me dé especialmente bien.

—Eres americana —dice.

Un comentario interesante, teniendo en cuenta que no creo haber hablado desde que ha llegado.

—¿Cómo lo sabes?

—Has sonreído al camarero. Es lo que hacéis los americanos, ¿sabes? Sonreír a todo el mundo.

Lo dice como si sonreír fuera una especie de fallo del carácter. A pesar de que es una burda simplificación y de que eso me irrita, me descubro sonriéndole todo el tiempo mientras habla. Miramos los dos brevemente las manos del otro y advertimos que no llevamos alianza. Él mira mi iPhone, que he dejado a mi lado, en la barra. Tengo a *Freddy* de fondo de pantalla, y supongo que deduce de ello toda mi historia personal, o al menos todo lo que necesita saber en las presentes circunstancias. Una mujer que tiene a su perro como fondo de pantalla es una mujer sin hijos y sin marido. Me rasco la mano. Todavía me escuecen las picaduras de las abejas, sobre todo ésta tan incómoda, la de la palma de la mano.

—¿Y cómo se llama tu perrito? —pregunta.

—*Freddy* —contesto, y por alguna razón, al decir su nombre en voz alta me dan ganas de llorar.

Estoy exhausta, pienso. Agotada por el sueño de tres al cuarto que me he echado en el avión y además borracha, y perdida, dejándome llevar por las alas del destino hasta este extraño pub. Así que cuando me pregunta qué me trae por Londres, seguramente espera una respuesta sencilla, quizás una sola palabra como «trabajo» o «vacaciones» y, sin embargo, me descubro contándole toda la historia. La urna, las abejas, el cáncer, la apendicitis, El Ancho Mundo. Paso las yemas de los dedos por los bordes de mi iPhone mientras hablo, y quizá debería decir «casi toda la historia», porque lo de Ned me lo salto. Es demasiado humillante y si estuviera en un restaurante en Estados Unidos ni siquiera me habría puesto a hablar con este hombre. Estaría conectada a Twitter, o mirando mi correo electrónico, sola en mi oficina virtual, así que supongo que hasta cierto punto es un milagro que me haya fijado en él. Qué demonios, es un milagro que me haya fijado en que yo misma estoy aquí. Y aun así sigo sosteniendo el teléfono en la mano mientras charlamos, como hago siempre, incluso cuando está apagado o fuera de cobertura o con poca batería. Es mi talismán y me aferro a él como un cristiano se aferra a su rosario, pasando incansablemente los dedos por sus bordes.

—Entonces, has traído la urna de tu madre —dice él.

Tiene la costumbre de pellizcarse el labio inferior entre el pulgar y el índice cuando acaba una frase, aunque también tiene ese mismo extraño deje de sir Walter Raleigh y cada afirmación suena como una pregunta, y cada pregunta suena un poco como una afirmación. Será cosa de los británicos, supongo. Esa nota elevada al final de la frase sugiere incertidumbre, pero también una pregunta retórica, un «¿verdad que sí?» que confirma que ya sabe la respuesta a la pregunta que él mismo acaba de formular. Es increíblemente desconcertante, o quizá lo desconcertante sean sus ojos, que son muy claros y de color gris verdoso, bordeados de arruguitas. O más probablemente es que estoy todavía más borracha de lo que creía.

—La urna no —contesto—. Pesa mucho y requería más papeleo

para pasarla por los controles de seguridad. La tengo en una bolsa de plástico de ésas con cierre.

—¿Llevas a tu madre en una bolsa de plástico? —pregunta, y no sé si está espantado o le hace gracia.

—Sus restos. A fin de cuentas, es un gesto simbólico.

—Entonces, ¿por qué vas a tomarte la molestia de hacer a pie todo el Camino? Es bastante largo, ¿no?

—Unas sesenta millas.

Ahora es él quien sonríe, pero más con los ojos que con la boca.

—Quería decir en una medida de longitud más común.

Me paro y pienso.

—Unos cien kilómetros. Dicen que se tarda cinco días. A mí me parecía mucho hasta que he visto a la gente de El Ancho Mundo. Las de la esquina, la mesa larga. No parecen capaces de caminar muy deprisa, ¿verdad? De hecho, parece que están todas borrachas.

Se gira en su asiento y observa al grupo pero no hace ningún comentario acerca de su sobriedad, que seguramente es algo mayor que la mía. *Hablo como una perfecta arpía*, pienso. *¿Por qué se molesta siquiera en hablar conmigo un hombre como él?* La razón más obvia es que poseo un tenue eco del atractivo de Diana: tengo sus mismas piernas largas y su cuello largo, lo que suscita comparaciones con jirafas, potrillos y a veces incluso con cisnes. El mismo color de pelo, rubio rojizo con ojos azules, y cuando tengo cuidado de que no me dé el sol ni me salgan pecas, mi piel blanca hace que el parecido sea aún mayor. Todo el mundo dice que es una combinación muy bonita y poco frecuente, pero no mimo este don natural con el mismo celo que Diana ponía en él. Ella llevaba sombreros de ala ancha en la comuna, antes de que comenzaran a usarse protectores solares, y se aclaraba el pelo con sidra para darle más brillo. Ése es el olor que más asocio con ella, el intenso aroma de las manzanas, que persistía incluso cuando ella ya había salido de la habitación.

—¿Sabes?, hay un tren que va de Londres a Canterbury al menos dos veces por hora —añade el hombre, apartando la mirada de la mesa de El Ancho Mundo y volviéndose hacia mí—. No es necesario hacer la ruta paso a paso, ¿no?

—Entonces, ¿me voy a toda pastilla a Canterbury, lanzo las cenizas de mi madre hacia la catedral, vuelvo a toda prisa a Londres y cojo un avión de vuelta a casa esta misma noche? ¿Es eso lo que estás sugiriendo?

No es más que el plan que yo misma estaba sopesando esta mañana mientras me encontraba en la pista del aeropuerto, así que no sé por qué de pronto mi tono se ha vuelto afilado y reprobatorio. Odio que la gente me cite.

Levanta las manos en señal de rendición.

—Sólo digo que es una alternativa. No estamos precisamente en abril y no pareces sentir un ansia especial de peregrinar.

Vale, o sea que es listo. O al menos lo bastante listo para acordarse de esa frase del prólogo de los *Cuentos de Canterbury*, esa del «ansia de peregrinar». Y además tiene razón. Los cortos días de noviembre son una época rara para embarcarse en una caminata así. Una auténtica peregrinación debería empezar en primavera, cuando los árboles florecen. Debería marcar el comienzo de algo, no el final, y a mi alrededor todo parece estar tocando a su fin. Me siento tan quebradiza como una hoja caída de un árbol. Si alguien me rozara, podría resquebrajarme.

—Tu teléfono —dice, consciente de que sus palabras me han afectado y cambiando de tema—. No lo sueltas nunca.

No sé si es un simple comentario o una crítica. Ni siquiera sé si importa que sea una cosa u otra, porque otra vez noto que me resquebrajo.

—No hay forma de saber cuánto tiempo tendré buena conexión. En cuanto empecemos el camino…

Me mira como diciendo «Pero podrías hablar conmigo, porque a fin de cuentas estoy aquí, delante de ti», y eso también me molesta. No conozco a este hombre, y supongo que estaréis pensando que a este paso nunca voy a conocerlo. Que nunca aflojaré el ritmo ni me abriré lo suficiente para conocer a otro hombre, pero no he venido a Inglaterra a charlar con desconocidos en un bar, ¿no? No. He venido con una misión muy concreta, y no es en el George donde voy a cumplirla.

Miro por el espejo al grupo de mujeres situado a mi espalda y luego me bebo el último trago de vino y empiezo a hurgar en la mochila en busca de la tarjeta de crédito. La cartera está debajo de la bolsa de plástico con las cenizas de Diana. Incluso desde el otro mundo me da la lata. *Arriésgate*, la oigo decir. *Vamos, nena, porque ¿qué es lo peor que puede pasar? ¿Que pierdas una semana? Eso no es nada en un mundo en el que la gente pierde años de una tacada, incluso décadas, y ni siquiera lo piensa. Qué demonios, la mayoría de la gente malgasta su vida entera.*

—Te he ofendido —dice el hombre.

—No, qué va —contesto cerrando la mochila—. De hecho, debería darte las gracias. Acaban de dejarme, ¿sabes?, hace dos días, en Estados Unidos. Un hombre con el que llevaba años saliendo, hasta nos habíamos comprado una casita de campo y habíamos pintado el porche. Me ha dejado por un pajarito herido y ahora tengo que empezar de cero, aunque estoy en una edad espantosa. Cuarenta y ocho, ni aquí ni allí, demasiado vieja para empezar de nuevo y demasiado joven para morirme, y no sé qué va a pasar ahora. Además, estoy borracha y me estoy portando como una arpía, imagino que es evidente. Sé que en estos momentos no es precisamente fácil ligar conmigo, pero te agradezco el intento.

—¿Un pajarito herido?

—Bueno, ya sabes, una de esas mujeres que aletean y hacen ruiditos como si estuvieran piando. —Agito las manos para ilustrar mi respuesta.

Sus ojos se arrugan otra vez.

—Tú no me das la impresión de ser un pajarito herido.

¿No? Yo me siento como si estuviera aleteando y piando sin parar, me siento débil, absorta y aturdida, como si fuera a caerme al suelo del pub y a quedarme allí tendida hasta que alguien venga a barrerme. Pero me alegro de que no se me note. Miro el móvil, en el que acaba de aparecer un nuevo mensaje. Qué raro. En Estados Unidos es de madrugada, así que no se me ocurre quién puede haberme escrito. Pero luego veo que es Ned. Debe de haber llamado y no ha recibido respuesta, o puede que haya estado llamando sin parar estos últimos dos días, por mala conciencia, y ahora piensa que me he arrojado por un acantilado o algo por el estilo. Dejo el teléfono sobre la barra y llamo al camarero agitando la tarjeta.

¿Cómo estás?, ha escrito Ned. *¿Dónde estás? En serio, tenemos que hablar.*

Cuando levanto la vista el británico sigue observándome con la cabeza ladeada. *Freddy* también me mira así a veces.

—Entonces te vas, imagino. ¿Te han avisado y te marchas ya? ¿Estás segura de que no quieres tomar una copa más?

Niego con la cabeza.

—Lo siento. Parece que estoy a punto de emprender una caminata muy, muy larga.

3

Por lo visto, mi guía enferma se ha tomado la molestia de enviarle un mensaje a su colega, porque al parecer en la mesa de El Ancho Mundo me están esperando. La anfitriona se presenta simplemente como Tess, sin mencionar ninguno de sus títulos y reconocimientos académicos, y se levanta para estrecharme la mano.

—No estaba del todo segura de que fueras a unirte a nosotras —dice—. Pero siendo nueve nuestro grupo está más completo, ¿no crees?

Un comentario curioso. Intento pensar en algo que se dé siempre en grupos de nueve, pero no se me ocurre nada.

—¿Cuál es el grupo de mujeres más numeroso al que has llevado de viaje? —pregunta una mujer rubia y guapa, con una cara de una simetría casi ridícula.

Me recuerda a Grace Kelly, que es posiblemente el efecto que pretende causar, porque lleva el pelo retorcido y recogido en un moño a la altura de la nuca, en un peinado que ya nadie usa. Mirándola, cuesta entender por qué pasó de moda. Ya he olvidado su nombre. Me han presentado a todas al acercarme a la mesa, pero cuesta retener ocho nombres a la vez, aunque no estés beoda y afligida como yo.

—Doce es el máximo que permite la agencia de viajes —contesta Tess—. Nos vanagloriamos de dar atención personalizada a cada huésped. Éste no es uno de esos viajes organizados en el que yo agito una banderita amarilla y voy gritando datos mientras caminamos.

—¿Doce contándote a ti o doce turistas? —insiste la rubia.

No entiendo por qué le interesa tanto. Puede que haya celebrado un montón de cenas y que le preocupen esas cosas, o puede que sea supersticiosa y le inquiete el número trece.

—Doce sin contarme a mí —dijo Tess—, y en El Ancho Mundo pensamos en vosotras como en huéspedes o invitadas, no como turistas. Lo que me convierte en vuestra anfitriona, no en vuestra guía.

—Hacen falta trece para hacer un aquelarre —comenta otra mujer.

Está sentada al final de la mesa, ha dicho con voz estridente que se llama Valerie y parece un poco trastornada. Lleva la raya del peinado abierta por en medio, muy recta salvo por un gran quiebro en el centro, y el maquillaje corrido. Si pudiera mostrarme caritativa diría que ha volado desde Estados Unidos en el vuelo nocturno, igual que yo, pero seguramente puede decirse lo mismo de la mayoría de las mujeres de la mesa y ninguna tiene un aspecto tan maltrecho. Por lo menos creo que yo no. *Valerie*, repito para mis adentros, confiando en retener al menos un nombre. Una vez tuve una muñeca llamada Valerie. Es un nombre precioso. No le pega nada.

—¿Nuestra anfitriona? —le digo a Tess—. Supongo que será en honor de Harry Bailey, el anfitrión de los *Cuentos de Canterbury*, ¿no?

No me gusto especialmente cuando hago estas cosas. Estas seudopreguntitas son muy comunes en las catas de vinos (una exhibición de cultura disfrazada de pregunta), y noto que la mesa ha quedado más en silencio desde mi llegada. Imagino que soy un poco aguafiestas.

—No, empleamos el término «anfitrión» en todos nuestros *tours* —responde Tess—, da igual donde vayamos. Pero me alegro de que Che haya sacado el tema, porque es buen momento para hablar de vuestras expectativas respecto a nuestra pequeña aventura. Cada grupo tiene su propia personalidad, ya sabéis, su dinámica peculiar. A algunos les gusta más que a otros ceñirse a la temática de los *Cuentos de Canterbury*.

Hace un gesto de indiferencia, sus hombros estrechos suben y bajan por debajo de la almidonada camisa Oxford, y me asombra no sólo que vista de blanco allí, en aquel pub bullicioso, estando a punto de emprender una larga caminata, sino también que haya logrado mantenerse tan impecable durante esta larga maratón de comida y bebida.

—¿A qué te refieres? —pregunta otra mujer, la única negra del grupo, lo cual debería hacer más fácil que me acuerde de su nombre, pero tampoco me acuerdo.

Tiene el físico esbelto y ágil de una atleta y está recostada en la silla con un tobillo apoyado en la rodilla de la otra pierna. Sus botas son caras, de cuero italiano bien flexible, y ha pedido una ensalada cuyos restos siguen ante ella, sobre la mesa. Un error de novata en un pub británico. Quién sabe, puede que ésa sea la primera ensalada que ha salido de la cocina del George Inn. Da la impresión de que han echado en la fuente un montón de ingredientes para sándwiches: lechuga cortada en tiras, cebolla blanca, pepinillos, un poco de tomate y unas cuantas aceitunas.

—La tradición exige que los peregrinos viajen en grupo a Canterbury —afirma Tess. Se ha hecho el silencio en la mesa y sin darnos cuenta hemos adoptado una postura de colegialas, removiéndonos en nuestros asientos y mirando a Tess muy atentas mientras cruza sus finas y blancas manos delante de ella—. La explicación más superficial es que el Camino comenzó siendo una ruta comercial entre Londres y el puerto de Dover, y por tanto atraía a los ladrones. Un viajero solitario podía verse asaltado en cualquier punto del trayecto, y era más seguro ir en grupo. En otras palabras, que el espíritu de camaradería asociado desde antiguo con Canterbury comenzó siendo cuestión de simple supervivencia. ¿Os estoy aburriendo ya?

Ocho cabezas dijeron que no.

—La mayoría de los peregrinos, al igual que los personajes de Chaucer y que nosotras, no conocían a sus compañeros de viaje antes de empezar la peregrinación —prosiguió Tess—. Entre sí se llamaban «*companions*», que viene de *compagnons*, una antigua palabra francesa cuyo uso no estaba muy extendido en el inglés de aquella época. Y tampoco hacía falta. Antes de que las peregrinaciones se pusieran de moda, la mayoría de la gente no se movía de su casa, muy rara vez salía de la aldea donde había nacido y por tanto no entraba en contacto con muchos extranjeros. *Companion* significa «alguien con quien comes», ni más ni menos. Pero la idea de compartir el pan con desconocidos, con personas a las que se acaba de conocer… Durante el trayecto debían de surgir muchas conversaciones y ese sentimiento de compartir un mismo objetivo…

Sacude la cabeza, como si le asombrara aquel prodigio, como si no le costara en absoluto imaginar la emoción de los peregrinos medievales saliendo por las puertas de sus aldeas, dando la espalda a todo lo conocido, a todo lo familiar, y emprendiendo un viaje en busca de la muerte o la salvación, o de ambas cosas. Debe de ser una buena profesora. Seguramente ha dado este mismo discurso cien veces y aun así no le aburre. Aún no ha perdido el asombro por los milagros de la vida cotidiana.

—Pero naturalmente aquí, en nuestro alegre grupo de nueve, no todas somos desconocidas, ¿verdad? —continúa. Una pregunta retórica, dado que conoce mejor que nadie a las componentes del grupo—. Hay dos parejas entre nosotras. Jane ha venido con su hija…

Y con una inclinación de cabeza indica a Grace Kelly, que naturalmente es Jane, ahora me acuerdo, y a una chica adolescente sentada al
otro lado de la mesa. Becca, resulta llamarse. Me llama la atención que
no haya querido sentarse con su madre ni siquiera en esta primera comida. Es mucho más joven que las demás, exceptuando a Tess, y con toda
probabilidad la han arrastrado a este viaje contra su voluntad, igual que
mi madre me arrastró a mí a tantas y tantas estrafalarias aventuras a lo
largo de los años.

Siento una oleada de simpatía hacia la chica que, ahora que la miro
detenidamente, tiene esa misma belleza tan americana de su madre. O al
menos la tiene en potencia. Pero mientras que yo dejé que mi parecido
con Diana se erosionara lentamente, a través de años de desidia, Becca
parece estar tratando conscientemente de borrar cualquier parecido con
su madre. Lleva el pelo corto y puntiagudo teñido de un tono de naranja rojizo que parece sacado de unos dibujos animados, se ha mordido las
uñas hasta dejarlas reducidas a dos puntitos pintados de color turquesa,
y gasta unas gafas tan oscuras y aparatosas que me pregunto si de verdad
las necesita. Dan la impresión de ser postizas, un elemento de atrezo
como la capa roja de sir Walter Raleigh, una forma de dejar claro de qué
va nuestra joven Becca desde el instante en que la conoces. Las gafas y
el pelo proclaman a gritos: *No soy mi madre. No te confundas o lo pagarás
con la vida.*

Jean sonríe y agita una mano bien cuidada señalando a su hija.

—Sí, Becca y yo llevábamos años planeando este viaje —afirma—.
Mis dos hijos pequeños son chicos, dos deportistas con todos los entre-
namientos, los horarios y los torneos que implica esa clase de vida. Es
difícil encontrar tiempo para estar juntas las dos, madre e hija, así que
cuando le dieron las vacaciones de otoño…

Su voz se apaga. Becca no dice nada, así que Tess vuelve a tomar la
palabra suavemente:

—Y también tenemos un par de amigas de Texas —dice—. Claire y
Silvia…

Estas dos forman una pareja aún más extraña que la madre y la hija.
Porque siempre esperas que las hijas se alejen de sus madres, que se
reafirmen intentando ser diametralmente distintas a ellas. Pero las amigas suelen parecerse, y estas dos mujeres no parecen tener nada en común. Cuesta saber hasta si son de edades parecidas, aunque sospecho

que tal vez sí, que su amistad es de largo recorrido. Si formaran parte de un anuncio, Claire sería la que ha tenido la sensatez de comprar la crema facial de doscientos dólares y Silvia la que no. Claire es rubia, como Jean, pero de un rubio gélido, más plateado que dorado, casi nórdico, y tiene una tez tan impecable que seguramente se ha hecho algún retoque, pero tan bien que casi no se nota. Mientras que Jean da la impresión de haber aceptado gentilmente el regio manto de sus cincuenta años (la serenísima majestad de algún reino menor), Claire es más moderna, casi una *hipster*. Quiero sus pendientes. Quiero su pañuelo. Y sospecho que, cuando llegue a conocerla mejor, también querré su vida.

Silvia, por el contrario, está morena y curtida como si se pasara el día entrenando perros o incluso domando caballos, o haciendo cualquier cosa a la intemperie, sometida a los brutales elementos de Texas. Tiene manchas de la edad en la frente y las sienes que no oculta el maquillaje, y se diría que tiene los ojos constantemente entornados. Es difícil individualizar a tres mujeres tan cercanas en edad o al menos lo bastante mayores como para que su edad concreta no importe y, sin embargo, son todas distintas y tengo que pararme un momento a pensar en qué sentido lo son. Muy bien, ya lo tengo. Si Jean es rubia y cálida y Claire fría y plateada, entonces a Silvia se la podría calificar de «broncínea». Sólida y mate, menos lujosa que las otras dos pero más resistente, es una mujer a la que el tiempo ha puesto a prueba y que, más que brillo, tiene pátina. Observo sus manos para confirmar mi teoría, porque las manos son la indicación más evidente del modo de vida de una mujer, la única parte de la anatomía femenina que no puede inmovilizarse, teñirse, estirarse, encogerse o remeterse, aunque no me cabe duda de que ya están buscando la forma de ponerle remedio a eso. Las manos de Jane son regordetas y tersas, con las puntas de los dedos ovaladas y rosas, y una alianza de casada que se le clava en la carne. Claire tiene las uñas cuadradas y oscuras de una manicura urbana y lleva un solo anillo de ámbar de gran tamaño. Las manos de Silvia carecen por completo de adornos y de tersura, como si hubiera estado cavando en un jardín hace un momento. Como si estuviera acostumbrada, de hecho, a arrancar patatas de la tierra negra.

Muy bien, así que ya tengo claro quiénes son las tres mayores, pero, santo cielo, ¡cuántos nombres! Me olvido de la mitad en cuanto los oigo, y escucho el retintín acusador de mi madre en el oído: *Nunca escuchas,*

Che, me diría. *Nunca te paras lo suficiente para escuchar de verdad.* Así que ideo una serie de pequeños trucos nemotécnicos para ayudarme a recordar. Becca es terca y Jean gentil. ¿Será de verdad tan claro el pelo de Claire? Silvia silba al sol y nuestra anfitriona es Tess, mira tú qué bien.

Valerie la desvalida vuelve a levantar la voz desde el extremo de la mesa:

—Querías saber hasta qué punto nos interesa que este viaje se parezca a los *Cuentos de Canterbury,* ¿no? ¿Significa eso que esperas que contemos historias mientras caminamos?

—No espero que hagáis nada en concreto, pero contar historias es una buena opción, desde luego —responde Tess—. A algunos grupos les gusta.

—Me gusta la idea —confiesa Claire, y hay gestos de asentimiento alrededor de la mesa—. Pero ¿cómo decidimos qué clase de historias contamos?

—Los peregrinos de Chaucer contaban historias de amor —contesta Tess—. Se retaban unos a otros a ver quién explicaba con más elocuencia la naturaleza del amor verdadero.

—El amor —me oigo balbucir—. ¿Estáis seguras de que queremos pasarnos el viaje entero hablando de eso?

—Vuestras historias pueden ser de lo que queráis —dice Tess—. Yo sólo estoy explicando cuál es la tradición. Y, naturalmente, en tiempos de Chaucer hablaban de amor cortés, que es muy distinto a lo que actualmente consideramos amor. El amor cortés era un poco... Supongo que podría calificarse de «prohibido». Amor prohibido.

Amor prohibido. Suena a una de esas novelas románticas que sólo compras para tu Kindle porque te da vergüenza que alguien pueda ver la portada. Creo que sé adónde quiere ir a parar Tess (en los *Cuentos de Canterbury* hay mucho adulterio), pero las demás parecen un poco desconcertadas, así que bebe cuidadosamente un sorbo de cerveza e intenta explicarse:

—El amor cortés era un amor espiritualizado y puro pero siempre frustrado en algún sentido. El objeto de deseo estaba casado o casada con otro, o no era de tu misma clase social. Incluso podía haber muerto. Pero lo importante es que tu gran amor era inalcanzable, así que uno estaba abocado a adorarlo desde lejos, sabiendo que su pasión nunca llegaría a consumarse.

—Qué deprimente —masculla la Atleta lamiéndose la yema de un dedo y recogiendo un trocito de aceituna de su plato—. ¿Para qué molestarse en jugar a un juego que no puedes ganar?

Tess sonríe.

—Suena bastante triste, ¿verdad? Pero la mentalidad medieval estaba ya... Bien, algunos dirían que estaba ya empañada por una preocupación excesiva por la religión, por el cielo y por el infierno. Así que es lógico que Chaucer y sus peregrinos fueran propensos a obsesionarse con lo inalcanzable.

—Pero ¿algunos de los *Cuentos de Canterbury* no son muy asquerosos? —pregunto—. Todo ese rollo sobre eructar, tirarse pedos y liarse con la mujer del vecino...

Todo esto lo he sacado de Google, el mismo sitio donde descubrí que el anfitrión se llamaba Harry Bailey, pero las demás me miran abiertamente. He llegado tarde, odio el amor verdadero y sé demasiado sobre Chaucer, ésa parece ser la opinión general de la mesa.

Tess asiente con una inclinación de cabeza.

—Exacto. Sí. Otra vez tienes razón. Al sentarse juntos en esta posada o en una muy parecida, puede que los peregrinos hicieran votos de contar cuentos de amor cortés. Pero cuando emprendieron el viaje y empezaron a andar, a hablar y a conocerse mejor, surgieron toda clase de historias. Algunas bastante sorprendentes y... Sí, bastante obscenas, como dice Che.

—Obscenas —repite Jean pensativa, como si no estuviera segura de lo que significa esa palabra.

—Pues a mí me gusta la idea —afirma Valerie, mientras intenta infructuosamente ahuecarse el pelo grasiento. Evidentemente, es una de esas personas que cree que, si se repite una y otra vez, su opinión contará como dos votos—. Podemos contar las historias que queramos. Cómo ciertas personas superaron... Bueno, ya sabéis, todo tipo de cosas. El amor, la muerte, que te quiten la alfombra de debajo de los pies justo cuando creías que tenías la vida resuelta... Cómo mantienes el corazón en marcha en medio de este jodido mundo. Ya sabéis, de todo.

El expreso de las 18.42 a Canterbury me atrae cada vez más.

Becca frunce los labios en un mohín.

—No sé por qué las historias tienen que ser tan dramáticas —dice—. No hay nada de malo en contar una sencilla historia de amor, ¿no?

—Claro que no —responde su madre—. Pero, en el Chaucer original, ¿no había una especie de apuesta?

Todas asentimos. Está claro que hemos leído los mismos artículos de Wikipedia.

—Un concurso, más bien —explica Tess—. El anfitrión declaraba que el peregrino que contara el mejor cuento sería invitado a una comilona que pagarían los demás cuando regresaran de Canterbury.

—Entonces hagamos eso —dice la Atleta cuyo nombre sigo sin recordar—. Me encantan los concursos.

—¿Quién ganó? —pregunta otra mujer.

Es la primera vez que la oigo hablar. Es bajita y su pelo es tan negro como si se lo hubieran pintado con un rotulador. Tiene una voz ronca con un dejo de Jersey o de Long Island, o quizá de algún barrio de mala fama, una voz que trae a la mente mafiosos, pasta y televisores vendidos en la trasera de una furgoneta. Hay algo en ella que me resulta familiar, aunque puede que sólo esté pensando que conozco a ese tipo de mujer.

—En el libro de verdad, quiero decir —añade.

—No ganó nadie —expone Tess—. Nunca llegaron a Canterbury porque Chaucer dejó los cuentos a medias. —Arruga la nariz—. Hay quien dice que murió. Otros dicen que se cansó del proyecto y que pasó a otra obra. En todo caso, quedaron muchos cuentos sin contar.

—Entonces está decidido —dice Claire, y me parece que sonríe, pero tiene la cara tan tensa que es difícil saberlo—. Cada una contará una historia, y creo que deberíamos seguir el ejemplo de los peregrinos originales y retarnos a ahondar en la naturaleza del amor. Tess juzgará cuál de nosotras se acerca más al blanco. ¿Las historias tienen que ser reales?

—Claire confía en que la respuesta sea sí —dice Silvia, y juro que cuando echa la cabeza hacia atrás y se ríe prácticamente relincha—. Adelante, querida. Diles cuántos maridos has tenido.

—Sólo cuatro —contesta Claire en tono coqueto y provocador. La mayoría de las mujeres reservan esa voz para cuando hablan con hombres, no con otras mujeres, pero creo que Claire no puede refrenarse. Me recuerda a Diana. La seducción es su modo por defecto. Es como si sufriera una especie de síndrome de Tourette en versión sexual—. ¿Son muchos?

Cuatro más de los que he tenido yo, pero Silvia no ha terminado.

—Y diles qué edad tiene tu novio actual.

—La edad no es problema entre nosotros —contesta Claire airosamente, así que debe de ser un crío.

—No creo que debamos comprometernos a que las historias sean ciertas —dice Jersey—. Creo que deberíamos quedar en que pueden ser reales o inventadas, o un poco de las dos cosas, a gusto de quien las cuente. Lo que cada una quiera.

Becca mira a su madre y tuerce un poco la boca. No alcanzo a interpretar su expresión, pero entre ellas se está cociendo algún conflicto. Naturalmente, entre una chica adolescente y su madre siempre se está cociendo algún conflicto, la única pregunta es cuál. Puede que hayan discutido en algún momento sobre la conveniencia de determinado chico... o de determinada chica, quizás. Es difícil saberlo. Becca tiene un aspecto andrógino, una especie de rebeldía cuidadosamente calculada, pero imagino que es lo típico en una chica de su edad, así que seguramente lo estoy interpretando todo mal.

—Haré de juez encantada —declara Tess—. En fin, las normas son éstas: las historias no tienen que ser reales, ni autobiográficas. Y sí, la naturaleza del amor es un tema del que vale la pena hablar, pero no penséis que todas las historias tienen que ser románticas o nobles. Podéis contar qué es la cosa más tonta que habéis hecho por amor, o una historia en la que los amantes lo dejan todo el uno por el otro, o incluso una en la que nunca llegan a encontrarse. Y dado que el tiempo que vamos a pasar juntas terminará en Canterbury, allí se proclamará a la ganadora y las demás la invitarán a una cena maravillosa. Conozco el lugar perfecto. —Su voz y sus maneras son las de una maestra poniendo deberes y, cuando termina, casi espero que dé una palmada—. ¿Queréis que echemos a suertes quién empieza?

—Nunca he entendido bien esa expresión —comenta Valerie, seguramente hablando por todas—. ¿Qué son las «suertes» y cómo se «echan»?

—¿A ver quién saca la pajita más corta? —propone la Atleta.

—No —responde Tess—, porque eso supone que la que pierde es la primera, y el derecho a contar el primer cuento del viaje es un gran honor. Tenéis que sacar una carta cada una. La que saque la carta más alta es la que empieza.

Diciendo esto, saca de la mochila que tiene a sus pies un lío de seda azul y, cuando lo desenvuelve, aparece una baraja de cartas grandes y muy adornadas. Parece casi medieval, con las figuras dibujadas a mano y descoloridas, y me pregunto qué más guarda en su mochila. Para amenizar uno de estos viajes la anfitriona tiene que ser una verdadera Mary Poppins, capaz de entretener, instruir y reconfortar de un momento para otro, sin transición.

Nos pasamos la baraja y cada una elige una carta. Yo miro la mía por debajo del pico de la mesa y descubro con sorpresa que el corazón me late un poco más deprisa. No quiero ser la primera. Parece demasiada responsabilidad, como si la primera historia fuera a marcar el tono de toda la peregrinación. Pero tampoco quiero ser la última, así que me alegro de que me haya salido un ocho de corazones. Justo en medio de la escalera y seguramente sin riesgos, por tanto.

—Ahora, dadles la vuelta —ordena Tess.

Volvemos las cartas. La ganadora-perdedora es Jane, que ha sacado la reina de diamantes. Parece lo más adecuado para ella, igual que una cantidad moderada de amor es lo más adecuado para mí, imagino.

Pero Jane no se inmuta.

—Esto es fácil —dice—. Puedo contar la historia de mi marido. Porque yo estuve casada con el hombre perfecto.

Vaya, eso es mucho decir. Es uno de esos comentarios que sugieren más que explicar, y el grupo entero parece quedarse mudo un instante. El hecho de que haya dicho «estuve casada» en lugar de «estoy casada» demuestra que ya no está con ese hombre… y dado que afirma que es perfecto, es poco probable que esté divorciada. Debe de ser viuda, y a juzgar por la calma con la que ha hablado la herida no debe de ser muy reciente. Su marido murió hace años, deduzco, lo que significa que Becca no sólo es hija de un hombre perfecto, sino que se quedó huérfana de padre durante su infancia o su primera adolescencia. No me extraña que esté tan enfadada. Es la mayor, la única chica, y perdió al que probablemente era su mayor aliado cuando más lo necesitaba.

—¿Te refieres a tu primer marido? —pregunta Claire.

—A mi único marido —responde Jean con firmeza y Claire frunce el ceño como si se preguntara cómo es posible tal cosa.

—Pero ¿las demás estáis casadas? —insiste mirando en torno a la mesa, y me doy cuenta de que todas intentamos definir a las demás con la mayor rapidez posible, basándonos en los criterios que se nos vienen a la cabeza.

Claire parece establecer la distinción básica entre las que están casadas y las que no, y yo siento en el pecho la tirantez que me acomete siempre que sale el tema del matrimonio. La gente da por supuesto que todo el mundo se casa tarde o temprano, hasta los más sebosos, aburridos o inútiles. La gente a la que se ve paseando por el Walmart a las tres de la mañana suele ir acompañada.

Resulta que Silvia está casada, y también la Atleta negra. Tess y Becca están solteras, pero no pasa nada porque son muy jóvenes. Claire ha pasado por el altar cien veces, eso ha quedado claro, y la Reina de Jersey dice: «Yo estoy casada» y luego añade: «Más o menos». Así que ahí hay una historia (apuesto a que vamos a oírla muy pronto).

—Yo soy una solterona —dice Valerie.

Dice «solterona», cómo no. Elige, cómo no, la palabra con más connotaciones, la más cuáquera, la más amish, la más despectiva, y además la dice irónicamente. Para asegurarse de que todas sabemos que ha sido ella quien ha escogido ese camino menos transitado. Porque, como todas sabemos, ser una solterona es moderno.

Entonces me miran a mí y balbuceo:

—Yo estuve casada una vez, pero hace tanto tiempo que es como si no hubiera pasado.

Es una buena mentira. Lo sé porque la he contado muchas veces antes y nunca nadie la ha cuestionado. La gente se siente cómoda con las divorciadas, mucho más que con las solteronas del mundo, y yo llevo al menos diez años evocando el fantasma de ese marido olvidado, desde que doblé el recodo de los treinta y cinco y de repente estar soltera empezó a parecer anormal. Hasta le he puesto nombre (Michael), le he asignado una estatura («más bajo que yo») y una profesión (arquitecto). A veces incluso añado: «Trabajaba en grandes obras públicas como aeropuertos y esa clase de cosas».

—Entonces, ¿pedimos la minuta? —pregunta Tess—. Fuera nos está esperando una furgoneta para llevarnos a nuestra primera hospedería y mañana a primera hora nos pondremos en marcha.

La minuta. Me encanta. Es tan británico, tan bonito y anticuado… Por esto es por lo que estamos pagando. Se oyen murmullos de asentimiento alrededor de la mesa, aparecen tarjetas de crédito, se recogen pañuelos, se oye el chirriar de las sillas al ser empujadas hacia atrás. Hay una especie de zumbido en el aire. Una sensación de partida. ¿Debo unir mi suerte a la de estas mujeres? Porque hemos llegado al punto de no retorno, supongo. Si quiero coger el tren a Canterbury yo sola, debería marcharme ya. Si quiero ir al aeropuerto y volver a Estados Unidos, debería haberme marchado hace media hora. Miro alrededor de la mesa. Un compañero es alguien con quien se come: una forma de definir la amistad algo aleatoria y no muy elevada, pero qué demonios... Si algo nos ha enseñado la historia es que ninguna mujer debe viajar sola a Canterbury.

Tal y como había prometido Tess, hay una furgoneta esperándonos aparcada en un callejón detrás del George, cerca de un contenedor colocado de manera claramente ilegal. El joven apoyado contra ella parece un gamberro. Larguirucho y granujiento, un cigarrillo le cuelga de los labios. Pero en cuanto ve acercarse a Tess con todas nosotras detrás, arrastrando nuestras mochilas y maletas por los adoquines, se endereza, tira el cigarrillo a un lado y de pronto es todo solicitud. No es fácil cargar tantas maletas, que van desde una elegante bolsa con el logotipo Louis Vuitton grabado a un lado (seguramente de Claire) a una especie de petate militar hecho casi trizas (seguramente de Becca). Pero el joven las mete todas en la furgoneta con la facilidad que sólo da la práctica.

Encajar a las mujeres resulta ser mucho más complicado. Dudamos ante la puerta de la furgoneta. Ninguna parece dispuesta a entrar la primera. Yo quiero redimirme y demostrar que puedo ser una buena compañera, así que subo y avanzo con dificultad hasta la fila de asientos de atrás, seguida por la Atleta y por Valerie, que continúa parloteando. La morena Reina de Jersey se sienta delante de nosotras, junto con Jean y su hija, y Claire y Silvia ocupan los mejores asientos, junto a la puerta y ellas dos solas en una fila. Tess se desliza en el asiento del copiloto, junto al conductor, al que nos ha presentado como Tim.

Valerie tiene ganas de hablar. Quiere saber de dónde soy, por qué me he sumado a ellas en el último momento y qué me trae a Canterbury. Mi evaluación preliminar de la situación me ha convencido de que es la última con quien me interesa trabar amistad y sabe Dios cuánto tiempo vamos a pasar encerradas como sardinas en lata en la furgoneta. Así que, para desalentarla, digo que quiero leer mi correo electrónico antes de que salgamos de Londres. No es del todo mentira. Como he dicho en el

George, sospecho que el servicio telefónico será algo precario en el campo, así que ésta puede ser mi última oportunidad de mirar el correo durante días. Debería enviarle un mensaje a Ned para decirle al menos que no podremos hablar al día siguiente. Soy así de responsable, incluso cuando acaban de dejarme tirada.

Pero cuando me pongo el bolso en el regazo, no encuentro el teléfono. Hurgo sistemáticamente en cada compartimento y mi pánico va creciendo con cada cremallera que abro y cada bolsillo que palpo. Y entonces aparece una imagen mental en mi cabeza: yo dejando el teléfono en la barra, junto a aquel hombre de pelo muy corto, mientras firmo la cuenta. No he debido de recogerlo otra vez.

—¡Me he dejado el teléfono! —grito—. Creo que está en la barra del restaurante.

Se trata de un pequeño desastre, claro está. Acabamos de salir del aparcamiento y estamos en una calle, ya en marcha. Quién sabe lo difícil que será cambiar de dirección en aquellas calles de un solo sentido, estrechas y laberínticas, para regresar al George. Y estoy en el peor lado de la furgoneta para salir: el asiento de la izquierda en la última fila. Cinco o seis mujeres tendrán que moverse para dejarme pasar. Ya he llegado tarde, con mi nombre raro y mi actitud hosca, y ahora voy a empezar el viaje convirtiéndome en un auténtico incordio.

—Utiliza el mío —dice la Atleta poniéndose la mochila en el regazo con mucha más habilidad que yo—. Llama al restaurante a ver si lo tienen.

—¿Estás segura? La tarifa de *roaming* es cara.

—No pasa nada. Contraté una de esas ofertas con minutos de viaje sin límite.

Cuando abre la cremallera de su mochila para sacar el teléfono, distingo el brillo inconfundible de una caja de bombones Godiva casi escondida entre los pliegues de un pañuelo. Así que ése es su truco: pedir una ensalada en público y picotear de ella de la manera más ostentosa, dar pequeños sermones sobre antioxidantes y agricultura ecológica, procurar que todo el mundo en la mesa comprenda que eres el colmo de la salud y el autocontrol y luego, por las noches, a solas y en la cama, ponerse hasta las trancas de bombones.

La Atleta se para un momento, como si le sorprendiera encontrar la caja allí. Luego me alarga el teléfono.

—Adelante —me indica—. Tengo tiempo ilimitado, en serio.

Tess me dicta el número del George y yo lo marco, pero está comunicando. Lo intento otra vez. Sigue comunicando.

—Lo siento muchísimo —digo desde el fondo de la furgoneta, pero Tess sigue mostrándose jovial y despreocupada. Conoce bien su trabajo.

—Es más fácil volver que esperar a que deje de comunicar —comenta mirando hacia atrás y le susurra unas palabras al conductor mientras las otras mujeres se apresuran a decirme que no pasa nada, que volvemos y ya está.

Todavía es demasiado pronto para que empecemos a ponernos desagradables las unas con las otras, o incluso para que seamos sinceras, y cuando Tim para la furgoneta en la calle, justo delante del George, todas se muestran encantadas de apearse para dejarme paso.

Estoy sin aliento cuando llego a la puerta del pub, el corazón me late con violencia y mi cerebro va a mil por hora. Todo lo que necesito para desenvolverme en el mundo está en ese teléfono. La información de contacto de todas las personas con las que trabajo, la reserva de mi vuelo de vuelta, mis cuentas bancarias, mi brújula, mi cámara de fotos, mis facturas, mi música, mis juegos y mi podómetro. Si pierdo el teléfono, estaré completamente a la deriva. Será casi como si nunca hubiera existido.

El lacónico barman sigue en la misma posición que cuando me he marchado, recostado en la pared con los brazos cruzados. Le cuento atropelladamente lo que me ocurre. Describo el teléfono, que tiene una carcasa con motivos de vides y la foto de *Freddy* en la pantalla. Le indico dónde estaba sentada. Menciono al hombre que ha comido a mi lado y que me ha dado la impresión de ser un cliente fijo. Pero el teléfono no está. Mira debajo de la barra y por detrás para asegurarse, incluso va a hablar con la encargada, pero vuelve con las manos vacías.

—¿Cómo puede haberse perdido? —le pregunto. Noto lo chillona que suena mi voz. Estoy a punto de ponerme a gritar—. Dios mío, ¿qué voy a hacer ahora?

Se recuesta contra el altar de los licores y vuelve a cruzar los brazos.

—Podría comprarse otro teléfono —sugiere.

—Usted no lo entiende. No es el teléfono en sí. Es lo que contiene. Todo mi mundo estaba en ese teléfono. Ahora ya ni siquiera sé cómo voy a volver a Estados Unidos.

Sacude la cabeza.

—No se asuste, señorita. En realidad, ya no hay forma de perder nada, tal y como lo tienen todo montado hoy en día. Todo lo que necesita está en la nube.

—Es sólo que... ¿Está seguro de que no lo ha visto?

—Tenga —dice metiéndose la mano en el bolsillo de la camisa—. Use el mío para llamarse.

—Pero las tarifas de *roaming*...

—No pasa nada. No va a contestar nadie. Sólo vamos a escuchar el tono, ¿verdad?

Tiene razón. Lucho un momento por recordar mi número y lo marco. La línea suena... y suena. Mi tono de llamada suena a tañido de campanas, no estoy segura de por qué. Puede que fuera el tono por defecto y que nunca me haya molestado en cambiarlo. El joven baja el volumen del equipo estéreo de detrás de la barra y aguzamos los dos el oído, tratando de escuchar unas campanadas.

Pero no. Oigo un chasquido y a continuación mi propia voz en el mensaje del buzón de voz. Cuelgo. El barman se encoge de hombros.

—Entonces, parece que se ha perdido, ¿eh, señorita? Mala suerte.

—Sí —afirmo—. Exacto. Mala suerte.

4

La primera noche del viaje nos alojamos en un pueblecito cerca del comienzo del Camino en cuya plaza hay una escultura de madera tallada dedicada a los peregrinos de Canterbury. A la mañana siguiente posamos por turnos delante de ella, con nuestros bastones de caminar en la mano. Mi cámara era la del teléfono, así que tengo que pedirles a las demás que me hagan una foto.

Los dos peregrinos de la escultura tienen expresiones distintas. Uno mira hacia el suelo con aire solemne y apesadumbrado, mientras que el otro tiene la cabeza echada hacia atrás y una sonrisa sagaz. La talla es relativamente nueva, según Tess, así que imagino que las figuras representan una visión contemporánea de los distintos motivos por los que los peregrinos se lanzaban al Camino. Para algunos se trataba de una forma de expiación y para otros más bien de una excursión primaveral, una excusa para salir unos días de la ciudad, el proverbial cambio de aires, una ocasión para beber, divertirse o acostarse con una moza de otra aldea.

La Atleta ha resultado llamarse Steffi. Me hace la foto cuando me llega el turno y promete enviármela por correo electrónico. No me cabe duda de que es una de esas mujeres que siempre hacen lo que dicen que van a hacer, pero aún no hemos pisado el Camino y ya está crispándonos los nervios a todas. No para de acribillar a Tess con preguntas acerca de cuánto caminaremos hoy, a qué altitud subiremos y cuánto avanzaremos por hora, de promedio. Lleva una de esas pulseras Fitbit en la muñeca y la consulta cada pocos minutos a pesar de que Tess le ha explicado pacientemente que el objetivo de la caminata no es hacer ejercicio.

—Cada grupo tiene que encontrar su propio ritmo —explica Tess— y el primer día de Camino siempre constituye una especie de experimento. Esta noche podré daros una estimación más clara, cuando vea hasta dónde hemos llegado.

Es una explicación bastante incompleta. Estamos a lunes y ya sabemos que disponemos de cinco días para recorrer el Camino, hasta las tres de la tarde del sábado, cuando nos aguarda la bendición en la catedral de Canterbury. Eso por no hablar de que tenemos habitaciones reservadas en diversas hospederías a lo largo de la ruta. Para cumplir con esos compromisos, Tess debería saber ya a qué ritmo tenemos que andar y hasta dónde llegaremos. Steffi se apresura a señalar esa contradicción.

—Entonces, adaptas la ruta según el ritmo que lleve el grupo —afirma en tono de reproche, con voz casi frenética, como imagino que sonaba la mía cuando el barman de Londres me dijo que no encontraba mi teléfono—. Si ves que vamos despacio, acortas parte de la caminata cada día, ¿es así como funciona? ¿Eso significa, entonces, que cabe la posibilidad de que no hagamos toda la ruta?

En las últimas dieciocho horas he descubierto no sólo que Steffi es mujer y negra, lo cual es evidente, sino que también es médica especializada en enfermedades coronarias en mujeres. *Está acostumbrada a pelear*, pienso. *Acostumbrada a andar cada paso del camino, a ascender cada colina, y le fastidia infinitamente pensar que quizá vayamos a perdernos algo, aunque lo que nos perdamos sean unos cuantos kilómetros de campos de labor exactamente iguales que todos los demás.*

Empiezo a decir algo, a asegurarle que no debe preocuparse, que caminar veinticinco kilómetros diarios no va a purificar tu alma ni a suponer mayor reto para tu cuerpo que caminar diez, pero me detengo. Sigo siendo la recién llegada. Y no sólo porque me haya perdido la comida inaugural del viaje en el George, sino porque anoche me perdí también la cena. Cuando llegamos a la hospedería y descargamos la furgoneta ya casi era de noche, y el vuelo de la noche anterior me pasó factura. Me disculpé para no reunirme con las demás en el pub y subí las estrechas escaleras hasta mi cuartito parecido a la celda de una monja, con la maleta golpeando detrás de mí en cada escalón.

Robé un plátano de una cesta que había en el mostrador de recepción, pero cuando me senté en la cama a comérmelo vi que estaba pocho. Estupendo. Evidentemente, la fruta estaba allí para decorar, no para invitar a los huéspedes de la hospedería a servirse a su gusto. De hecho, al sacar un plátano del fondo de la cesta tal vez estropeé su simetría y quizás el centro de frutas se desequilibró por completo y las manzanas y las peras comenzaron a rodar por el suelo a diestro y siniestro. *Estas dichosas americanas están todas chaladas*, habrán pensado sin duda los dueños de la hospedería. *Si no las encerramos en sus habitaciones por la noche, seguramente se comerán hasta los arbustos del prado.*

Me duché y me puse el camisón, agotada pero con la sensación de que me costaría conciliar el sueño. Normalmente utilizo el teléfono para relajarme por las noches leyendo artículos de enlaces de Twitter, echando un vistazo a mi correo electrónico o jugando a Angry Birds. Cuando me acerqué a la ventana y miré desde lo alto de mi cuartito, vi el pueblo entero, en toda su extensión, con un brumoso atardecer otoñal suspendido sobre él. La única persona a la vista era el vicario, que salía de la iglesia con su sotana, sorteando lápidas labradas. Y me pregunté qué hacía yo allí, en aquel lugar cuya existencia desconocía hasta escasas horas antes, cómo me había rodeado de extraños sin tener claro cómo regresar al aeropuerto o a Estados Unidos o a cualquier sitio que me pareciera real, y mientras contemplaba el pueblo me asaltó de pronto la idea de que, sin mi teléfono, ni siquiera podía pedir auxilio. Lo único que podía hacer era abrir la ventana y gritar, pero no había nadie que pudiera oírme, excepto el vicario, y no tenía ni idea de qué clase de ayuda podía prestarme un vicario.

También había un gato. Se había acercado a la ventana y me miraba con exasperación, empujando el cristal con su zarpa. Evidentemente, me hallaba en su habitación favorita. Entorné la ventana (no había mosquitera), pasó suavemente por la rendija y se acomodó en la ondulada camita. *Vale*, pensé. *He aquí lo que no tengo: no tengo madre, ni novio, ni teléfono, ni puñetera idea de por qué estoy aquí, de qué voy a hacer ni de qué significa todo esto. Pero tengo un gato, un plátano pocho y un vicario al otro lado de la calle, así que veamos si puedo extraer algún consuelo de estas pequeñas certezas.* Tal vez pudiera leer. Podía sostener un libro en las manos. Si no me fallaba la memoria, sentir el tacto de un libro solía ser muy reconfortante. Había pasado junto a una estantería en el descansillo, a medio camino de la escalera, llena hasta rebosar de libros abandonados o perdidos por antiguos huéspedes, con los títulos apuntando a un lado y a otro sin ton ni son.

Así que bajé las escaleras sin hacer ruido y eché un vistazo a los libros de bolsillo abandonados, hasta que por fin elegí un *tecno-thriller* con una llamativa portada negra y plateada, uno de esos libros que jamás leía en casa. Y, efectivamente, el libro y los ronroneos del gato consiguieron hacerme dormir. De hecho, ha sido la mejor noche de descanso que recuerdo y me hacía muchísima falta, pero ahora, a la luz del día, las otras charlan animadamente entre sí y yo sigo sin estar segura de cómo se llaman.

—A Jane le toca contar la primera historia —le está diciendo Tess a Steffi, que parece casi desquiciada ante la posibilidad de que haya algún campo de Inglaterra que no vayamos a atravesar—. Así que será ella la que tenga que hablar y caminar sin parar, lo que puede ser muy agotador, incluso para una persona en forma. Es difícil saber a qué ritmo irá, y la que cuenta la historia es la que marca la marcha del grupo. Es una regla inamovible de Canterbury: que los oyentes se adaptan al narrador y que cada historia tiene su propio ritmo. Porque escuchar es un poco como bailar, ¿no? Te mueves al son de la música que suene en ese momento. Estoy segura de que lo comprendes.

«Estoy segura de que lo comprendes» es lo que se le dice a la gente que evidentemente no lo entiende, pero mientras habla, Tess mira con énfasis de Steffi a Jean. Jean sabe qué tipo de ropa le sienta bien, de modo que ayer, en el George, parecía bastante delgada, pero hoy, con botas y pantalones y a la áspera luz del día, salta a la vista que está más gorda de lo que parecía. En resumidas cuentas, que Steffi va a tener que dominarse. Siendo Jean la narradora, esta mañana no vamos a batir ningún récord de velocidad.

—Y no vamos a andar en fila india —añade Tess, dirigiéndose esta vez a todo el grupo—. Si avanzamos en fila, como buenos soldados, la de delante no podrá oír a la de atrás y viceversa. Así que viajaremos como verdaderas peregrinas, unas al lado de las otras.

Genial. Ahora El Ancho Mundo es además El Ancho Mundo en Fila Horizontal. Steffi está cada vez más ceñuda. Seguramente está pensando que caminar apiñadas nos va a retrasar aún más. Más vale que se vaya quitando ese chisme de la muñeca y lo tire al agujero negro cósmico que se ha tragado mi iPhone. Si no, se va a pasar el viaje entero sufriendo.

—Y la ruta no va a ser especialmente pintoresca hasta que nos alejemos bastante del pueblo y se abra el paisaje —agrega Tess, hablando como si fuéramos a salir de Nueva York.

A mí el pueblo me parece absolutamente pintoresco, como la ilustración de la caja de un puzle. Pero Tess está señalando a lo lejos, hacia un paisaje de suaves colinas de color salvia, musgo y oro. A nuestro alrededor, la luz ya está empezando a aumentar poco a poco.

—Puede que camine en círculos alrededor del grupo para poder mantener mi ritmo —comenta Steffi—. Prometedme que me lo diréis si a alguna le molesta.

Y así emprendemos la marcha. Bajamos por el empinado camino que sale del pueblo hacia los campos, con las botas resbalando un poco en los guijarros. Becca se queda rezagada y yo me descubro retrasándome un poco del grupo de mujeres y caminando a su lado.

—¿No quieres oír la historia de tu madre? —pregunto, aunque sé que es una pregunta comprometida.

Las cenizas de Diana se menean en la mochila con cada paso que doy. Estuve pensando si guardar la bolsa de plástico en la maleta y mandarla camino adelante con Tim, hasta la siguiente hospedería, pero luego decidí que si lo hacía aquel viaje carecería de sentido. Mi madre quería caminar hasta Canterbury, no ir en una furgoneta, así que me pareció que debía llevar conmigo sus cenizas, metidas en su bolsa.

Becca me lanza una mirada agria.

—Ya la he oído.

Apuesto a que sí, pienso, porque soy consciente, quizá más que las otras, de que sea lo que sea lo que va a contarnos Jean no será un relato espontáneo, sino una narración que ha recitado multitud de veces ante numerosos oyentes, una historia pulida y afinada con el paso de los años. Por eso no le ha preocupado ser la primera. Está más que preparada. Y Becca ha oído su historia tantas veces que se ha vuelto insensible a ella. Hace tiempo que dejó de distinguir la realidad de la fantasía en las anécdotas preferidas de su madre, incluso si se trata de hechos a los que ella misma asistió, incluso si esos hechos le sucedieron a ella tanto como a Jean. Mi madre también recopilaba leyendas familiares: historias acerca de cómo mis padres llegaron al huerto de tía Leticia y desbrozaron la tierra, anécdotas acerca de cómo construyó mi padre su primera prensa para sidra usando perchas de ropa y la carcasa de una lavadora rota. El estanque de la parte de atrás, tan rebosante de vida que a veces los peces saltaban a las barcas espontáneamente. Lo mucho que me gustaba a mí aquel estanque, y cómo aprendí a nadar antes que a andar. ¿De verdad aprendí a nadar antes que a andar? ¿De verdad saltaban los peces a las barcas? ¿Importa, acaso?

Casi todas las familias tienen sus anécdotas oficiales, imagino, y las cuentan una y otra vez, y cada vez que las cuentan tanto el narrador como los oyentes constatan que el mundo es un lugar comprensible. Supongo que podría aducirse que el mismo hecho de contar una historia es un acto de fe, dado que fomenta la creencia en que la vida tiene de verdad un planteamiento, un nudo y un desenlace; la certeza de que todos nos dirigimos a alguna parte, de que los acontecimientos aparentemente aleatorios de nuestras vidas significan algo, de que el mañana será algo más que una repetición del ayer, una y otra vez.

—Ahí está el portillo —dice Tess cuando salimos del camino rural y viramos hacia un campo despejado.

Un pequeño azulejo azul sujeto a la cerca muestra un monigote caminando con un cayado y una mochila a la espalda. Google tenía razón: es fácil pasar por alto un indicador como ése.

—Entonces, ¿es aquí donde empieza la ruta oficial a Canterbury? —pregunta Steffi en tono de duda.

Creo que todas esperábamos algo más.

—Nuestros pies están ya en el Camino —afirma Tess cuando, una a una, pasamos por encima de la zanja llena de barro y cruzamos el portillo. Señala a Jean con la cabeza—. Así que puedes empezar cuando quieras.

El cuento de Jean

—Mi padre opinaba que Allen no era lo bastante bueno para mí —cuenta Jean—. Ahí es donde empieza todo. Quizá sea así como empiezan todas las historias de amor. Papá podía ser así: muy crítico, siempre evaluando a los demás, y Allen, claro, estaba decidido a hacer todo lo posible para demostrarle que se equivocaba. Dijo que nos mantendría a mí y a nuestros hijos y que no viviríamos con lo justo, sino a lo grande, eso decía siempre. Que no se daría por satisfecho hasta que nuestros hijos fueran a los mejores colegios y yo no tuviera que trabajar y viviéramos en una casa… en una casa que hasta mi padre tendría que reconocer que era estupenda.

Pero aquí hace una pausa, como si ya dudara de sí misma.

—No se trataba sólo de eso, claro. No quiero que penséis que Allen era una especie de adicto al trabajo, uno de esos hombres que se levantaban al amanecer y se marchaban con su maletín. Siempre estaba ahí, a nuestra disposición, sobre todo los domingos. Eran nuestros días de familia. ¿Verdad que sí, Rebecca?

—Eres tú quien está contando la historia, mamá.

—Pues sí, pero ¿por dónde empieza la historia de un matrimonio? Puedo contaros cómo nos conocimos. Fue en un barco, en una de esas excursiones por el puerto de Nueva York, lo que es una tontería, pero si me remonto hasta tan atrás estaremos a medio camino de Canterbury cuando acabe la primera historia y no se trata de eso, ¿verdad?

Jean se aparta un mechón de pelo rubio con una risilla nerviosa pero, como nadie dice nada, continúa con su relato:

—Llevábamos diez años casados cuando a Allen le surgió la oportunidad de ir a Guatemala con su empresa. Trabajaba en la industria petrolera, ya sabéis. Era una oportunidad espléndida, un sueldo mucho más alto, y además la empresa pagaba una bonificación adicional por gastos de vivienda y manutención a quien estuviera dispuesto a vivir en el extranjero un año y medio o más. La bonificación era tan generosa que sabíamos que podríamos ahorrar prácticamente todo su sueldo. Era nuestra oportunidad, y no surgen muchas como ésa. Allen lo sabía y yo también. La mayoría de los empleados no se llevaban a sus familias al extranjero, o por lo menos no a Centroamérica. En aquellos tiempos Guatemala era un país en el que podía pasar cualquier cosa, sobre todo si salías de las zonas turísticas. Los estadounidenses solían convertirse en blanco de secuestros y habíamos oído hablar de una familia… Bueno, en realidad la conocíamos, aunque sólo de pasada, y tenían una hija de sólo catorce años que…

—Sáltate esa parte, mamá —dice Becca—. No hace falta que nos cuentes eso.

—Tienes razón. Es una historia horrorosa. Baste decir que Guatemala no siempre era un lugar seguro para los estadounidenses a los que se consideraba ricos, y todos los estadounidenses eran ricos según el criterio de los guatemaltecos. Allen quería que me quedara en Houston con los niños, pero yo no soportaba la idea de pasar tanto tiempo separados y de que los niños sólo vieran a su padre dos o tres veces al año. —Suspira—. Así que, veréis, en cierto modo fue todo culpa mía, todo lo que pasó mientras estuvimos allí. Porque fui yo quien se empeñó en que hiciéramos las maletas y nos fuéramos con él. Hasta el perro. Hasta

Taffy. Se suponía que era por los chicos, un labrador blanco, grandote y saltarín. Pero siempre dormía en tu cama, ¿te acuerdas, Becca?

Becca no contesta. Evidentemente, ha tirado la toalla. Ha decidido dejar que su madre cuente ella sola su historia cargada de remordimientos, para bien o para mal.

Jean deja pasar unos segundos. Luego continúa:

—Teníamos muchas cosas que llevarnos, y además estaba el perro, así que fuimos en furgoneta. Tardamos una eternidad y teníamos la impresión de que con cada kilómetro de carretera que dejábamos atrás estábamos abandonando el único mundo que conocíamos. Creo que en algún lugar del sur de México empecé a darme cuenta de que tal vez aquello había sido un error. Siempre es así, ¿no? Ves aquí y allá pequeños indicios de que has perdido el norte, de que te has equivocado de camino, pero cuando te das cuenta… ya no hay vuelta atrás. Había sacado a los niños del colegio, alquilado la casa… Todo lo que poseíamos iba en aquella furgoneta.

Se para de pronto y todas nos adaptamos automáticamente a su ritmo, deteniéndonos para recolocarnos las mochilas o inclinándonos para estirarnos los calcetines. Hemos recorrido ya suficiente trecho del Camino para saber qué nos molesta, qué ropa o qué mochilas han sido un error.

—Pero eso es lo que hace que un matrimonio sea un matrimonio, ¿no? —dice Valerie—. Lo que lo mantiene unido. ¿No llegan todas las parejas a un punto del sur de México en el que se dan cuenta de que sería más problemático volver atrás que seguir adelante?

Seguramente tiene razón. Lo que dice suena sensato. Pero ninguna de las casadas dice nada y el silencio se solidifica como un ladrillo. Finalmente, Valerie se encoge de hombros.

—Sólo es una suposición —afirma—. Yo siempre seré soltera.

Pasan varios segundos, otro momento violento, todas en círculo, mirándonos de frente por una vez, rascándonos, estirándonos y bebiendo agua, y de pronto, así, por las buenas, Valerie se siente impulsada a proclamar no sólo que es soltera (lo que la sitúa en la misma categoría que a mí y seguramente que a varias de las demás), sino que siempre lo será. Eso es completamente distinto, una afirmación chocante. Cerrarse una puerta así, con esa naturalidad, y el matrimonio es una puerta por la que tarde o temprano casi todo el mundo acaba pasando.

Puede que sea lesbiana, pienso. *Debería intentar que me caiga mejor.* Su comentario, sin embargo, ha molestado a Jean.

—Yo nunca pensé seriamente en volver atrás —dice con cierta aspereza mientras nos recolocamos las mochilas y echamos de nuevo a andar—. Había tomado la decisión de seguir a mi marido y las mujeres no solemos romper un compromiso así. Y, además, Guatemala resultó ser una maravilla a su modo, por lo menos cuando llegamos. Teníamos una casa más grande, mucho más grande que la de Texas, casi una finca en realidad. Los propietarios anteriores la habían llamado el Paraíso Blanco, y había toda clase de medidas de seguridad. Incluso había un colegio dentro de la urbanización americana, aunque sin muchos niños y no creo que a mis hijos les gustara demasiado. Echaban de menos a sus amigos de casa y yo a los míos, pero teníamos a los empleados. Cinco en total, contando al chófer.

De pronto, sin saber por qué, se echa a reír.

—Dicho así suena todo muy grandioso, ¿verdad? Como si fuéramos personajes de una película con cocinera y jardineros y doncella de arriba y de abajo, y Antonio, claro, el chófer. Es del que siempre me acordaré mejor porque nunca nos dejaba solos. Allen decía que era peligroso que condujera yo. Así que no conducía y, cuando por fin volví a Texas, casi se me había olvidado de cómo se hacía. Recuerdo sentarme en el coche esa primera vez, estar allí sentada, en el asiento del conductor, detrás del volante. Hacía dos años, quizás un poco más, y por un segundo ni siquiera me acordé de cómo se arrancaba. En realidad no lo había olvidado, claro. Conducir es algo tan automático como nadar o respirar, pero al principio... Bueno, el caso es que Guatemala era otro mundo, lo cual tenía sus cosas buenas y sus cosas malas. Allen se iba por las mañanas después de desayunar, con el chófer, y luego Antonio volvía para llevar a los niños a su escuelita. Tenía que llevarlos él, aunque el colegio estaba en nuestra misma calle, un poco más abajo. Tal era nuestro grado de miedo, como os podéis imaginar. Luego Antonio volvía otra vez, por si acaso yo tenía que ir a algún sitio.

Otra pausa. Tiene la cara colorada y jadea ligeramente. Le cuesta andar y hablar al mismo tiempo, como había predicho Tess. Pero de todos modos creo que Jean es una mujer que se desmadeja fácilmente. Una de esas mujeres que se deshacen por completo si encuentras el hilito adecuado y tiras de él.

—El problema, claro —añade cuando recobra el aplomo—, era que, aunque Antonio me esperase, yo nunca tenía ningún sitio al que ir, ni nada que hacer. Tener cinco empleados en casa puede parecer estupendo, hasta que los tienes. Así que me pasaba todo el día dando vueltas por la casa sin saber qué hacer, y luego, un buen día, me enteré de que había una parroquia que se dedicaba a hacer obras sociales en el vertedero. Porque, veréis, en las ciudades de Centroamérica hay enormes montañas de basura y gente que vive en ellas. Familias enteras, con abuelos y niños pequeños, y es horroroso, pero así es como viven, rebuscando entre la basura comida y ropa y cualquier cosa que les pueda servir para cobijarse. La parroquia tenía planes para construir una clínica y una escuela.

—Mamá —protesta Becca enérgicamente—, eso no forma parte de la historia.

—¿No? No estoy tan segura. Porque eso es algo que también me reprocho. Todo el mundo me advirtió que era peligroso meterse en eso. Las otras mujeres que vivían en la urbanización americana intentaron disuadirme. *Si sales de la verja*, me decían, *te estás arriesgando. Si necesitas algo del exterior, ¿no puedes limitarte a mandar a tu chófer?* No sé por qué, pero a ellas nunca les pesó tanto la soledad como a mí. Estaban contentas con la situación, o al menos suficientemente contentas, y jugaban al *bridge* y organizaban cenas y se cambiaban de ropa tres o cuatro veces al día. Daba la impresión de que vivíamos en una de esas mansiones inglesas de las novelas de Agatha Christie, ya sabéis, uno de esos libros que empiezan plácidamente y en los que de repente asesinan a alguien a puñaladas. El caso es que las otras mujeres eran mucho más listas que yo. Encontraban formas de mantenerse ocupadas. ¿Hay mansiones por aquí, Tess?

—Unas cuantas —contesta ella—. Antiguas casas solariegas.

—¿Y son bonitas?

—Podríamos parar en una si queréis. Aunque en esta época del año me temo que no habrá mucho que ver en los jardines.

—Me encantaría dar una vuelta por ellos de todos modos.

—Vamos, mamá, céntrate —dice Becca—. Llevas veinte minutos hablando y todavía no tienen ni idea de qué va esta historia.

—Va de cómo maté a mi marido —declara Jean—. O, mejor dicho, de cómo murió intentando protegerme. A mí, a Rebecca y a los niños.

—Eso no fue lo que ocurrió, mamá.

—Claro que sí. ¿Por dónde iba? En la historia, quiero decir.

—Te encontrabas en un país que era al mismo tiempo peligroso y aburrido —dice Tess con suavidad.

Debe de estar acostumbrada a instar a la gente a retomar el hilo de sus historias, a darle un empujoncito para que vuelva a la senda del relato cuando se extravía.

—Y era todo culpa mía —continúa Jean parpadeando para contener las lágrimas—. Allen supo desde el principio que los niños y yo no debíamos ir con él, que una familia como nosotros corría peligro. Pero allí estaba yo cada mañana, dando vueltas por el vertedero, repartiendo guantes y cartones de leche y unas biblias muy ridículas, como cómics, con unas imágenes de Cristo de lo más extrañas. Recuerdo haber pensado que lo habían dibujado para que pareciera un inca, muy bajo y cuadrado, y con un aspecto bastante temible, la verdad…

—No te culpes —dijo alguien.

Giro la cabeza y veo que es Silvia, que como siempre mira a lo lejos con los ojos entornados, como si observara algo que sólo ella puede ver.

—Esa gente no tenía nada y tú sólo intentabas ayudar.

—Sí, intentaba ayudar, intentaba dar leche a los niños y buscarme una ocupación —conviene Jean—. Pero yo no era la Madre Teresa. Porque eso fue lo que en principio les llamó la atención, ¿sabéis?, ver nuestra absurda limusina yendo y viniendo entre Paraíso Blanco y el vertedero. El número de matrícula era 487, me acuerdo de eso también. Los coches de los estadounidenses siempre tenían una matrícula baja. No, ofrecerme a colaborar con esa parroquia fue otra cosa que hice mal, una cosa más que hizo que se fijaran en nosotros. O puede que nos hubieran encontrado de todos modos. Teníamos al chófer, claro, y los niños son todos tan rubios…

Los niños eran *todos tan rubios*, pienso mirando el pelo de Becca, que parece pintado con cera. La chica tiene razón: su madre está divagando, su historia no tiene mucho sentido, y sin embargo, se me ha acelerado un poco el corazón y no es por el esfuerzo de remontar esa última cuesta. Lo que prometía Tess se ha hecho realidad: ahora que nos hemos alejado un par de kilómetros del pueblo, el paisaje se ha abierto a nuestro alrededor. El mundo parece más grande, como si Dios hubiera soplado sobre él, y los prados se extienden en todas direcciones. Grupos de ovejas pacen aquí y allá, pero por lo demás el campo está vacío, puesto en barbecho por la estación. No hay indicios de presencia humana. Ni casas, ni coches, ni tendido eléctrico, ni maquinaria agrícola. Podríamos estar en 1515 en vez de en 2015. No hay nada que nos sitúe en el tiempo salvo nosotras mismas, nuestras botas de senderismo, nuestras mochilas y nuestras relucientes cantimploras. Y, naturalmente, el relato de Jean.

—¿Hubo un intento de secuestro? —pregunta Tess, intentando aún reconducir a Jean.

Ella asiente bruscamente con la cabeza y hace un esfuerzo por recomponerse.

—Claro, claro. A eso iba desde el principio, claro está. Pero no sucedió como imagináis. No nos atacaron a mí, ni a los niños. Siguieron a Allen, una noche, muy tarde, cuando Antonio y él iban en el coche.

—¿Adónde iban? —interviene la chica de Jersey, la bajita de pelo negro como el carbón y cejas sorprendidas, Angelique, la llaman.

Tengo que encontrar el modo de acordarme de su nombre. Angelique. Parece un ángel averiado. Me la imagino petardeando por el cielo como un globo suelto, dando volteretas y haciendo ruidos groseros. No es mi mejor imagen nemotécnica, pero servirá.

—Yo iba a preguntar lo mismo —añade Valerie—. Si la ciudad era tan peligrosa, ¿por qué salió tu marido en plena noche?

La pregunta parece sorprender a Jean.

—La verdad es que no lo sé —dice por fin—. Allen solía quedarse trabajando hasta tarde. Y por su trabajo tenía que ir por toda la ciudad. No es como aquí… como en Estados Unidos, mejor dicho, y seguramente también como aquí.

Toquetea el pañuelo que lleva atado al cuello como un pañuelo de vaquero, aunque no lo sea. Es de seda, delicado y probablemente muy caro. Hoy su moño francés no parece tan perfecto. No llevamos caminando tanto tiempo, y el nudo del pelo recogido en la nuca ya está medio deshecho.

—Podríamos aflojar el paso —propone Tess—, o parar y tomarnos un descanso, si alguien quiere. No tenemos horario fijo. No hay ningún sitio en concreto adonde tengamos que ir, ni hora de llegada.

Jean menea la cabeza con impaciencia.

—En cuanto salías de la verja de la urbanización —prosigue—, te veías en medio de la pobreza. Creo que eso no lo estoy explicando bien, que no os estoy ayudando a entenderlo. Guatemala no se parece a esto, ni a Estados Unidos, donde hay que buscar mucho para meterse en un lío serio. Allí todo está mezclado, amontonadas unas cosas con otras. Puedes pasar de la cordura a la locura en una misma manzana, de la escuela a la que iban mis hijos con su uniforme azul a la esquina de una calle en la que una mujer intentaba vender a su bebé. No sé exactamente por qué salió Allen esa noche, pero estaba bastante lejos, al otro lado de la ciudad, cerca de un puente...

Al decir la palabra «puente» se queda callada y caminamos un rato sin que nadie diga nada. Steffi deja por fin de dar vueltas a nuestro alrededor como un border collie y se para, jadeante, dispuesta a oír el final. *Hemos llegado a un puente*, pienso yo. *Ahora, alguien tendrá que saltar de él.*

—Creo que me he dejado en el tintero una parte de la historia —confiesa Jean.

Me da la impresión de que en realidad se ha dejado en el tintero un trozo bastante grande de la historia (la verdadera historia, en realidad), pero ella continúa:

—Cuando atracaban a un ejecutivo, lo que sucedía con bastante frecuencia, los ladrones se llevaban su cartera. No sólo el dinero o las tarjetas de crédito, sino también la documentación, con la dirección de su casa. De ese modo sabían dónde vivía su familia. A veces en la cartera había también otras cosas, como fotografías de los niños o de la mujer. Uno cometió la estupidez de anotar todos los códigos de seguridad de su casa y meter el papel en su cartera. Así fue como se llevaron a esa pobre chica. A su padre lo atracaron a punta de pistola, y un par de horas después, mientras él estaba en la comisaría, así de rápido y aunque todavía era de día cuando entraron...

—En serio —replica Becca ásperamente. Ha apretado el paso, camina un poco por delante del grupo y tiene que volver la cabeza para hablarnos—. Creía que habíamos acordado que no hablarías de la chica.

—Y no voy a hablar de ella —dice Jean—. Lo que quiero decir es que por aquel entonces, hace diez o doce años, si tenías la cartera de un hombre, tenías su vida en tus manos. Como sucede hoy en día con los teléfonos.

Me mira compungida al decir esto, pero yo ya he pensado en todo lo que podría ocurrir. Ya me he imaginado que el mafioso londinense que me robó el teléfono está navegando alegremente por mis cuentas bancarias, vaciándolas una tras otra, y pagando metanfetamina con mi American Express.

—Así que Allen decía que, pasara lo que pasase, con su cartera no iban a quedarse. Decía que moriría antes que entregar la cartera.

Qué cosa tan curiosa la de esta historia, pienso. Jean asegura que nos la cuenta como tributo a su difunto marido, y hasta ha declarado pomposamente que empezará nuestro viaje ofreciéndonos la imagen del hombre perfecto. Pero nada de lo que ha dicho hasta ahora me ha dado una imagen clara de Allen. Sólo puedo deducir que era una de esas personas que tratan de hacer lo correcto. Un hombre que seguramente seguiría vivo si hubiera seguido su primer impulso y hubiera dejado a su familia en Houston. Pero, aparte de eso, está extrañamente ausente de su propia historia: es como una sombra que viene y va a todas horas en una limusina con los cristales ahumados. Sin rostro, sin voz, y sospecho que hasta sus hijos lo recuerdan sobre todo por el dinero que les dejó.

—Dos coches bloquearon el puente —está diciendo Jean—. A uno y otro lado. Todo esto me lo contó Antonio. A él le pegaron un poco, pero lo dejaron con vida. Era uno de ellos. Y yo conocía ese puente, ¿sabéis? El agua estaba tan contaminada, tan llena de… de cosas que iban a parar al río… El caso es que fue allí donde pararon a Allen y le hicieron salir del coche. Les dio todo el dinero, claro. No habría sido tan tonto. Antonio me contó que se lo tiró a los pies y les dijo: «Lleváoslo todo y dejadme en paz». Pero cuando intentaron quitarle la cartera…

—La lanzó al agua por encima de la barandilla —interviene Becca—. Y le pegaron un tiro allí mismo, en el puente.

Su voz suena apagada y fría. Como una sorda bofetada cargada de determinación. Como el chapoteo amortiguado y frío de una cartera cayendo al agua bajo un puente guatemalteco, diez años atrás, de madrugada.

—Sí, tiró la cartera y a él lo lanzaron detrás —cuenta Jean con voz tan abstraída como clara ha sonado la de su hija. Es como si estuviera viendo mentalmente una película. Una película que ha visto muchas veces y cuyos diálogos se sabe de memoria—. No recuperaron el cuerpo hasta el día siguiente. Pero para entonces…

Nos hemos parado en la cresta de una colina y mira a su alrededor como si le sorprendiera encontrarse rodeada de tanta belleza, segura y a salvo en medio de un prado inglés.

—Regresamos a Estados Unidos tan pronto como pudimos. El dinero del seguro era una barbaridad, mucho más de lo que yo había soñado. Recuerdo que, cuando me dijeron la cantidad, empecé a notar un zumbido en la cabeza. Estaba mirando al abogado, que estaba diciendo que la indemnización sería el doble de la normal porque Allen había sido asesinado estando trabajando en el extranjero, pero el zumbido era tan fuerte que ahogaba todo lo demás. Sus labios se movían pero yo no oía nada. Y el dinero del seguro nos ha mantenido estupendamente desde entonces. Hasta mi padre tuvo que reconocerlo. Que Allen hizo un trabajo soberbio a la hora de mantener a su familia, incluso desde la tumba.

Y ya está: la historia del hombre perfecto. Rico, sacrificado y muerto. Las lágrimas corren por las mejillas de Jean, pero me da la impresión de que sólo nos ha contado la historia de un camisa roja en una película de *Star Trek*. Un personaje secundario que tiene que morir pronto para que avance el argumento. Miro a las demás, pero es difícil interpretar su expresión, más allá del respeto cortés que parece exigir una viudedad tan repentina y violenta. Becca llevaba la capucha echada, tapándole los ojos. Es un momento incómodo. Hemos llegado al final del primer relato, narrado por una mujer ansiosa por compartirlo. ¿Debemos aplaudir? Como historia es un tanto fallida, dado que no creo que ninguna sienta el grado de emoción que esperábamos sentir. *Esa chica adolescente de la que no se puede hablar*, pienso. *La que fue secuestrada, probablemente violada y quizás asesinada. Ella es la verdadera historia aquí.*

—Bueno, muy bien, entonces —exclama Valerie juntando las manos en una sonora palmada—. Una menos, quedan siete.

Es un comentario increíblemente tonto y grosero, dadas las circunstancias, y Silvia da un respingo como si hubiera oído un disparo. La miro a los ojos. Esta gorda idiota, parecemos estar pensando las dos. ¿Qué hace aquí? ¿Qué atractivo puede tener Canterbury para alguien como ella? Será la peregrina que cuente el cuento con más pedos y eructos, eso seguro.

—Lo siento —le dice Angelique a Jean, pero es difícil saber si siente que Allen muriera o si intenta tapar la grosería de Valerie.

Las demás murmuramos algo. Emitimos sonidos reconfortantes, esos ruidos monosilábicos de compasión que cabe esperar tras una confesión como ésta. Debemos parecer un coro de pájaros.

La única que parece completamente insensible a la metedura de pata de Valerie es la propia Jean.

—¿Qué es eso? —pregunta señalando a lo lejos—. ¿Esas cosas que parecen enredaderas amontonadas como si fueran tipis?

—Son los restos de la cosecha de lúpulo —responde Tess—. Vamos a ver muchos por el camino. El lúpulo y las manzanas son los principales cultivos de esta región. Cuando paremos en la hospedería a comer, veréis en la carta un montón de cervezas elaboradas en esta zona, si os apetece probarlas.

—Son preciosos, ¿a que sí? —dice Jean vagamente, mirando el prado que tenemos delante sin limpiarse aún las lágrimas—. No parecen de verdad.

5

A pesar de que la calle mayor del pueblo siguiente parece desierta, el aparcamiento del pub está casi lleno. Atravesamos en fila india lo que Tess llama «el jardín de fumar». Sentados en sillas de plástico, alrededor de mesas de picnic, hay una docena de hombres y un par de mujeres echando humo con ahínco.

—Como veréis, el edificio es humilde —comenta Tess, haciendo un gesto como de presentadora de concurso televisivo cuando entramos en el pequeño establecimiento. Una barra a un lado, otra al otro, techos bajos y vigas al descubierto—. Pero éste es justamente el tipo de sitio en el que habrían parado los peregrinos de Chaucer por el camino. Acordaos de esta sala cuando veáis por primera vez la catedral y os será más fácil comprender por qué todo el que la veía quedaba fascinado. Por qué la leyenda ha pervivido con tanta fuerza durante tantos años. La mayoría de la gente que iba allí nunca había visto un edificio con dos plantas, así que la grandiosidad de un lugar como Canterbury...

De pronto se interrumpe y todas nos damos cuenta de que está dando muchas cosas por sentado. Somos mujeres modernas, acostumbradas a las puertas anchas, a los techos abovedados y a los espacios grandiosos repletos de riquezas de toda clase. Canterbury no va a deslumbrarnos como deslumbraba a los peregrinos medievales. La humanidad nunca volverá a tener esa capacidad de asombro.

—Seguro que nos dejará anonadadas —afirma Valerie, eligiendo una silla a un extremo de la mesa, como hizo ayer en el George—. Apuesto a que la magia de Canterbury sigue siendo tan fuerte como siempre.

—La pegatina de la puerta decía que tenían wifi —dice Steffi en voz baja en cuanto nos sentamos—. Cuesta creerlo, teniendo en cuenta que estamos a unos cincuenta kilómetros de cualquier parte. ¿Quieres que te deje mi teléfono para que mires tu correo electrónico?

Me lo pregunta amablemente. Sin duda se ha fijado en que llevo toda la mañana palpándome los bolsillos en busca de algo que no está ahí, como si sufriera una versión electrónica del síndrome del miembro fantasma. Además, ella ya está haciendo sus comprobaciones, pulsando los botones de su Fitbit, calculando no sé qué cosa. Su teléfono es igual que el mío y, cuando lo cojo, veo que tiene como fondo de pantalla a un hombre guapo cruzando una línea de meta con los brazos abiertos de par en par, evidentemente al final de una carrera. Cómo no. Es lógico que su marido sea igual de deportista que ella. Mis dedos se mueven automáticamente, siguiendo la secuencia de siempre, antes de teclear la contraseña. El nombre de mi perro y mi año de nacimiento: freddy1967.

Tengo 119 correos.

Ciento diecinueve. ¿Cómo demonios puedo haber acumulado 119 correos desde ayer por la tarde? Aunque imagino que normalmente miro el correo tan a menudo que nunca se me acumulan más de diez. Echo un rápido vistazo a los asuntos arrastrando el pulgar por la pantalla. Hay al menos una docena de Ned. Ned, Ned y más Ned. *¿Dónde estás?*, pregunta en la línea reservada para el asunto, educadamente al principio. Luego empieza a gritarlo en mayúsculas: *MALDITA SEA, ¿DÓNDE ESTÁS? EN SERIO, CHE, COGE EL PUÑETERO TL FON.*

Coge el puñetero tl fon. Dado que no hemos encargado comida vietnamita, debe de estar llamándome por teléfono además de mandándome correos. Veo otro mensaje, este de Steffi, que está sentada a mi lado, refunfuñando en voz baja mientras calcula cuánto hemos avanzado esta mañana. Ya me ha enviado la foto junto a los peregrinos de Canterbury, tomada a las 8.29 de esta mañana. *Podría mandarle la foto a Ned*, pienso. Sería como una respuesta. Así sabrá por lo menos que estoy viva. Claro que una foto en la que aparezco junto a unos hombretones de madera, con el ceño fruncido, cara de indecisión y un cayado en la mano podría complicar las cosas aún más. Sé que con mi silencio sólo estoy prolongando su preocupación, pero quizás eso sea bueno. ¿Acaso es un crimen no estar disponible, guardar silencio sólo por esta vez? Nunca he dejado a Ned en ascuas. De hecho, creo que nunca he dejado a nadie en ascuas. Respondo a todas las preguntas en cuanto me las hacen, contesto todos los correos y los mensajes de texto tan rápidamente que la mitad de las veces ya estoy escribiendo la respuesta antes de que se haya descargado el mensaje completo. La gente me alaba por mi rapidez. Soy famosa por mi eficiencia.

Pero la rapidez y la eficiencia son los dos caballos que me han arrastrado hasta este triste punto de mi vida. Miro en torno a la mesa. Ninguna de nosotras habla. Ninguna ha cogido la carta. Estamos todas mirando nuestros correos, con la vista fija en las oscuras y resbaladizas aguas de Internet, esperando una especie de señal.

Le devuelvo el teléfono a Steffi.

—¿Nada urgente? —pregunta.

—Nada que no pueda esperar.

La carta es una hoja de papel doblada, no más grande que una lista de la compra. Dice:

Bacalao (grande)
Bacaladilla
Pastel de bacalao
Ensalada de bacalao

—Creo que vamos a comer bacalao —comento.

—Con esto podríamos hacer un musical —comenta Valerie—. Y llevarlo a Broadway. *El ubicuo bacalao del condado de Kent.*

Claire se ríe.

Tess levanta la mirada de su teléfono.

—Yo voy a pedir una patata con chaleco —anuncia—. En estas posadas rurales siempre las tienen, aunque no se molesten en ponerlas en la carta. Y quiche, claro.

—¿Quiche de qué? —pregunto, aunque me hago una idea de cuál va a ser la respuesta.

—¿Patata con chaleco? —dice Becca—. ¿Es otra forma de llamar a las patatas asadas?

Resulta que puedes pedir una patata asada rellena con ternera y queso, lo que suena sencillo y sabroso, y es casi imposible que alguien lo eche a perder. Pedimos ocho (Jersey se desmarca por sorpresa y pide bacalao), y entonces Valerie pregunta si nos parecería bien pedir vino con la comida. Tess dice que por supuesto, que son nuestras vacaciones y que podemos pedir lo que queramos. Pero naturalmente no hay lista de vinos, así que Valerie desaparece en la trastienda con la anciana camarera y regresa un momento después con una botella entera de (Dios nos asista) zinfandel blanco de California.

—Copas para todas —proclama, y la camarera se aleja lentamente para traer una bandeja de vasos de chupito. Sirve una pequeña cantidad de vino en cada vasito y cuando me llega la bandeja cojo el mío porque estaría feo no hacerlo.

—Muy bien, entonces —dice Tess desenvolviendo la baraja para que Jean pueda volver a meter la reina de diamantes—. ¿Quién es la siguiente?

—Yo tengo la jota de tréboles —responde Jersey.

Angelique, creo que se llamaba. ¿O era Angelica? No, Angelique. Mierda, ya se me ha olvidado. Angelique. Angelique. El ángel al que el motor le falla un pelín. Se pone en el pelo bigudís. Se acabará la semana, y no sabré su nombre.

—Estupendo —dice Tess—. ¿Alguien tiene más que una jota? ¿No? Entonces la tarde está reservada para Angelique.

—A saber qué clase de historia nos va a tocar ahora —mascula Steffi en voz baja mientras las otras empiezan a levantar sus vasitos y a beber. Yo levanto una ceja inquisitiva y ella susurra—: ¿En serio no la conoces?

Miro atentamente a Angelique. En algún momento de su vida debe de haber pasado por el láser, porque tiene la cara tatuada con maquillaje permanente: tiene los párpados superiores perfilados en negro y las cejas dibujadas formando un arco alto y exagerado. Pero lo más desconcertante de todo es su boca: lleva la línea de los labios trazada en un rosa oscuro y amarronado, pero sin color de relleno, de modo que casi parece un bigotito de espía. Aparte de eso, lleva la cara lavada. Es una especie de mujer boceto, una caricatura que una haría en vacaciones, improvisada sobre la pasarela de una playa o un muelle para añadirle después los detalles más sutiles.

Steffi me pasa su teléfono por debajo de la mesa y al bajar la mirada veo que ha buscado en Google el nombre de Angelique Mugnaio. Claro. Por eso me sonaba su cara. Es una de esas estrellas de telerrealidad de la cadena Bravo, una celebridad de medio pelo pero imposible de ignorar hasta para la gente que no ve la tele. Salía en un programa sobre mujeres que tenían a sus maridos en la cárcel: esposas de mafiosos que mostraban cómo pasaban el rato mientras sus maridos estaban en chirona por desfalco, extorsión, estafa o cosas parecidas. *¿Madrinas* se llamaba? *¿Comadres? ¿Las mezzosopranos?* El artículo dice únicamente que Bravo prescindió de ella el mes pasado, aunque no me explico por qué. ¿Qué tiene que hacer una para que la echen de un programa de televisión que consiste en chillar a destajo, soltar maldiciones y volcar mesas? Me pregunto qué hace aquí y sobre todo por qué ha venido sola. Creía que la gente como Angelique iba a todas partes con un equipo de cámaras.

—¿Qué te parece el vino? —pregunta Valerie.

Me dirige la pregunta a mí, a pesar de que he sido muy discreta acerca de mi profesión. La gente se pone nerviosa si les dices que eres crítica enológica. Empiezan a disculparse por lo que están bebiendo, o de pronto intentan hablarte en francés. Cojo el vasito y doy un sorbo con cautela. Es aún peor de lo que imaginaba (como si hubieran echado un caramelito para la tos de sabor a cereza en una taza de agua caliente), y me dan ganas de decirles que el verdadero zinfandel es robusto y de color granate, no rosa, flojo y dulce como esta porquería. Eso al menos lo entienden, ¿no? Aunque seguramente no, y la mayoría de ellas ni siquiera querrá saberlo. Han vivido siempre tan contentas bebiendo vinos atroces y de pronto siento que me desinflo, como si se me escapara el aire o como si el viento silbara a través de un tubo hueco. *Esto es una oportunidad*, me digo. *Es la oportunidad de reinventarme en medio de estas mujeres con sus maridos encarcelados y entregados al martirio, su zinfandel blanco y sus patatas asadas.*

Me obligo a tragar el vino y doy las gracias a Valerie con una inclinación de cabeza. A fin de cuentas, somos compañeras.

—Che es un nombre poco frecuente —me dice Angelique—. ¿Te lo pusieron por el estadio?

—No es Shea, es Che —aclaro yo.

Sé a qué se refiere porque no es la primera vez que escucho esa hipótesis. Angelique me mira con ojos grandes y confiados. Debe de haber sido muy guapa en tiempos, antes de intentar convertirse en una mujer bandera. Su cara tiene un punto de dulzura más propio de una reina de la belleza de instituto que de la mujer de un gánster. Que Dios la ampare, como solía decir mi abuela sureña. Que Dios bendiga su tonto corazoncito.

—Se escribe C-H-E. Me pusieron ese nombre por un revolucionario. Mis padres eran hippies.

—Bueno, ¿qué te parece el vino, Che-la-del-nombre-de-revolucionario? —habla Valerie con una sonrisilla bailándole en los labios—. Es bastante bueno, ¿verdad?

Vale, o sea que de verdad me está retando. Se ha dado cuenta de que no quería beber. De que he hecho una mueca de asco cuando lo he intentado. Puede que hasta haya buscado mi nombre por debajo de la mesa mientras yo buscaba el de Angelique. Puede que haya visto la foto de mi página web: yo brindando con alguien que está a lo lejos y sonriendo de oreja a oreja a ese acompañante imaginario que está fuera de cuadro.

—Valerie, debes de ser la persona más fácil de contentar que he conocido nunca —respondo—. Creo que debe de gustarte prácticamente todo en el mundo.

Es el peor insulto que en mi opinión se le pueda lanzar a alguien, pero ella se limita a sonreír otra vez.

—Gracias —dice—. Me esfuerzo mucho por que así sea.

El cuento de Angelique

—El dichoso bacalao me repite —comenta Angelique con un eructo—. Debería haber ido al baño en la hospedería.

—Podemos dar la vuelta —propone Tess y yo empiezo a protestar antes de que me dé tiempo a refrenarme.

Dar la vuelta cuando llevamos veinte minutos caminando esa tarde me parece como darnos por vencidas, como si fuéramos a infringir una norma del Camino antes siquiera de haberlo iniciado. Y, sin embargo, el primer día dieron la vuelta por mí, ¿no?

Angelique ya ha empezado a sacudir la cabeza.

—Buscaré un arbusto —comenta—. Tiene que haber algún tipo de arbusto en este condenado sendero.

Contemplamos el paisaje, pero el terreno que estamos atravesando no parece especialmente frondoso. Es otro campo de lúpulo. Unos minutos antes Tess se ha parado junto a uno de los montones y ha aplastado una hoja seca con la mano. Luego ha insistido en que la oliéramos por turnos y ha dicho:

—Cuando se dice de una cerveza que es lupulada, es a esto a lo que se refieren.

La hoja tiene un aroma terroso y húmedo que he percibido otras veces en bares o en el aliento alcohólico de algunos hombres, pero no sabía que era el aroma del lúpulo lo que estaba oliendo, porque no sé nada de cervezas, igual que Valerie no sabe nada de vinos.

Ahora, sin embargo, llevaré siempre conmigo el olor del lúpulo. Tengo un paladar decente y un olfato extraordinario: me gusta decirle a la gente que fue mi nariz, y no mi lengua, la que me condujo al vino. Una vez he olido algo ya no puedo olvidarlo aunque lo intente, y Ned solía decirme en broma que lo mío era una versión olfativa de la memoria fotográfica.

—¿Podrías encontrarme? —me preguntaba levantando juguetonamente el brazo para enseñarme el sobaco—. ¿Me reconocerías con los ojos vendados y en una habitación llena de hombres desnudos y sudorosos?

—Quizá… siempre y cuando quisiera hacerlo —le respondía yo, y se reía porque cuando yo me ponía mordaz él siempre estaba dispuesto a reírse.

Era una de nuestras pequeñas jactancias: que éramos los dos muy listos y que sabíamos apreciar el ingenio del otro, aunque ahora estoy empezando a ver toda esa cháchara bajo una nueva luz. ¿Quién nos creíamos que éramos? ¿Personajes de una obra de Oscar Wilde? ¿Por qué yo no decía nunca la verdad: que claro que lo habría reconocido, aunque se hubiera perdido entre legiones y legiones de hombres? ¿Y por qué no me sentaba él en su regazo y me decía que no me preocupara, que por nada del mundo iba a dejarme? En cambio, estábamos siempre bromeando y hablando taquigráficamente. Hasta cuando uno de los dos decía: «Te quiero», el otro contestaba: «Igualmente». «Igualmente», me decía en el aeropuerto los domingos por la tarde, cuando yo aparcaba en un sitio reservado para depositar a los viajeros, él sacaba su bolsa del asiento de atrás y me tiraba un beso al salir a la acera. «Igualmente», repetía yo con la mirada ya fija en el retrovisor, intentando averiguar cómo volver a incorporarme al tráfico.

—Allá vamos —dijo Angelique al salir de detrás de un montículo de lúpulo abrochándose todavía los vaqueros—. No es el Ritz, pero la verdad es que nunca se me ha dado bien cagar al aire libre.

—Podríamos haber dado la vuelta —repite Tess desmayadamente, pero su profesionalidad le impide decir lo que estamos pensando todas: *O sea, que no sólo has hecho pis, ¿también has cagado? ¿En serio? ¿Aquí, en el Camino de Canterbury, detrás de un montón de lúpulo de algún agricultor?*—. Pero si ya estás mejor, quizá te apetezca empezar con tu historia.

—No es mi historia —contesta Angelique con aplomo—. Es la de cualquiera. Chicas, voy a contaros un cuento de hadas.

No sé por qué, pero no me imaginaba a la Reina de Jersey contando un cuento de hadas.

—Érase una vez en un país muy, muy lejano —comienza, y se detiene—. Puede que en realidad sea más bien un mito —añade—. Sí, un mito. Mi madre solía contármelo cuando yo era pequeña. Es la historia de Psique y Eros.

Pronuncia «Psique» sin acento en la e, así que suena igual que si dijera: «No me apetece que me hurguen en la psique». Tess es muy tolerante, lo bastante tolerante como para permitir que la mujer de un gánster americano plante un pino en mitad de un bellísimo campo de lúpulo inglés, pero ni siquiera ella puede dejar pasar esto.

—Se dice Psiqué, con acento en la e —dice—. Psi-qué.

—Psi-qué —repite Angelique obediente, primero para sí y luego en voz alta—. Mi madre estaba equivocada, supongo.

No parece ofendida por que le hayan corregido públicamente la pronunciación. Seguramente le ha pasado muchas veces en los últimos años, mientras ascendía desde el anonimato total hasta la fama de Bravo TV.

—El caso es —continúa— que hace mucho, mucho tiempo en un país muy, muy lejano, había un rey que tenía tres hijas. La más pequeña se llamaba Psiqué y era tan dulce y bonita que todas las demás mujeres del reino le tenían envidia. Incluso sus dos hermanas y hasta la diosa Afrodita. De hecho, Afrodita le tenía tanta envidia que ordenó a su hijo Eros que hiciera que Psiqué se enamorara de quien no debía. Del peor hombre posible. Del único hombre de la Tierra que podía romperle el corazón.

Hace otra pausa, pero esta vez para dar más efecto a sus palabras. Es consciente de que ha captado rápidamente la atención de todas, porque ¿a quién de nosotras no le han dado un palo muy gordo? ¿Quién no ha caído víctima de esa maldición de Afrodita, quién no se ha visto abocada a hacer caso omiso a montones y montones de tíos estupendos para perseguir al único que estaba destinado a rompernos el corazón?

—Creo que mi madre me contaba esta historia porque yo era la más pequeña de tres chicas —prosigue Angelique, lo que constituye un raro destello de perspicacia en una mujer tan poco consciente de sí misma que ni siquiera se da cuenta de que necesita hacer caca antes de que le dé un apretón en medio de un campo de lúpulo—. Y porque mis hermanas se portaban fatal conmigo cuando éramos pequeñas. Sabéis que Afrodita y Eros son los mismos que Venus y Cupido, ¿no? ¿Como la marca de cuchillas de afeitar y la de las tarjetas de felicitación?

—En realidad —puntualiza Tess—, Afrodita y Eros son los nombres griegos de los dioses a los que los romanos llamaban Venus y Cupido.

Tiene el don de resumir las cosas limpiamente y con claridad, y sin apenas inflexión en la voz que trasluzca su opinión personal. Seguramente piensa que somos todas unas inútiles absolutamente incapaces de contar una historia de amor verdadero, y sin salvación posible por más que vayamos a Canterbury. Me pregunto si seremos el grupo más patético al que ha guiado nunca.

—Imagino que por eso mamá los llamaba Afrodita y Eros —dice Angelique—. Porque es un cuento muy serio. Eros no era un bebé tontín con un arco y una flecha. Era el más guapo de todos los dioses.

Mueve las manos con sus uñas acrílicas con gestos violentos y rápidos mientras habla. Puede que sea un rasgo italiano, o quizás el resultado de haber salido en televisión, la presión de intentar que cada minuto de su día mereciera ser grabado por una cámara. Cuesta saberlo. En todo caso, distrae la atención. Tengo la sensación de que debería estar mirándola además de escuchándola, como si fuera a pararse en cualquier momento para representar una escena.

—Bueno, pues la historia es que a Psique la diosa del amor le lanza una maldición y, aunque es perfecta, se va haciendo mayor sin tener nunca un novio. Van pasando los años y ni un solo hombre se interesa por ella, ni uno solo. Sus padres, como no entienden qué pasa, la llevan al oráculo de Delfos, que es como un vidente y un cura todo junto, y el oráculo le dice que tendrá que casarse con una serpiente. Con una serpiente. Un monstruo que va a devorarla. Eso es lo que dice, y al oráculo de Delfos nadie le lleva la contraria.

Baja la voz hasta dejarla en un susurro.

—Así que el día de la boda de Psique será también el día de su entierro. Toda su familia y sus sirvientes la llevan a lo alto de una montaña donde su marido, la serpiente, dice que tiene que esperarlo, y no paran de llorar y de lamentarse, menos las hermanas, que en el fondo se alegran porque piensan que por fin su hermana, doña perfecta, va a tener lo que se merece. Y sus padres la dejan allí, en lo alto de un precipicio, y se van a casa llorando todo el camino. Pero la serpiente no aparece. Psique espera, pero no llega nadie, excepto el viento, que la levanta y la lleva muy suavemente, muy suavemente hasta un castillo al pie del precipicio. Y cuando entra en el castillo, todo es fantástico. Vive con toda clase de comodidades y tiene todo lo que quiere. De hecho, las cosas aparecen como por arte de magia en cuanto las desea.

—¿Por qué tengo la sensación de que la historia está a punto de agriarse? —pregunta Silvia con sorna.

—Todavía no —contesta Angelique—. Porque, veréis, lo que pasa es que Eros fue a matar a Psique, pero se pinchó por accidente con la puntita de su flecha y se enamoró de ella. Eso es lo que decía siempre mi madre, que «se pinchó con la puntita de su flecha», y luego le daba la risa, pero yo era una niña pequeña, claro, y no entendí por qué le hacía gracia hasta mucho después. Con la puntita, ¿entendéis? ¿Pilláis la broma?

Asentimos con la cabeza. Pillamos la broma.

—Así que fue Eros quien mandó al viento a rescatarla y quien la llevó a aquel castillo tan estupendo para que fuera su mujer —prosigue Angelique—. Pero ella no puede saber que está casada con un dios tan guapo, tiene que pensar que la profecía se ha cumplido y que su marido es un monstruo. Y la madre de él, Afrodita, tampoco puede saber que su hijo la ha pifiado y que se ha enamorado de una humana. Así que su matrimonio tiene que permanecer en secreto. Psique tiene todo lo que desea, menos saber quién es de verdad su marido, y eso es muy duro, ¿verdad? Superduro. Eros sólo la visita en la cama, cuando está tan oscuro que no puede verle la cara. Y noche tras noche joden como conejos, aunque esa parte no me la contaba mi madre, la descubrí después. Pero por la mañana, él siempre se ha ido y ella está sola. Porque, ¿qué puede hacer todo el santo día viviendo en ese castillo, rodeada de criados y sin tener donde ir?

Aquí se para otra vez y lanza una mirada de lástima a Jane, que, ahora que lo pienso, a mitad de su historia había llegado a un punto casi idéntico. La protagonista consigue vivir en el paraíso y casarse con el hombre perfecto. Vive rodeada de lujos, da igual que sea en un castillo al pie de un precipicio ventoso que en una urbanización privada en Guatemala, porque a todas nos han enseñado desde pequeñas que eso es lo que se espera que deseemos. Pero, cuando lo conseguimos, no podemos soportarlo. Entonces llegan la soledad, el aburrimiento, la curiosidad, la impaciencia, una especie de profunda e inarticulada insatisfacción. *Sólo hay una historia de mujeres*, pienso, *y es la original*. Todas nosotras somos Evas decididas a escapar del Edén en cuanto Dios y nuestros maridos se descuiden. *¿Dónde está la serpiente?*, pensamos mientras paseamos la mirada por nuestro mundo mezquino y perfecto, tan solitarias y asquerosamente aburridas que haríamos cualquier cosa con tal de meternos en un buen lío. *Todo esto está muy bien, pero a mí que me traigan la serpiente.*

—De hecho, Psique se siente tan sola en el castillo —continúa Angelique—, que hasta les pide a las brujas de sus hermanas que vayan a hacerle una visita. Y así fue como supe que yo era Psique.

Dice esta última frase en un tono de despreocupación extraño, apartándose la melena negra de la cara maquillada y montando a horcajadas una de las vallas bajas y toscas que llevamos cruzando toda la tarde. Oscila allí un momento y luego sus botas se plantan firmemente al otro lado. Tienen taconcitos puntiagudos y puntera fina. Son muy poco prácticas para recorrer el camino, pero me he fijado en que las mujeres bajitas como Angelique son capaces de soportar cualquier incomodidad con tal de parecer más altas y en que caminan a la perfección con zapatos de lo más incómodos.

—Imagino que todas habréis visto nuestra casa —dice mirando a su alrededor en busca de confirmación—. Es la de la serie, y tiene cuatro jacuzzis y una cocina profesional, y Nico hasta la llamaba así, «el Castillo», eso decía. Pero en cuanto nos trasladamos allí, me volví como Psique. Me sentía tan sola que me derrumbé y les pedí a mis hermanas mayores que vinieran a pasar una semana con nosotros. Dijeron que se lo pedía sólo para lucirme, para decir «fijaos qué inmenso es mi cuarto de baño», pero no era por eso. Las echaba de menos de verdad. Y me sentía como atrapada. Parece una estupidez, porque ¿cómo se puede sentir una atrapada en un castillo? Pero el caso es que me sentía así.

—La riqueza y el tiempo libre —comenta Jean— pueden ser sorprendentemente difíciles de soportar.

Sonríe a Angelique cariñosamente. Cuesta imaginar a dos mujeres que en apariencia tengan menos cosas en común y, sin embargo, han encontrado una especie de afinidad en sus historias. Imagino que se trata de un secreto que sólo pueden compartir entre sí las mujeres que han alcanzado el éxito supremo. Bien sabe Dios que el resto no tenemos ni pizca de ganas de oírlo. El secreto de que no basta con tenerlo todo. De que lo que nos han enseñado que era el final del cuento es en realidad el principio. De que el paraíso puede convertirse en un casillero más del que escapar.

—Cuando Nico y yo nos mudamos al Castillo —continúa Angelique—, tener todos esos sirvientes me sacaba de quicio. Como un día que me entraron unas ganas locas de tomar un martini con zumo de granada. Ya sabéis, como esos que hacen en Del Frisco. Están superbuenos, así que bajé al bar de la sala de billar y empecé a hurgar por allí buscando los ingredientes para hacer el martini, y de pronto aparece un tío que no sé de dónde había salido, pero que era como el camarero y el ayuda de cámara y el guardaespaldas y el barman y todas esas cosas, todas juntas, y va y me dice: «Ay, no, señora», porque me llamaba así, «señora», y me quita las pinzas del hielo de la mano y me prepara una gran jarra rosa de martini. Pero el caso es que yo no quería una jarra de martini. Estaba sola. Sólo quería un martini. Pero como estaba rico me bebí la jarra entera y al día siguiente, cuando llegué del gimnasio, allí estaba otra vez: otra jarra de martini con zumo de granada. Después de aquello me preparaba una todos los días por si acaso me apetecía, y a mí me parecía mal no bebérmela cuando la había hecho sólo para mí. Total, que en cuanto me descuidé estaba en rehabilitación en la clínica Promises de Malibú porque me había vuelto adicta al martini con zumo de granada. —Se para, agotada por tener que caminar y hablar al mismo tiempo, como nos advirtió Tess que le pasaría a la que se encargara de contar el cuento—. Convirtieron mi vida en una puta broma. Martini con zumo de granada. ¿Visteis el programa que hicieron los de *Saturday Night Live*?

—Estabas hablando de Psique —la urge Tess—. Contándonos que no soportaba vivir siempre así, sin ver la verdadera cara de su marido.

—Ah, sí, Psique —dice Angelique—. Esa pobre zorrita. Lo tiene todo, pero, como tú dices, no conoce la verdadera cara de su marido, y sus hermanas se ponen rabiosas cuando ven su castillo. Le tienen más envidia que nunca. Así que empiezan a meter cizaña. Sí, claro, todo esto parece genial a primera vista, le dicen. Tienes la ropa de diseño y la limusina, pero tu marido sigue siendo una serpiente. Que es casi palabra por palabra lo que me dijeron mis hermanas de Nico. Bonita colcha, dijeron. Bonito coche, bonito abrigo, pero tu marido... Tu marido es un mafioso y tú tan tonta que eres la única que no se da cuenta. Así que allí estaba yo, viviendo la historia que me había contado mi madre, y sé lo que estaréis pensando. Que de verdad tengo que ser tonta de remate para no haberme dado cuenta de lo que tenía delante de las narices.

—Ninguna mujer ve su propio mito —comenta Tess.

—Pero yo debería haberlo visto —dice Angelique con vehemencia—. Porque mi boda fue también como un entierro, sabéis. Cuando dije que iba a casarme con Nico, mi madre me dijo: «Para mí estás muerta». Y mi madre fue a la boda de luto, de luto, joder, y por si acaso alguien no se había dado cuenta se presentaron en la iglesia en una limusina que parecía un coche fúnebre. Mi padre siguió intentando quitarme la idea de la cabeza hasta cuando estábamos allí, en la vicaría, antes de salir al pasillo de la iglesia. Me dijo que iba a casarme con un monstruo, como le dijeron a la chica de la historia, y cuando mis hermanas entraron en el castillo y vieron... cuando vieron todas las cosas bonitas que me había regalado Nico, no pudieron soportarlo. Me convencieron de que buscara un detective privado para que le investigara, igual que Psique.

Sonríe amargamente.

—Sí, ya sé que Psique en realidad no contrató a un detective privado. Pero sus hermanas la convencieron de que tenía que matar a la serpiente, de que debía cortarle la cabeza con un cuchillo y, aunque le encantaba acostarse con él, la muy tonta de Psique les creyó porque en el fondo de su corazón sabía que todo aquello era demasiado bueno para ser verdad. Y si hay algo capaz de hacer que una chica le clave un cuchillo a un hombre es saber que es un farsante, que todo lo que hace es demasiado bueno para ser verdad.

Nos hemos parado todas más allá de la última valla toscamente labrada, la más grande de todas, y estamos esperando el final del cuento. Angelique mira despacio a su alrededor, deteniéndose por turnos en la cara de cada una de nosotras.

—Sabe que no puede matar a Eros a la luz del día —prosigue—. Así que espera a que venga a ella en la oscuridad, como hace siempre, y hacen el amor con la misma pasión de siempre. Puede que mejor que nunca, ¿quién sabe? Apuesto a que fue mejor que nunca, porque a veces un poco de peligro es excitante. Y cuando terminaron y Psique se aseguró

de que estaba dormido, cogió una lámpara de aceite y fue donde él yacía... ¿Se dice así, yacía?

—Sí —contestamos Tess y yo a la vez.

—Levanta la lámpara —dice Angelique imitando todavía a los personajes de su historia, exagerando cada movimiento como un mimo—.
Y por primera vez en su vida le ve la cara. Cualquiera pensaría que a esas
alturas, después de tantas noches juntos, ya tendría que haberse dado
cuenta. Que habría notado la diferencia entre tener encima a un hombre
o a una serpiente, pero el caso es que agarra la lámpara de aceite y va
donde está durmiendo Eros y, claro, no es una serpiente ni mucho menos, es el dios del amor. Bellísimo. Un hombre bellísimo tendido allí, en
la cama, delante de ella. Empiezan a temblarle las manos. Le tiemblan
tan fuerte que vierte unas gotas de aceite de la lámpara y caen encima de
Eros y él se despierta. Se pone furioso. Se lo ha entregado todo, todos los
lujos, su corazón entero, y ella ha desobedecido la única orden que le ha
dado. Lo ha visto tal y como es.

—A los hombres no les gusta dejarse ver —declara Claire.

—Venga, por favor —replica Valerie—. ¿Estás de broma? Si se ex-
hiben como pavos reales.

—Eso no es lo mismo que dejarse ver —replica Claire.

—No, ya lo creo que no —comenta Silvia, poniendo la mano en el
hombro de su amiga.

Da la impresión de que viste de cachemira, como si hubiera ido a
hacer senderismo con un jersey de cachemira. Hoy estamos todas un
poco más desastradas que ayer en Londres, menos Valerie, quizá, que
ayer estaba tan desastrosa que peor no podía estar, y Claire, que esta
mañana ha salido de su habitación como para hacer una sesión de fotos
de *Town & Country*. Me pregunto cómo habrá conseguido alisarse así el
pelo sin plancha ni secador. O puede que sea una de esas mujeres que
viajan tanto que llevan siempre en la maleta un *set* completo de utensi-
lios para el cuidado del cabello de fabricación europea.

—Eros se marcha hecho una furia —prosigue Angelique gesticulan-
do vigorosamente con las manos—. Y Psique se queda allí con el cuchillo, así que al principio piensa en matarse en el acto. Pero algo la detiene,
no recuerdo qué.

Vacila y mira de nuevo a su alrededor, deslizando esta vez la mirada
por el paisaje rural, deteniéndose en las ovejas, los establos y las destar-

taladas caravanas que se ven a lo lejos y en las que, según nos ha dicho
Tess, viven los trabajadores polacos en época de cosecha. Las explota-
ciones agrícolas que estamos atravesando forman parte de grandes con-
glomerados, incluso allí, hasta en la senda que conduce al dulce Canterbury. Los chavales de la zona no se quedan allí cuando acaban los
estudios: se van a Londres, o incluso más lejos, buscando una vida mejor. Los temporeros del este de Europa llegan en autobuses para recoger
la mayor parte de la cosecha de lúpulo, y también las manzanas, y para
pastorear las ovejas. Los temporeros lo hacen todo, excepto cuando a
veces, los domingos, viene gente de Londres diciendo que quiere labrar
las tierras. Tess dice que es el último grito entre los urbanitas a la última
moda, con su humildad de pastel y su conciencia ecológica: coger el tren
para hacer una excursión al sur y andar a trompicones por el campo con
sus botas de agua y sus cestas de picnic llenas de paté y pastelitos de pera
de Harrods. Juegan a ser agricultores una o dos horas, se hacen montones de fotos que cuelgan en Instagram y vuelven a casa, sin duda después de haber estorbado a los polacos mucho más de lo que les han
ayudado. Pero yo no soy quién para criticarlos. Alguien podría decir que
pagar para ir a pie hasta un sitio es ridículo y que el que los americanos
nos hagamos los peregrinos no es mejor que el que los londinenses se
hagan los agricultores, y me pregunto qué pensará de nosotras la mujer
solitaria que pasa en estos momentos entre las caravanas. Está embara-
zada y lleva en brazos una cesta con la colada recién lavada.

—Hubo un momento en que yo también pensé en matarme —continúa Angelique—. Pero me detuvo el doctor Drew. A lo mejor habéis visto
ese episodio. A lo mejor lo habéis visto todo, porque el detective privado
que dejé que contrataran mis hermanas… volvió contando no sé qué rollo
de que Nico le debía una fortuna en impuestos al Ministerio de Hacienda
—le dice a Tess, que asiente muy seria—. ¿Aquí se pagan impuestos?

—En todas partes —responde Valerie.

—¿Sabíais que, si denuncias a Hacienda a alguien que ha cometido
un delito fiscal, te llevas el diez por ciento de lo que esa persona le deba
al Estado? Así que cuanto más adeuda esa persona, más se lleva el so-
plón. —Se ríe, una risa fea. Puede que se trabe con algunas palabras,
pero con el lenguaje jurídico no tiene ningún problema. Términos como
«delito fiscal» o «adeudar» le salen con toda naturalidad—. Mis hermanas lo sabían, claro. Las mujeres como ellas procuran saber esas cosas.

Así que, sí, la tonta de la historia soy yo. Dejé que me convencieran para que contratara a un detective y cuando sacó a la luz los trapos sucios dieron media vuelta y los usaron para joder a Nico. Él acabó en la cárcel y ellas en las Barbados.

—Eso no puedes reprochártelo —dice Jean, que lleva toda la vida reprochándose cosas.

—¿De verdad lo crees? —le pregunta Valerie a Tess. De pronto se ha puesto muy seria, no ha soltado una broma estúpida—. ¿Lo que dijiste hace un momento? ¿Que toda mujer vive su propio mito oculto?

Tess se encoge de hombros y bebe un sorbo de su botella de agua.

—Es uno de los principios de la psicología evolutiva. Cuando somos pequeños, somos capaces de identificarnos de inmediato con una historia. Por eso los niños son tan apasionados cuando juegan a fantasear. Ya sabéis, superhéroes y princesas y todo eso. Y por eso de pequeñas pedíamos que nos contaran una y otra vez el mismo cuento, porque de algún modo sabíamos que ésa era nuestra historia. Pero al hacernos mayores nuestras vidas se vuelven más complejas y pierden nitidez por exceso de matices. Ya no vemos con tanta claridad como antes nuestras propias pautas de conducta.

—El mío era *Cenicienta* —confieso yo.

—Nunca lo habría adivinado —responde Valerie en voz baja, otra vez a la carga, pero yo lo dejo pasar. Porque el recuerdo me ha asaltado de pronto con toda su fuerza.

—Mi madre lo odiaba, claro —les cuento—. Hizo todo lo que pudo para intentar reconducirme hacia un cuento más políticamente correcto. Me contaba que Cenicienta había empezado siendo una leyenda china, que procedía de una cultura en la que a las mujeres se les vendaban los pies porque al final la chica con el pie más pequeño era la que se llevaba al hombre. Y después, cada vez que yo quería ver *Cenicienta*, me obligaba a ver primero un documental sobre la costumbre de vendar los pies.

—Santo cielo —exclama Silvia—. Tu madre debía de ser la monda.

—Pues sí —digo—. A su manera. A vosotras os habría caído bien, mucho mejor que yo.

Puede que mi intención haya sido hacer una broma. No sé por qué he dicho eso de que no les caigo bien, me ha salido sin más, pero el caso es que por un instante fugaz y doloroso nadie lo niega. Y luego Jean dice con demasiada prisa quizá:

—Si tus padres de verdad eran hippies, me sorprende que te dejaran ver películas de Disney.

—Eran hippies revolucionarios —contesto—. Andaban siempre por ahí batallando por la justicia. Yo pasaba mucho tiempo sola.

Volvemos a reunirnos en manada y caminamos un minuto, dejando atrás a la polaca que se ha cambiado la cesta de la colada a la cadera y ha echado la cara hacia atrás para que se la bañe el suave sol de la tarde.

Parece un cuadro. Un Vermeer, quizás. El efecto sólo se ve empañado por el hecho de que, cuando se gira, veo que va con auriculares. Está claro que el reproductor de música lo lleva guardado en algún bolsillo. Los auriculares son muy parecidos a los que Becca ha sacado un par de veces, cuando se nos hace tarde en el camino y ya está harta de todas estas señoras que no entienden el amor.

—¿Qué pasó después? —dice Claire por fin—. Con Psique, quiero decir.

—Que pasó el resto de su vida intentando recuperar lo que había perdido —responde Angelique—. Y sus hermanas... Después de alejar a Eros de Psique, tuvieron la caradura de intentar ligárselo. Pensaron que, si a ella le había funcionado, a ellas también les funcionaría, así que se subieron a la misma montaña donde Psique había ido a conocer a su marido años antes y se lanzaron por el precipicio pensando que el mismo viento que la recogió a ella las recogería también. Pero no las recogió, así que quedaron hechas papilla y ya está, un gran *chof* al fondo del precipicio. Ojalá mis hermanas se tiraran también por un precipicio. Pero no. Ellas se limitan a pavonearse.

—¿Todavía te hablas con ellas? —pregunta Jean.

—Joder, no, no me hablo con ellas. Supongo que no habrás visto el programa. Para mí es como si estuvieran muertas. Muertas —repite mirando al suelo.

—Yo sí lo veo —reconoce Valerie sorprendiéndonos a todas—. Me encanta la tele.

Lo cual es quizá la afirmación más sorprendente que ha hecho una de nosotras desde que empezamos la ruta. Nadie dice «me encanta la tele», y menos que nadie la gente a la que le encanta la tele. Quiero decir que a todo el mundo le encanta la tele, todos tenemos nuestros placeres culpables, esos programas de las cadenas mayoritarias que, aunque no lo reconozcamos, devoramos compulsivamente a altas horas de la noche.

Decimos, de hecho. «Yo no veo mucho la tele», aunque sepamos perfectamente que crecimos pegados a ella y que está integrada en nuestro ADN colectivo. Que nos sabemos los nombres de todos los niños de *Mamá y sus increíbles hijos* y que podemos citar de memoria escenas enteras de *Will y Grace*.

Angelique sonríe a Valerie. Parece angustiarle la posibilidad de que la gente haya visto su programa, pero tampoco se siente del todo cómoda si no lo ve. Porque ¿y si ha sacrificado su riqueza y a su familia por alcanzar la fama del jueves noche, y sin embargo, aquí, en este solitario campo de lúpulo ochenta kilómetros al norte de Canterbury, todas ladeamos la cabeza y la miramos como si no supiéramos de qué nos está hablando? Debe de ser un círculo del infierno muy, muy bajo, imagino, haber vendido el alma por conseguir la fama y aun así no ser lo bastante famosa.

—Yo ya no estoy en la serie —explica—. Y mientras Nico está en la cárcel, en Nueva Jersey, yo voy de un lado para otro aunque no sepa por qué. He ido a la Gran Muralla china, y a Islandia, y a Creta, y he atravesado el canal de Panamá.

—Psique fue condenada a vagar por el mundo en busca de su marido —dice Tess.

No me sorprende que conozca los pormenores de la historia. Parece que, cuanto más nimio y desconocido sea un hecho, más posibilidades hay de que lo conozca.

—Y ahora da la impresión de que tú también debes vagar sin rumbo.

—La verdad es que no me importa —interviene Angelique—. China me gustó. Me compré un montón de camisas a muy buen precio.

De pronto me dan ganas de abrazarla, de apoyar en mi hombro su cabecita de pelo liso y moreno y dejar que llore a moco tendido. Apuesto a que lleva mucho tiempo queriendo desahogarse.

—¿Cómo le detuvieron? —pregunta Becca—. A Nico, digo.

—Supongo que no… —Angelique se para—. No, sois todas mujeres con mucha clase. No como yo, eso seguro. La mayoría no veis la serie, claro. Cuéntaselo tú, Valerie.

De pronto parece agotada: triste y exhausta por el relato.

—Nico fue a verla —cuenta Valerie—. En su preciosa habitación blanca que era igualita que una nube. Le puso las manos sobre los hombros, la miró a los ojos y dijo: «Bueno, creo que esto es un adiós, nena».

Fue como de película. A Sudamérica, ¿no es ahí adonde se iba? ¿A Colombia?

Angelique asiente.

—Pero lo pescaron en el aeropuerto de Newark —concluye Valerie—. Lo llevaron derecho a la cárcel con el pasaporte aún en la mano.

Hemos llegado a otro cerro, el más alto de la tarde, y yo ya tengo agujetas en los muslos. Cuando miro el reloj de Silvia veo que son casi las tres, lo que significa que hoy ya llevamos seis horas andando sin contar la parada para comer. Tess había dicho que nuestro objetivo era recorrer treinta kilómetros (o sea, unas veinte millas) en este primer tramo del viaje, lo que es un montón para un grupo de mujeres que seguramente están acostumbradas a hacer una hora de ejercicio al día, como mucho. Y hemos ido a un ritmo más lento porque vamos caminando por el campo, por colinas y senderos accidentados, no por las calles pavimentadas de los suburbios a las que estamos acostumbradas. Es decir, que seguramente hemos avanzado a unos cinco kilómetros por hora, no a seis o seis y medio como yo había predicho en un principio. En todo caso, las historias me han distraído, como sin duda era la intención de Tess. Sólo me doy cuenta de lo cansada que estoy cuando nos quedamos todas en silencio.

—¿Psique volvió a encontrarse con Eros alguna vez? —pregunta por fin Becca—. ¿Lo encontró alguna vez y pudo disculparse por haber dudado de él?

—No lo sé —responde Angelique—. Cuando era pequeña y mi madre me contaba esta historia, siempre me quedaba dormida en la parte en que Psique iba vagando por el mundo. Hacía un viaje muy largo. Había una pila de capítulos. Nunca me quedé despierta hasta el final.

—Venga ya —protesta Steffi enérgicamente—. ¿Crees que tu destino está ligado al de esa chica mítica y aun así esperas que creamos que nunca has tenido ni la más ligera curiosidad por saber cómo acababa su historia? —Saca su teléfono—. Aquí tengo una rayita de cobertura —dice—. Media, por lo menos. ¿Quieres que busque a Psique? ¿Que te saque de dudas ahora mismo?

Pero Angelique se está mordiendo ansiosamente su labio pálido perfilado de oscuro. Está claro que no quiere saber qué fue de Psique. Niega con la cabeza con cierta violencia y aprieta el paso. Las demás echamos a andar tras ella, y de pronto Steffi y yo nos encontramos al final de la fila.

—¿Tú te lo tragas? —susurra Steffi—. Está claro que ha sumado dos y dos y le han salido cuatro y medio, más o menos. No es la respuesta correcta, pero se le aproxima. No ha intentado colarnos que dos más dos son veintisiete ni nada por el estilo. No es ni mucho menos tan tonta como parece en la tele. Así que, ¿por qué no quiere saber cómo acaba la historia de Psique y lo que por tanto cabe suponer que le depara el destino?

—¿Tú querrías?

—¿Qué?

—¿Saber cómo acaba tu historia?

—Claro que sí. Y tú también.

—No estoy tan segura. Me da pena Angelique.

Steffi suelta un bufido.

—Pues que no te dé pena. Por más pasta que se haya quedado el gobierno, te garantizo que tiene que quedar mucha, y luego habrá un libro, y puede que otra serie, ¿quién sabe? Tanto viajar es sólo una forma de quitarse de en medio mientras sus agentes y sus mánagers preparan su gran regreso. Porque ahora mismo su vida es un lío de narices, y a todo el mundo le gustan los líos. Y, además, yo mataría por conocer el futuro —añade al tiempo que alarga bruscamente el paso de modo que tengo que echar a trotar a su lado para no quedarme atrás—. Contra lo que ves venir, puedes prepararte. Es una pelea justa. No quiero que nada me pille otra vez desprevenida.

—¿Otra vez? Si vas a contar cómo fue la primera vez que algo te pilló desprevenida, imagino que tuvo que ser un leopardo.

Sonríe como una colegiala. Caminar deprisa no parece afectarle, ni siquiera ahora que hemos apretado el paso para alcanzar a las otras.

—Tendrás que esperar para averiguarlo —dice—. Pero no mucho. Saqué un nueve de tréboles.

Cuando nos reunimos con las demás, están hablando de cómo ocultan las cosas los hombres. Cuentas bancarias, amantes, diagnósticos médicos, pornografía.

—Hay todo un corpus de relatos mitológicos —está contando Tess— en los que la verdadera personalidad de un hombre debe permanecer oculta a la mujer a la que ama o de lo contrario la verdad destruirá a uno de los dos o a ambos. Son historias que siguen en su mayoría la línea de la de Angelique y Psique: que el hombre sólo pueda manifestarse tal y como es con su mujer en la oscuridad, especialmente en la cama. Ahí es donde puede bajar la guardia. Pero cada mañana vuelve a convertirse en bestia, en monstruo o en dios, o a asumir esa vertiente de su yo que ella tiene prohibido contemplar en la historia que sea. Pensadlo. Que un hombre haya de mantener en secreto su verdadera identidad es la base de muchos mitos de superhéroes: Batman, Spiderman, Superman y otro montón de «lo-que-sea-man». Dice mucho sobre el ego masculino que hayan creado tantas historias parecidas con un hombre con el yo dividido y a medias oculto, ¿no os parece?

—Pero en esas historias —dice Claire—, imagino que la mujer siempre encuentra algún modo de desvelar su secreto, ¿no?

—Casi siempre —contesta Tess—. Si no, no habría gran cosa que contar, ¿verdad?

—Y luego, cuando ella se da cuenta, ¿qué hace él?

—A veces muere —responde Tess—, pero casi siempre, cuando ella descubre la verdad, tiene que dejarla. Huye como Eros. Por su bien, dice siempre. Eso forma parte intrínseca del argumento. Que conocer toda la verdad acerca de un hombre pone a la mujer en peligro.

Pienso en Ned. Sin duda las otras están también pensando en sus hombres. Seguramente la mayoría de ellos encontró la forma de permanecer para siempre en la oscuridad, y a ésos fue a los que abandonamos, hartas, alegando que estaban muertos, que eran fríos o insondables. Y luego están los otros, esos pocos infortunados a los que sí logramos sacar a la luz... y a los que también perdimos (vaya que si los perdimos), aunque de otra manera. Esos hombres que se disolvieron ante nuestros mismos ojos en el proceso del descubrimiento femenino, evaporándose hasta dejar de existir mientras nosotras tratábamos de analizarlos. Los que desaparecieron sin dejar rastro mientras nosotras les preguntábamos a nuestras amigas por el significado de todo esto.

—Pero a veces los hombres se van y luego vuelven —expone Becca—. Venga, ¿es que nunca vais al cine? Sucede constantemente: la chica piensa que ha perdido a ese tío tan mono y él vuelve justo al final, y entonces suena la música. Como en... ¿cómo se titula esa peli antigua? ¿*Pretty woman*?

—Para mí, cuando un hombre sale de mi vida, es como si estuviera muerto —afirma Claire—. No creo en los reencuentros ni en las segundas oportunidades, ni en quedar solamente para echar un polvo.

—Nico va a estar tanto tiempo en la cárcel que es casi como si estuviera muerto —comenta Angelique—. Y me gustaría decir que mis hermanas son mis hermanastras, porque así estaría justificado que sean tan malas, pero no es verdad. Son sangre de mi sangre, lo sé. Antes teníamos las tres la misma nariz.

Se detiene y escupe y, cuando levanta la barbilla, sus ojos brillan llenos de determinación. Son azules, de un azul muy brillante cuando les da el sol, un tono precioso, y me sorprende otra vez la belleza que asoma a veces a través de la máscara. *Priscilla Presley*, pienso. *El día de su boda con Elvis*. A ella es a quien se parece Angelique.

—Pero a fin de cuentas fue culpa mía, ¿sabéis? —continúa—. Porque Psique y yo no podíamos dejar las cosas estar. Por eso quiero ir a Canterbury. Para que un sacerdote con poder me perdone y luego me diga qué tengo que hacer para arreglar las cosas.

—Un sacerdote de Canterbury no puede decirte cómo arreglar las cosas —apunta Tess—. Son anglicanos. Ni siquiera pueden perdonarte, en realidad. Puede darte la bendición, pero cada persona tiene que encontrar la forma de que su historia tenga un buen desenlace.

—Pero para eso estoy aquí —insiste Angelique—. Para que me den la bendición y quizá, no sé… Quizá cuando llegue a la catedral y la vea estalle algo dentro mi cabeza que me diga qué tengo que hacer ahora. Es lo único que pido. Pero ya está bien, ya he hablado suficiente de mí. He hablado un millón y medio de kilómetros. ¿A quién le toca ahora?

—A mí —contesta Silvia—. Tengo un diez.

—Yo también he sacado un diez —declara Claire sonriendo a su amiga—. Qué gracia, ¿no?

—El mío es de corazones —precisa Silvia.

—Diamantes —dice Claire.

—Entonces va primero Silvia —afirma Tess—. El amor antes que la riqueza.

—Bien. Nos está haciendo falta una historia feliz —propone Silvia—, y la mía lo es.

—Pero la mía también lo era —replica Jean.

La miramos extrañadas.

—Por lo menos lo fue durante un tiempo —puntualiza.

—Igual que Psique —interviene Angelique—. Fue feliz durante un tiempo, quiero decir, y eso ya es algo. Veréis, Jean y yo cometimos el mismo error. No nos dimos cuenta de lo afortunadas que éramos. Nos preocupaban las cosas más tontas, nos aburríamos y nos comparábamos con otras mujeres, y entonces es cuando todo se va al infierno, ¿sabéis? Cuando empiezas a comparar tu vida con la de otra persona.

—Cuesta saber que lo que estás sintiendo es felicidad mientras estás en ello —dice Jean—. En ese momento lo llamas de otra manera y años después piensas: «Espera un momento. Puede que eso fuera felicidad y que no me diera cuenta».

—Es el secreto de la vida —comenta Tess—. Si fuéramos capaces de reconocer la felicidad en el momento presente, ninguna de nosotras estaría haciendo el camino a Canterbury.

Venga ya, pienso yo. *La vida no puede ser así de simple.*

—¿Cuánto queda para la hospedería de esta noche? —pregunta Valerie—. Tengo la impresión de que ya deberíamos haber llegado.

—Queda una hora —contesta Tess—. Puede que un poco más. ¿Por qué? ¿Estás cansada?

—Un poco —responde ella—. Así, de repente. No sé por qué.

6

La siguiente hospedería es aún más pequeña. De hecho, comparada con ella la de ayer parece un palacio. Por la disposición de las habitaciones, yo diría que antes era una vivienda particular, y puede que todavía lo sea, porque no hay un proceso formal de registro y es Tess quien se encarga de asignarnos nuestras habitaciones. Vamos a compartir las nueve un solo cuarto de baño situado al final de un pasillo, en la planta de arriba, y la serie de estrechas habitaciones que dan a él son un vestigio de una época en que las familias tenían una docena de hijos.

—Qué claustrofobia —masculla Silvia al entrar en la suya.

Justo enfrente de su habitación veo a Claire a través de una puerta abierta, dejando sobre la cama tres o cuatro jerséis oscuros. De cachemira, sin duda, aunque no entiendo por qué ha traído tantos jerséis aparentemente idénticos a un viaje de cinco días, ni por qué siente la necesidad de deshacer completamente la maleta en cada breve escala de la ruta.

—Espero que no te hayas hecho ilusiones de tener un armario —le grita Silvia desde el otro lado del pasillo, todavía molesta.

A mí, en cambio, nunca me han molestado las habitaciones pequeñas, ni las camas pequeñas, aunque reconozco que resulta un tanto chocante que los techos de la planta de arriba sean tan bajos. Siempre me he imaginado la muerte así, como recorrer este pasillo largo y oscuro, pero lo único que me parece verdaderamente insoportable es que, cuando por fin entro en mi cuarto y cierro la puerta, sigo oyendo hablar a las demás. Sus voces se filtran a través de las paredes.

Este asunto del espacio personal es tan desconcertante. Soy solitaria por naturaleza, como imagino que es típico de los hijos únicos, pero también crecí en una comuna: lo normal era que alrededor de la mesa del desayuno hubiera treinta personas, que entrara y saliera gente a todas horas, que todo el mundo se visitara sin esperar a recibir una invitación o sin siquiera llamar a la puerta. La filosofía de la colonia exigía que las puertas no se cerraran con llave y que la propiedad fuera compartida, y yo siempre juré que, cuando fuera adulta y tuviera una casa propia, lo primero que haría sería comprarme un cerrojo. Ahora, en cambio, al dejarme caer en la cama oyendo a Silvia trastear a un lado y la voz aguda y jadeante de Jean al otro, me queda claro que para proteger mi soledad no basta con un cerrojo. Quiero silencio.

Me cruzo con Steffi en la escalera. Ella sube y yo bajo.

—Voy a dar un paseo —le digo antes de que me pregunte, y enseguida entorna los ojos con aire de sospecha.

Llevamos todo el día caminando, así que ir a dar un paseo sería, lógicamente, lo que menos debería apetecerme. Y además... ¿adónde voy a ir? Hemos echado un vistazo al pueblo al llegar y no hay gran cosa que ver. Es un sitio bastante tétrico, un pueblecito moribundo cuya modesta población se reduce sin cesar debido a que los agricultores locales ya no trabajan sus tierras.

—Nuestra parada de esta noche va a ser un poco más rural que la de anoche —nos ha dicho Tess, y un par de nosotras se ha reído, hasta que nos hemos dado cuenta de que hablaba en serio—. Y —ha añadido— lamento deciros que este pueblo en concreto no destaca por su belleza.

La única tienda ya está cerrada, igual que la oficina de correos. El ayuntamiento parece desierto, salvo por un letrero que anuncia que los oficios de la iglesia metodista se celebran el jueves. El jueves, no el domingo, lo que significa que seguramente comparten pastor con las parroquias de otras localidades. Un cartel clavado bajo la única farola nos ha informado de que, si necesitábamos los servicios de la policía, debíamos telefonear de inmediato a la comisaría de Dartford. El problema es que no estamos en Dartford. Estamos unos cinco kilómetros más al sur.

Sigo la carretera de entrada hasta la plaza del pueblo, donde me siento en uno de los dos bancos situados frente a frente, me desato los cordones de una bota, saco el pie y me quito el calcetín. Compré estas botas la misma mañana en que salí de Estados Unidos, las desenvolví en el taxi, camino del aeropuerto, y dejé en el asiento la gran caja cuadrada en la que venían metidas. No tuve tiempo de darlas de sí, y las siete horas que he pasado andando hoy me han dejado los pies hechos polvo. No tengo ninguna herida abierta, pero sí una ampolla en el dedo gordo y el talón rojo e hinchado. Mientras me lo masajeo, me considero afortunada por que la cosa no haya sido peor. Llevo en la maleta una buena provisión de tiritas y apósitos protectores. Mañana tendré que prepararme un poco mejor o cuando lleguemos a Canterbury estaré completamente coja.

O a lo mejor es que estas malditas botas de doscientos dólares no son de mi número, pienso, y aplasto esa idea tan rápidamente como ha surgido. Es demasiado espantoso pensar que esté aquí, como dice Steffi, a cuarenta y cinco kilómetros de cualquier parte, y que mi único par de zapatos no me sirva. Eso me convertiría en una Cenicienta americana o, para ser más precisa, en una de sus odiosas hermanastras. Porque sospecho que Tess tiene razón: al final, la vida de toda mujer se remite a un único cuento de hadas. Así que aquí estoy, sentada en uno de los dos únicos bancos de este extraño pueblecito, con la bota en la mano y la mirada perdida en el infinito. ¿Por qué exactamente era Cenicienta mi cuento favorito? Es un estereotipo, la más predecible de las princesas, y yo suelo huir de los estereotipos. Y, sin embargo, de pequeña vi la película tantas veces que todavía soy capaz de cerrar los ojos y proyectarla en la pantalla de mi memoria.

Puede que me gustara tanto simplemente porque no había muchas otras alternativas. En la granja, en aquella época anterior al cable, sólo sintonizábamos las tres grandes cadenas de televisión, pero teníamos un reproductor de vídeo, un aparato muy avanzado para su tiempo. No recuerdo cómo lo conseguimos ni por qué mis padres, que normalmente se empeñaban en que todo lo que poseíamos reflejara los valores fundacionales de la comuna, habían permitido que aquel aparato entrara en casa. Es muy probable que nos lo enviara mi abuela junto con la colección de películas Disney, en un intento desesperado por conseguir que al menos hubiera una cosa normal en mi infancia.

Un día estaba viendo *Cenicienta* y entró mi madre en la habitación. Pareció un poco sorprendida de verme allí: siempre parecía sorprendida de verme, aunque estuviera exactamente en el mismo sitio donde me había dejado. Si quisiera ser cruel, diría que mi madre olvidaba con frecuencia que tenía una hija, pero creo que sería más correcto decir que le costaba recordar toda clase de cosas. Diana era como un bebé jugando a cucutrás, que olvida la cara en cuanto desaparece detrás de las manos y por tanto se siente asombrado y eufórico cuando reaparece.

—Tu madre se distrae fácilmente —solía decir mi padre cuando íbamos paseando por el bosque o por una calle de la ciudad y de pronto nos dábamos cuenta de que ya no estaba con nosotros.

Siempre se apartaba del camino que pensaba seguir, distraída por lo que mi padre llamaba «alguna de sus cosas brillantes»: un libro en el escaparate de una librería, un trozo de madera retorcida arrojado por el mar a la playa, el rostro exótico y elegante de una refugiada mongola, o unos huesos de conejo. Seguramente tenía lo que ahora llaman déficit de atención en adultos, porque cada vez que me veía decía: «¿Che?», siempre con ese tono de pregunta, como si verme allí, en el sofá, viendo la tele cada tarde fuera un pequeño y encantador milagro.

Ese día en concreto estaba con el líder religioso de la comuna, un tal David (Da-viiiid, lo pronunciaba él). No recuerdo exactamente qué clase de pagano era. Druida, casi con toda seguridad. En aquella época estaban muy de moda. Debíamos de estar a mediados de la década de 1970, o sea, que yo tendría ocho o nueve años, diez quizá. El cristianismo convencional empezaba a hacer aguas, y las iglesias cerraban o se unificaban, incluso en una zona rural tan remota como aquélla. Lo único que recuerdo de la fe que predicaba David es que una vez comenzó a canalizar espontáneamente un mensaje del hermano muerto de no sé quién en medio de la ofrenda de amor y que tenía un axioma predilecto con el que cerraba todos los oficios religiosos: «La religión —afirmaba— no es más que el estudio de las experiencias de otras personas con Dios. La verdadera espiritualidad, en cambio, es la oportunidad de tener tu propia experiencia con Dios».

Era una de esas sentencias que hacían que todas las mujeres de la congregación se desmayaran, y la mitad de los hombres también. Mi padre no se contaba entre ellos. Tenía muy poca paciencia para los David de este mundo y, pese a toda esa charla acerca de compartir y de repartir equitativamente, no permitía que nadie olvidara que había sido su familia quien había dejado la finca en la que vivíamos todos y que era su nombre el que figuraba en la escritura. Se había rebelado una vez, quince años atrás, y ahora tenía que cargar con los posos de esa rebelión, con todos aquellos sedimentos que, como pequeños copos, se iban depositando a su alrededor, hasta el fondo de su copa medio vacía. Desaparecía con mucha frecuencia (se iba a escalar, a pescar, a inventar, a leer), y yo estaba casi siempre a merced de las maquinaciones de mi madre, como imagino que les sucedía a casi todas las niñas de mi generación. Pienso en Becca y en su padre, tirado por el puente. Fue un *shock* brutal, sin duda, pero únicamente por la brusquedad de la partida. Porque todos los padres saltan del puente en cierta medida.

El mío murió en el bosque: los vasos sanguíneos de su cerebro lo traicionaron en medio de uno de sus largos paseos solitarios. Sorprendentemente (porque era un hombre joven, más joven de lo que soy yo ahora), había dejado una especie de testamento e instrucciones para su entierro. No pidió que sus cenizas fueran esparcidas por ahí. Fue enterrado de la manera más convencional posible, plácidamente tumbado en un cajón a los pies de su padre mientras un ministro presbiteriano al que no conocía cantaba vagamente sus alabanzas. Su única petición fue que el cajón fuera de pino, sencillo y sin adornos, pero, claro, en la funeraria local no tenían ningún ataúd así, de modo que hubo que retrasar una semana el entierro mientras se encargaba a los amish un féretro de madera de pino ostentosamente sencillo y a precio de oro. Hay una moraleja en todo esto, en alguna parte, pero no se me ocurre cuál es.

Y antes de que lo sugiráis siquiera, lo sé... Lo sé. Todo apunta a que mi madre y David estaban liados. En la comuna, desde luego, había un montón de rumores que así lo daban a entender, y bien sabe Dios que Diana era ese tipo de mujer. No usaba sujetador, era una irresponsable, su moralidad podía calificarse certeramente de «flexible», y siempre estaba correteando de acá para allá con un hombre o con otro. Más de una vez hizo las maletas de madrugada y nos subimos las dos al coche de alguien. Hubo hombres que aseguraron que nos salvarían de la comuna y otros que quisieron salvarnos de nuestros presuntos salvadores.

Y, sin embargo, a la hora de la verdad, creo que Diana no habría tenido agallas para dejar de verdad a mi padre. Él era el estable, la roca alrededor de la cual crecía todo lo demás, y ella dependía de esa estabilidad y al mismo tiempo la despreciaba. En cuanto a los otros hombres, puede que no fueran más que su forma de poner a prueba a mi padre, porque mi madre coqueteaba con cualquiera, indiscriminadamente: era como una pistola que disparaba proyectiles de sexualidad, y las balas de su encanto hacían blanco en toda clase de transeúntes desprevenidos, dejando una estela de perfectos desconocidos heridos y anonadados por el impacto. Sonreía seductoramente al hombre que estaba pagando su gasolina en el surtidor de al lado, al anciano dentista de la familia, a los padres de mis amigos, y luego, cuando me hice mayor, también a mis amigos. Pero era pura fachada. Necesitaba que la consideraran seductora mucho más de lo que necesitaba el sexo.

O eso sospecho yo. Pero puede que me equivoque. Puede que ninguno de nosotros sepa nada de los demás, y menos aún de sus padres. Las tapas de algunos libros han de permanecer cerradas. Puedo afirmar, sin embargo, que, estuvieran liados o no, aquel santón de medio pelo llamado David era la última conquista de Diana y que fue quien primero intentó arruinarme el mito de Cenicienta. Esa tarde se sentó en el sofá de brocado de mi abuela, el que tenía la manta de lana afgana llena de nudos extendida por encima para ocultar que mi familia había sido rica tiempo atrás, y empezó a contarme cómo les vendaban los pies a las niñas en China. Iniciaban ese cruel ritual, me dijo, cuando las niñas en cuestión no eran mucho mayores que yo en ese momento. Justo cuando se aproximaban a la pubertad, en esa etapa de la vida en que las chicas son más maleables y las presiones que se ejercen sobre ellas tienen efectos más dañinos y duraderos.

—¿Cómo te sentirías tú si tuvieras los pies vendados? —me preguntó David, y hurgó debajo de la manta, sacó mi pie izquierdo y lo sacudió para demostrar lo que quería decir.

Era una pregunta imposible de contestar, pero no le importó. Llevaba toda la vida en el púlpito y se había acostumbrado a hacer preguntas sin que nadie las respondiera.

—¿Te gustaría no poder ni siquiera caminar?

Yo miraba *Cenicienta* por encima de su hombro. Estaba llegando mi parte favorita, hacia el final. El baile ha terminado, la magia se ha esfumado. Cenicienta está encerrada en un alto torreón y parece que todo está perdido. Pero cuando el Gran Duque llega a la casa buscando a la dueña del zapatito de cristal, los animales la liberan de su prisión y ella corre escaleras abajo en el último minuto. Sus hermanastras ya han intentado embutir sus pies en el zapatito sin conseguirlo. Sus pies grandes, rechonchos, inadecuados, con sus deditos dibujados asomando en todas direcciones. Y cuando el Gran Duque saca el zapatito de cristal para que Cenicienta se lo pruebe, la malvada madrastra le pone la zancadilla y el cristal se rompe, y es todo un desastre hasta que Cenicienta dice con esa voz suya tan increíblemente dulce: «Pero verá… Tengo el otro zapatito».

Era la mejor escena de todos los tiempos, o eso me parecía a mí de pequeña, e incluso ahora, tantos años después, no se me ocurre ningún otro pasaje de una película con el que haya disfrutado tanto. El duque le pone el zapatito, que le queda como un guante, y un momento después todo se vuelve confeti, campanas de boda y ratoncitos que saltan alegremente.

Fue justo en ese momento de la película cuando David se sentó en el sofá, me sacó el pie de debajo de la manta y me soltó un sermón acerca de las niñitas chinas. Acerca de lo penoso que era someterse a la silla donde se hacía el vendaje, acerca de las infecciones, los huesos rotos, el dolor, las muertes prematuras, todo ello en pro de una idea retorcida de la belleza femenina. Y nuestra mentalidad occidental, añadió, era igual de retorcida que los pies de las orientales. Señaló desdeñosamente la pantalla utilizando mi pie. Tal vez la idea de Cenicienta procediera de China, pero al llegar a Europa se había vuelto aún más siniestra. En los cuentos tradicionales, antes de que Walt Disney les lavara la cara con su repulsiva alegría, las hermanastras se cortaban partes del pie en un grotesco intento de introducirlo en el zapato. De ahí la idea del zapatito de cristal: era un modo transparente de demostrar que Cenicienta era la auténtica princesa, que su pie encajaba de verdad y que no se había mutilado llevada por la ambición de casarse con el príncipe.

A mi madre le encantó la historia de David. Era posiblemente la única persona sobre la faz de la Tierra a la que le habría encantado un cuento tan sangriento, pero andaba siempre recopilando pruebas de lo mucho que habían sufrido las mujeres a través de la historia bajo el yugo de la opresión masculina y no iba a permitir que el hecho de que la historia de David fuera en realidad un ejemplo de automutilación le estropeara la argumentación.

—Así que ya ves, Che —dijo sentándose en el brazo del sofá, a su lado—. He ahí una lección que debes aprender: si el zapato no encaja, no te lo pongas.

Entonces David y ella se echaron a reír a carcajadas, como si hubiera dicho algo asombrosamente ingenioso, y él se ofreció a prestarle una serie de documentales acerca del sufrimiento generalizado de las mujeres para que pudiera, según dijo, «llevarme por el buen camino». Yo no estaba segura de a qué camino se refería, ni adónde tenía que dirigirme yo, ni de dónde venía, y no quería escuchar cuentos de pies vendados o dedos amputados, ni advertencias sobre lo que podía ocurrirle a una si se equivocaba a la hora de elegir a su príncipe o su zapato. El cuento de hadas estaba tocando a su fin. Los ratoncitos lucían sus diminutas libreas palaciegas y saludaban con la mano al carruaje que se alejaba, y allí estaba el final feliz, asomando justo por encima del hombro del santón.

—Todas las chicas tienen sus fases románticas —comentó mi madre mirando ceñuda la pantalla de la tele, en la que Cenicienta y el príncipe se inclinaban para darse su primer y último beso—. Pero enseguida las superan, ¿verdad?

Ahora miro mis pies rechonchos e hinchados y me pregunto cómo demonios voy a volver a la hospedería. Seguramente tendré que calzarme la bota sin atarme los cordones y subir la calle cojeando. No he sido del todo sincera al decir que era mi único par de zapatos. También tengo en la bolsa un par de esos calcetines de andar por casa que son casi como pantuflas. Los metí en el último momento. Puedo ponérmelos para bajar a cenar. No creo que las normas de etiqueta sean muy estrictas en el pub, y esta noche estoy decidida a cenar con las demás. A hablar, a estar de acuerdo y a simpatizar con ellas, a beber de buena gana cualquier vino que me pongan, y a no ser tan rara por una vez en la vida.

Veo con el rabillo del ojo que Valerie se acerca a la plaza. Viene del lado opuesto de la hospedería. Qué extraño. Se quejó de estar cansada y, sin embargo, también debe de haber optado por dar otra vuelta por el pueblo. El sol se está poniendo tras ella y tengo que entornar los ojos para distinguir su silueta. Justo cuando lo hago, se para, mira a su alrededor y ve que estos dos bancos son el único sitio para sentarse. A pesar de que haya intentado convencerme valerosamente de que debo mostrarme encantadora durante la cena, temo que se me acerque. No estoy lista aún para ser encantadora. Si viene a sentarse conmigo, me ofrecerá su teléfono o me preguntará por qué me he quitado una bota o chasqueará la lengua al ver las heridas del pie.

Pero no hace ninguna de esas cosas. Se limita a saludarme con una inclinación de cabeza y a sentarse en el banco de enfrente.

Ahora soy yo la que se siente obligada a decir algo. A saludarla, como mínimo, o incluso a ponerme a chismorrear sobre las dos historias que hemos oído hoy. O a especular acerca de lo que desvelan sobre sus narradoras. O quizá podríamos hablar de nosotras dos. Seguramente hay un sinfín de cosas de las que podríamos debatir, un millón de palabras que podríamos verter en esta plaza de pueblo vacía.

Ella no dice nada. Miramos cada una hacia un lado, Valerie de espaldas al sol y yo de frente.

Pasa un minuto. Puede que dos. Por esto es por lo que no hay que pararse nunca. Te sientas, te quedas quieta, y te pones a pensar, y si piensas puede que... ¿qué? ¿Que te acuerdes de tus padres y de tu infancia, y de cada cosa que has perdido? Si empiezas a pensar, quién sabe, podrías comenzar a sentir y no hay forma de saber adónde puede conducirte ese camino con tantas vueltas y revueltas. Por eso nos hacen falta nuestros libros, y nuestros teléfonos, y nuestros auriculares, y nuestros novios, aunque no sean los que más nos convienen, aunque parezcan llevarnos a lugares donde no queremos estar. Porque, de lo contrario, acabaremos así: sentadas en un banco en medio de ninguna parte, y nos acometerá ese llanto tan feo. Ya sabéis cuál, ése en el que empiezas a resoplar por la nariz. Intento secarme las lágrimas. Discretamente, al principio. Pero luego se me desbordan.

Vale, ahora es cuando definitivamente va a preguntarme qué me pasa, pienso. *Nada como las lágrimas para abrir la puerta a la confesión femenina. Somos capaces de cruzar a toda prisa un aseo para preguntarle a una desconocida que llora si se encuentra bien. Y cuando me pregunte qué me pasa, ¿qué voy a decirle? ¿Que lloro por Cenicienta o por el ataúd de mi padre, o porque les vendaban los pies a las niñas chinas? De todas las mujeres que podrían haberme sorprendido en este estado, ¿por qué ha tenido que ser ella?*

Pero ni siquiera me mira. El silencio se ensancha entre nosotras, se vuelve aún más violento, hasta que por fin me calzo la bota y subo la calle renqueando como un actor ridículo en un *spaghetti western*. Me duele, pero mientras avanzo me descubro apretando el paso, tropezándome con los cordones y arrastrándolos por los adoquines musgosos, y flexionando los dedos para intentar que no se me salga la bota. Cuando llego a la hospedería voy casi corriendo para alejarme de Valerie y del silencio vacío de aquella plaza.

7

—No queremos quebrantar las normas, pero estamos quebrantándolas —comenta Silvia con una carcajada.

Es la mañana siguiente y apenas hemos dado veinte pasos del Camino. El pueblo sigue durmiendo a nuestras espaldas.

—Lo hemos hablado y Claire va a contar su historia primero.

—Sé que Tess dijo que los corazones debían ir antes que los diamantes —añade Claire. El sol se refleja en su pelo rubio perfectamente peinado como si la luz rebotara en un casco, y el jersey de cachemira de cuello alto que lleva hoy es de un color que parece negro al principio, pero que, al mirarlo más atentamente, resulta ser de un suave gris pizarra—. Y estoy segura de que tiene razón. Pero en este caso no debería importar cuál de las dos vaya primero, porque nuestras historias son muy parecidas.

—¿Parecidas? Yo diría que son más bien todo lo contrario —dice Silvia con un fuerte deje inglés.

¿Yo diría que son más bien todo lo contrario? Vaya, qué bien, tomemos todas té con pastas. Silvia debe de ser una de esas personas que tienen el dudoso don de ir haciendo suyos el acento y la forma de hablar de todo aquel a quien conocen. Yo no soy quién para juzgarla, porque a mí me pasa lo mismo. Ponedme en un taxi con un conductor paquistaní y saldré de él diciendo en tono cantarín: «Gracias a usted también, amable señor». Intento resistirme a ello (siempre temo que parezca que me estoy burlando de mi interlocutor), pero es una lucha. Sólo llevo dos días en la campiña inglesa y ya estoy añadiendo esas coletillas en tono interrogativo al final de cada frase. «Una mañana preciosa, ¿verdad que sí?», le he dicho a la chica que servía los desayunos en la hospedería, amortiguando automáticamente mis rotundas afirmaciones norteamericanas con el suave algodón de la búsqueda de consenso británica.

—Pero los opuestos se parecen, al menos en el fondo —responde Claire—. ¿Nunca os habéis fijado? Esta mañana, en el desayuno, cuando Silvia y yo estábamos hablando, nos hemos dado cuenta de que nuestras historias giran en torno al mismo tema. La fidelidad. Qué es y cómo cambia con el tiempo.

—Todas estas historias son demasiado complicadas —comenta Becca.

Me he fijado en que por las mañanas suele estar congestionada y mocosa, y su voz suena casi como un gemido.

—El amor es complicado —le dice su madre—. La vida es complicada.

—No, qué va —responde Becca con la rotundidad de los jóvenes a los que la vida aún no ha puesto a prueba—. O por lo menos no tienen por qué serlo. ¿Tan difícil es contar una historia de amor sencilla y clara?

Silencio.

—Puedes contar una historia de amor sencilla cuando sea tu turno —digo por fin—. Saca a pasear a los unicornios y los arcoíris y endúlzala todo lo que quieras.

—Yo no he dicho que tuviera que ser dulce —replica Becca con un tono aún más agudo, que corta el aire de la mañana.

Hoy viste una combinación de colores de lo más extraña: una sudadera de color cereza, pantalones marrones y calcetines verde neón. No se trata simplemente de que no haya combinado bien la ropa porque se ha vestido a toda prisa. Hace falta esfuerzo para vestirse tan mal. Lo que estamos presenciando es un disparate deliberado. Un atentado premeditado y consciente contra la retina.

—Lo dulce es un asco. Yo me refiero a una historia feliz. Y erótica. ¿Es que ninguna se acuerda de lo que es eso?

—Pero mi historia es bastante erótica —apunta Claire.

Lo dice suavemente, mitigando la brusquedad de Becca, sofocándola por completo como una toalla gruesa arrojada sobre un fuego de grasa, y Jean le sonríe agradecida. Lo siento por ella. Tener a Becca por hija debe de ser como vivir con uno de esos novios bocazas con los que toda mujer sale en algún momento de su vida: de ésos con los que vas a cualquier reunión social como si llevaras una piedra dentro del pecho, a la espera del momento inevitable en el que hará una broma estúpida, ofenderá a la anfitriona o comentará algo sobre política.

—Pero también es bastante complicada, así que puede que no te guste, Becca querida. A mí no me habría gustado cuando tenía tu edad.

—No te andes por las ramas —le aconseja Silvia—. No te disculpes, ni des explicaciones. Métete directamente en faena como haces siempre.

Claire se ríe.

—Me he casado cuatro veces como todas sabéis, y ahora vivo con un hombre más joven que yo. Pero esta historia no trata de él. Se remonta a mi tercer marido. Yo acababa de cumplir cuarenta años cuando sucedió. Ya sabéis, cuarenta, esa edad tan peligrosa. Ese año en el que todo lo que has construido hasta ese momento se resquebraja de repente y se te convierte en polvo entre las manos. ¿Alguna de vosotras ronda esa edad?

Me mira a mí, lo cual es halagador, porque la verdad es que hace tiempo que pasé los cuarenta. Hasta la semana pasada habría dicho: «Yo ya los pasé, sana y salva». Si tuviera que aventurar cuál de las otras se encuentra en ese brete, diría que es Valerie. Y posiblemente Steffi, aunque no, es más probable que ella esté todavía en medio de esa larga siesta que es la treintena para una mujer, junto con Angelique. Tess es más joven, y Becca aún más, claro, mientras que Claire, Silvia y Jean tienen cincuenta y tantos o más. Me paro e intento ordenarnos por edades mentalmente. Silvia, Claire, Jean, Che, Valerie, Steffi, Angelique, Tess y Becca, así es como nos pondría en fila si tuviera que hacerlo. Yo estaría más o menos en medio, como parece que me pasa siempre. Pero puede que me equivoque. Influyen tantos factores en cómo luce una mujer su edad: el dinero, la nacionalidad, el peso, el porte, el Botox, la suerte...

—La verdad es que yo cumplí cuarenta la semana pasada —confiesa Valerie.

—¿Sí? —pregunta Claire—. Feliz cumpleaños, y prepárate para que tu vida entera se vaya a la mierda si no se ha ido ya. Yo acababa de cumplir cuarenta en la historia que voy a contar, y al principio me sentía segura, tan segura que no imaginaba que todo estuviera a punto de irse a... Cielos, ¿qué es eso?

Tess sigue la dirección que indica su dedo hasta el camino que se extiende ante nosotras.

—Es un manzanar. Seguro que en Estados Unidos también los hay.

—No es la primera vez que veo un huerto de frutales, claro —dice Claire, parándose y subiéndose las grandes gafas de sol hasta la coronilla—. Es sólo que me ha sorprendido. Llevábamos un montón de tiempo caminando por el país de la cerveza y ahora, de pronto, ¡zas!, doblamos la esquina y henos aquí, en el país de las manzanas. Es maravilloso.

El manzanar que tenemos delante es enorme, tiene filas y filas de árboles pulcramente plantados, y algunas de las ramas están todavía cargadas de frutos. Esto me sorprende. Creía que la época de la cosecha había pasado hacía tiempo, pero hoy hace calor. Cincuenta grados tirando a sesenta, si se mide la temperatura a la manera americana, como hacemos casi todas. Cuando Tess ha anunciado alegremente durante el desayuno que esta tarde «íbamos a llegar a diecisiete», al principio hemos pensado que se refería a millas, lo cual ya era preocupante, pero entonces nos hemos dado cuenta de que estaba hablando de temperatura y hemos dado un respingo. Diecisiete grados nos suena a un frío atroz. Ahora, sin embargo, no llevamos andando ni media hora y la mayoría ya nos hemos quitado las chaquetas. Cuelgan de nuestras mochilas o las llevamos atadas a la cintura, y se las daremos a Tim cuando paremos para almorzar. Una de las ventajas de que la furgoneta vaya a nuestro encuentro en cada pub que decide Tess es que podemos cambiarnos de calcetines y de tiritas y quitarnos la ropa de abrigo cuando sube la temperatura.

—Pues sí, cumplir los cuarenta es así —prosigue Claire—. Un cambio de clima, un mínimo movimiento del sol entre las nubes, un recodo en el camino, y de pronto, como por arte de magia, el mundo entero parece distinto.

Se baja las gafas, hace una de esas respiraciones purificadoras que te enseñan en yoga y todas echamos a andar.

El cuento de Claire

—Cuando una se ha mudado tantas veces como yo, se vuelve una experta en embalar y desembalar —comienza Claire una vez que hemos cogido todas el ritmo—. Mi tercer marido se llamaba Adam, que posiblemente sería mejor nombre para un primer marido, pero así son las cosas. Era profesor en la universidad y parecía tener cientos de cajas de libros, y los libros son lo peor de una mudanza, eso os lo dirá cualquier profesional. Adam no ayudaba en nada, para eso era un inútil. Empezaba a vaciar una caja y enseguida se paraba, sacaba un libro y se ponía a disertar sobre él. Me contaba el argumento si era una novela y, si era un ensayo, me contaba dónde había conseguido el libro porque sospechaba que yo no entendería lo demás. Según Adam, yo no entendía casi nada. Hacía sólo unos meses que vivíamos juntos y yo ya empezaba a tener mis dudas sobre él.

—En las fotos de la boda pareces asustada —dice Silvia.

—Parezco asustada en las fotos de todas mis bodas —responde Claire—. Muéstrame una novia que no parezca asustada y yo te mostraré una novia que está borracha. El caso es que Adam no ayudaba en nada. De hecho, no hacía más que estorbar. Así que después de pasarme una mañana escuchando sus disertaciones, le dije que se olvidara del asunto, que volviera a la universidad y que yo me encargaría de lo demás. Fue casi cuando estaba acabando cuando encontré la caja con la cinta de vídeo. Sí, una cinta de vídeo, y ésa fue la primera pista. En aquella época el VHS ya estaba empezando a pasar de moda. Casi todo el mundo se había pasado al DVD, así que me dije: «¿Qué será esto?» Y entonces vi que había algo tapado con cinta de Tippex y una sola palabra: *Edith*.

—¿Edith? —pregunta Becca arrugando la nariz—. Ya nadie se llama Edith, ni siquiera la gente de tu edad.

—Exacto —conviene Claire. Parece una experta en no ofenderse, capaz de desviar una flecha envenenada justo antes de que dé en el blanco, y de moverse con tanta destreza que hasta el arquero olvida que ha hecho el disparo. Imagino que será por haber estado casada tantas veces—. Edith era la exmujer de Adam. Y como tú dices, Becca, es un nombre tan soso, tan anticuado… —Se encoge de hombros—. Pero a ella le sentaba bien. Habían estado casados casi veinte años y era la madre de sus hijos. La típica esposa de catedrático. Vivía para las obras de caridad, los comités y las cenas de gala. Conozco al dedillo a las de su clase, porque mis cuatro maridos estuvieron casados exactamente con la misma mujer antes de casarse conmigo —dice y se ríe.

Se ríe automáticamente, como decía aquel hombre del bar, el del pelo rapado, que sonríen los americanos y, sin embargo, el sonido de su risa es claro y melódico. Una campana, no un mugido, y yo vuelvo a envidiarla.

—Porque ése es mi sino —prosigue—. Seguir a las Edith de este mundo. Supuse sin pensarlo que lo que tenía en la mano era una cinta de vídeo de su boda y aquello me escoció. Adam y yo nos habíamos casado en el lago Tahoe, en una de esas ceremonias de cinco minutos, y él había insistido mucho en que estuviéramos sólo nosotros dos. Nadie más, ni siquiera sus hijos. Intentó convencerme de que era una locura romántica, pero yo tenía la sensación de que lo estábamos haciendo a escondidas. Como si se avergonzara de mí.

—Fue la única boda tuya que me perdí —dijo Silvia.

—Te mandé una foto.

—La tengo puesta en la nevera con un imán.

—¿Todavía?

Silvia asiente con la cabeza.

—Nunca quito nada de la nevera. Es mi cápsula del tiempo particular. Por eso sé que tenías cara de asustada en la foto. Pero detrás se ve un bonito paisaje del lago Tahoe.

—El lago Tahoe es una maravilla —afirma Claire—. El problema no era ése.

—Si había estado casado tanto tiempo con Edith me sorprende que tuviera un vídeo de su boda —comenta Steffi—. En aquel entonces la gente no usaba cámaras de vídeo, ¿no? Por lo menos, no como hoy en día.

Tiene razón, y no me extraña que haya sido ella la que haya hecho la cuenta y haya encontrado el primer defecto en el relato de Claire. Siempre está haciendo cálculos.

—Excelente —exclama Claire—. Muy bien dicho, Steffi. Eres mucho más lista de lo que fui yo. Supuse que la cinta que tenía entre las manos era de hacía veinte años, pero en realidad no tenía más de dos o tres. Pero en aquel momento no me di cuenta y, además, me estoy adelantando. El caso es que estaba tan convencida de que había encontrado el vídeo de la primera boda de Adam que no se me pasó por la cabeza que pudiera tratarse de otra cosa. No teníamos aparato de vídeo en casa, así que guardé la cinta en un cajón y me dije que ya la vería más adelante.

—Y entonces te olvidaste de ella —señala Valerie.

Es una conjetura extraña respecto a lo que debería suceder a continuación, porque si Claire se hubiera olvidado de la cinta no habría escogido ese asunto como argumento de su relato. Eso es lo que deberíamos haberle dicho a Becca: que naturalmente íbamos a contar historias complejas. Porque, si no hay complicación, no hay historia.

—Debería haberme olvidado de ella —responde Claire con otra risa cantarina—. Habría sido lo más sensato. Pero tengo un problema, y es que soy incapaz de olvidarme de nada. Seguramente por eso me he casado tantas veces. Siempre he creído que la mayor virtud que puede tener una esposa es la capacidad de olvidar juiciosamente ciertas cosas, de borrarlas de su cerebro a voluntad. Porque de eso hemos estado hablando todo este tiempo, ¿verdad? De las dificultades que tenemos las mujeres para entender a los hombres, de que nunca los vemos como realmente son, de que nunca llegamos a conocerlos de verdad, ni siquiera después de años de amor y matrimonio. Hay, por otra parte, problemas de una índole totalmente distinta: los que surgen cuando has visto demasiado. Os lo garantizo: tratándose de matrimonio, ver demasiado es mucho más peligroso que ver demasiado poco.

Digerimos esto mientras caminamos, junto con unas cuantas manzanas. Casi todas hemos arrancado una de un árbol en algún momento. Las ramas están tan cargadas que invitaban a hacerlo. Sólo Steffi ha remoloneado mascullando algo acerca de los pesticidas.

—Estaba cuidando del gato de una amiga que estaba de viaje —continúa Claire, lanzando a un lado su manzana a medio comer mientras camina—. Y el gato estaba muy triste por estar solo. Un día que estaba en casa de mi amiga dándole de comer, vi que tenía un reproductor de vídeo y me acordé de la cinta. Pensé: *¿Y si la traigo y la veo aquí? Puedo acurrucarme en el sofá con el pobre minino solitario y ver la cinta, así veré cómo era Adam la primera vez que se casó.* Cuando nos casamos, dijo que era ateo y que no iba a volver a pasar por toda esa farsa ridícula. Yo sabía, sin embargo, que había pasado por esa farsa por Edith, que por ella sí había estado dispuesto a ponerse el chaqué y pronunciar los votos matrimoniales. Así que estaba dispuesta a hacerme un ovillo en el sofá y a darme un festín de autocompasión.

—Vale, dime la verdad —dice Silvia—. Eran mi casa y mi gato, ¿verdad? Esta historia nunca me la has contado.

Mientras que su mejor amiga sigue tan perfectamente arreglada como siempre, incluso ahora que llevamos más de un día de camino, Silvia ya ha empezado a peinarse el pelo hacia atrás, pegado a la cabeza, de modo que parece una nadadora recién salida de la piscina. Una vez, cuando estaba en cuarto grado, hice un trabajo de ciencias que medía la velocidad a la que se descomponían distintas cosas. Era el proyecto perfecto para una niña que se había criado en una comuna donde todo el mundo estaba obsesionado con el compost, porque lo único que tenía que hacer era salir de la cocina y ponerme a desenterrar cosas. Pero cuanto más orgánica era una sustancia, más deprisa se descomponía. Ésa fue la conclusión de mi pequeño experimento, una verdad elemental de la que me acuerdo de repente. Si de pronto quedáramos sepultadas por un corrimiento de tierra, Silvia se desintegraría de inmediato. En cambio a Claire los arqueólogos del futuro la encontrarían casi intacta.

—Nunca se lo he contado a nadie —confiesa Claire, y eso la distingue de Jean y Angelique, que han contado historias bien ensayadas y repetidas innumerables veces.

Me sorprende un poco que haya algo de Claire que Silvia no sepa: hablan con esa especie de estilo taquigráfico que sólo usan las grandes amigas.

—Sí, lo confieso: fue en tu sofá, en tu tele, con tu gato y en tu casa donde tuvieron lugar todas estas atrocidades —prosigue Claire—. Seguramente hasta estaba comiéndome tu helado directamente del bote. El caso es que me pasé por allí la tarde siguiente, me acomodé en el sofá, metí la cinta y de pronto vi... ¿Quién lo adivina?

—Porno —contestan Angelique y Valeria al mismo tiempo.

—Sí, porno —dice Claire—. Porno casero. ¿Qué, si no?

Me avergüenza reconocer que ni se me ha pasado por la cabeza.

—¿Tu marido con su exmujer? —pregunta Becca—. Ay, Dios mío. Es la cosa más asquerosa que he oído en mi vida.

—Mi primer impulso fue darte la razón —afirma Claire—. Imagínate, yo recostada en el sofá en una casa vacía, rodeada de cojines, con el gato en el regazo y el bote de helado encima de la mesa, esperando ver velas, rosas y damas de honor con vestidos de color pastel. Y entonces me asaltó la primera imagen como una especie de horrible alucinación: Edith totalmente desnuda, tendida en una cama, sonriendo y mirando fijamente a la cámara mientras él ajustaba la imagen. Me incorporé como pude, tiré el helado a un lado y al pobre gato al otro, y entonces apareció Adam. O por lo menos apareció su cuerpo, no su cara, porque la cámara apuntaba hacia la cama. Pero yo sabía que era él, claro, lo reconocí enseguida. En fin, me quedé helada. No podía creérmelo.

—¿Porque en el vídeo era más joven y estaba más bueno? —aventura Becca.

A pesar de que dice estar asqueada, su voz suena ligeramente espe-
ranzada. Sigue buscando una historia de amor. Si no nuestra, de quien
sea.

—El problema era justamente ése, que no era más joven —responde
Claire—. O por lo menos no mucho. No habían grabado esa cinta en los
primeros tiempos de su matrimonio. Eso habría sido más fácil de asimilar. Era evidente que lo que estaba viendo lo habían grabado pocos años
antes. Imagino que fue un último intento de salvar su matrimonio, y
sucedió antes de que Adam y yo nos conociéramos, pero el caso es que
allí estaba Edith, la Edith a la que yo conocía de las fiestas de graduación
de los niños, y de los cumpleaños, la mujer que para mí era «la sosa de
Edith», siempre con esas ojeras y esa cintura tan ancha. Además, por
cómo... actuaban, saltaba a la vista que no era la primera vez que se fil-
maban.

—¡Por favor! —exclama Becca, ahora verdaderamente horroriza-
da—. ¿Aunque eran viejos y feos? ¿Para qué querría nadie grabar eso?

—Yo no he dicho que fueran feos —responde Claire—. Y debían
de tener poco más de cuarenta años, una edad que ahora me parece
bastante joven. Pero sí, en cierto modo tienes razón. Desde luego no
parecían las típicas estrellas del porno. Eran ellos, los de siempre. Y allí
estaba Adam, desnudo en la pantalla, delante de mí, haciendo...

Se para y se pasa pensativamente un dedo por el labio inferior como
si debatiera consigo mismo qué decía a continuación.

—Debió de ser horrible —comenta Jane suavemente—. Ver a tu
marido practicando el sexo con otra mujer.

—¿O fue excitante? —pregunta Angelique—. ¿O excitante y horrible, un poco las dos cosas?

—¿Era igual con ella? —interviene Valerie—.¿Igual que contigo?

—No —contesta Claire girándose para mirarla—. Gracias, porque
es una idea muy sencilla y, sin embargo, no encontraba la manera de
expresarla. Ésa es precisamente la cuestión. Que Adam era distinto con
ella. Gritaba y era bastante violento.

—¿Violento? —repite Jane—. ¿Violento de verdad? ¿Es eso lo que
quieres decir?

—No, «violento» no es la palabra —dice Claire—. Es totalmente equivocada. Es sólo que en la cinta se movía de una manera más... desinhibida,
como más animal y quizás incluso podría decirse que más...

—Era más apasionado con ella de lo que lo había sido nunca contigo —dice Tess.

O bien ha vuelto a las andadas y se apresura a resumirlo todo y a clasificar nuestras historias en cajitas bien ordenadas antes de que hayamos acabado de contarlas, o bien le aterra pensar en la explicación que se nos podría ocurrir entre todas si no interviene para procurarnos una más adecuada. Así que nos obsequia con el término «apasionado», que es bonito, suave y cortés y por tanto suena exactamente a lo contrario de lo que tendría que significar.

—Apasionado —repite Claire lentamente—. Sí, supongo que es eso, y ella...

Una pausa. Un largo silencio. Ininterrumpido. Ninguna de nosotras tiene ni la menor idea del aspecto que tendría Edith desnuda en aquella cama, ni siquiera Tess.

—Ella ¿qué? —pregunta Valerie por fin.

—Era mucho mejor que yo. Mucho mejor de lo que fui yo nunca. Mejor de lo que soy ahora.

—¿Edith? —dice Silvia con total incredulidad. Evidentemente, conoció a Edith en algún momento—. ¿Me estás diciendo que Edith Morrison, la Reina de los Tes de la Facultad, Doña No-pienso-vacunar-a-mis-hijos-porque-he-leído-un-artículo-sobre-el-autismo, la mujer que llevó diez años seguidos el mismo par de pantalones negros porque decía que aún estaban en perfecto estado...? ¿Me estás diciendo que esa mujer era buena en la cama?

—No —responde Claire—. Te estoy diciendo que era espectacular. ¿Cómo es eso que dicen en *Pinball Wizard*? «Podría ganarme hasta cuando estoy en racha.» Y podía: no había ni punto de comparación. Edith Morrison era lisa y llanamente una diosa del sexo.

Seguimos caminando mientras masticamos nuestras manzanas, posiblemente pensando cada una por su lado en aquella paradoja: que la primera esposa, la sosa, la cauta, la fiel, fuera más sexy que su guapa, elegante y delgada sucesora. Esa posibilidad genera un montón de preguntas, ninguna de ellas reconfortante. Porque, si el sexo era tan fantástico, ¿por qué fracasó ese primer matrimonio? ¿Y qué quiere decir Claire exactamente al afirmar que Edith era espectacular? Ese calificativo parece evocar trampolines y látigos y coros de querubines, algo más que una cópula normal y corriente, algo capaz de traspasar la pantalla de la tele y sacudirla a una hasta la médula. Y esta vez el hombre carece literalmente de rostro. Saltando del puente, entre las sombras o fuera de cuadro, ¿por qué será que nos cuesta tanto ver a los hombres de nuestras historias? Si seguimos en esta línea, pronto ni siquiera nos molestaremos en mencionar sus nombres. Pero Adam (Adam el intelectual, el arrogante), ¿cómo se le ocurrió? Cuando cambió a Edith por Claire, ¿era consciente de que, aunque a ojos del mundo saliera ganando, en términos sexuales salía perdiendo? Porque creo a Claire cuando dice que comprendió al primer vistazo que el vínculo sexual que tenía Adam con Edith era mucho más fuerte del que tenía con ella. Las mujeres siempre sabemos esas cosas.

—¿Viste la cinta entera? —pregunta Steffi.

—Varias veces. Duraba dieciséis minutos. Lo recuerdo perfectamente. Dieciséis minutos durante los que me di cuenta de que todo lo que pensaba sobre mi marido estaba equivocado. —Claire suspira—. Y también la vi al día siguiente, y al otro. Todos los días que supuestamente iba a dar de comer al gato de Silvia. Me obsesioné, supongo. Subí el volumen por si decían cosas que no estaba oyendo. Pero no. La estudié desde todos los ángulos. La puse a cámara lenta. Hasta la puse de atrás adelante, ¿os imagináis? Y resulta que el sexo es una de las pocas cosas en la vida que son exactamente iguales de delante atrás que de atrás adelante. No hay ninguna diferencia.

—¿Le dijiste a Adam que la habías visto? —dice Angelique.

—Claro que no. ¿Cómo iba a decírselo? No teníamos vídeo en casa, así que no podía decirle que la había visto por accidente. Intenté seguir como si no hubiera pasado nada y a la semana siguiente hubo un banquete en el instituto. A Graham, el hijo mediano de Edith y Adam, le daban un premio de baloncesto. Así que estábamos todos allí. Me acuerdo de que yo llevaba un vestido rosa, un Dior sin mangas con una chaqueta a juego. Era el mejor que tenía, un regalo de mi primer marido, ahora que lo pienso, y seguramente demasiado lujoso para una fiesta deportiva en la cafetería de un instituto. ¿Por dónde iba? Naturalmente, fue un completo error. Pero era mi vestido favorito y me lo puse como si fuera una armadura. Porque sabía que iba a ver a Edith allí sentada, en la misma mesa que yo, con sus pantalones negros de buen paño, y que estaría exactamente igual que siempre. Era bastante simpática. ¿Sabéis?, creo que nunca me guardó rencor, para nada. Nunca tuve esa sensación.

Comimos el pollo con judías verdes y después fueron llamando a los chicos, repartieron los premios y dieron los discursos. Aplaudimos, hicimos fotos y eso fue todo. Una tarde perfectamente agradable con la familia al completo, todos muy educados y muy centrados en Graham, como debe ser. Pero yo no paraba de mirar a Edith. No podía evitarlo, aunque Adam y ella no coqueteaban en absoluto. No había ninguna chispa sexual entre ellos. Hablaban educadamente de los niños, como hacían siempre. Pero todo había cambiado.

—¿En qué sentido? —pregunta Becca, que ha abandonado su pose. Es una pregunta sincera.

—No sé si podré explicarlo —responde Claire—. Nunca en mi vida he sido la más lista, ni la que tenía más talento. Nunca he sido la mejor en nada. Excepto en atraer a los hombres. Ése era mi don singular. Y nunca había envidiado a otras mujeres hasta que vi esa cinta de vídeo. Supongo que jamás se me había ocurrido que un hombre pudiera encontrar más deseable a otra mujer, y sé que eso me hace quedar fatal, pero ¿qué sentido tiene contar estas historias si no vamos a ser sinceras? ¿De qué serviría?

—De nada —contesta Silvia.

—No estamos contando estas historias para entretenernos mutuamente —dice Tess, que por una vez camina en último lugar porque aquí, en este manzanar, el sendero está bastante claro y es Jean quien esta mañana ha ocupado (cosa rara) el papel de guía.

Camina deprisa, tan deprisa que casi no debe oírnos, cortando el aire con los brazos y obligándonos a seguir su ritmo. La afirmación de Tess resulta extraña. Si no estamos contando estas historias para entretenernos mutuamente, ¿para qué entonces? Por un instante me entra el vértigo. A veces me pasa, me dan estos ataques, sobre todo cuando voy conduciendo, cuando levanto la vista, miro a mi alrededor y por un instante no sé dónde estoy, qué carretera o qué ciudad es. Puede que no sea más que lo que ha dicho Claire: la confusión que se apodera de una en la cuarentena. Porque una cosa es saber adónde vas y otra muy distinta olvidar dónde acabas de estar. Es aterrador. Puedo asumir la incertidumbre respecto al camino que tengo por delante (todo el mundo la siente en un momento u otro), pero esto es otra cosa. Una desorientación de otra especie.

—Tess tiene razón —asevera Valerie—. Las historias no son una distracción, ni un modo de pasar el rato. Son nuestras confesiones.

—¡Mamá! —chilla Becca hacia delante—. ¡Espera! ¡Nos estás dejando atrás!

—¿Confesiones? ¿Qué quieres decir? —le espeta Steffi—. No sabía que tuviera que confesar algo.

—Entonces, ¿para qué vas a Canterbury? —pregunta Valerie con tanta calma que su tono resulta irritante. Sin ninguna inflexión, sólo una sucesión de palabras. Habla como una terapeuta.

—La catedral es una de las grandes maravillas del mundo —contesta Steffi—. Y cuando iba al colegio siempre me prometía a mí misma que algún día...

—Puede que por eso quieras ver Canterbury —responde Valerie—, pero eso no explica por qué has convertido el viaje en una peregrinación. Hacer todo el camino a pie, de principio a fin, es un gesto significativo, ¿no? Todas debemos de tener una razón.

—Hay trenes cada hora entre Londres y Canterbury —me oigo decir.

¿Quién me lo ha dicho? Ah, sí, el hombre del pelo rapado en el George, en Londres. Es la segunda vez que pienso en él en menos de una hora, y de pronto emerge una idea en medio de la confusión que reina en mi cabeza. ¿Pudo ser él quien me robó el teléfono? Pero ¿por qué iba a hacer algo así? Estuve en el pub bastante rato después de despedirme de él, sentada con las demás. Si hubiera visto que me había olvidado el teléfono en la barra, me lo habría llevado a la mesa. Me estoy poniendo paranoica, inventando historias de la nada. El teléfono me lo robó algún camarero. No hay ningún mensaje cósmico detrás de su desaparición. Nada más que un hurto menor.

—Exacto —dice Valerie apuntándome con el dedo—. Che tiene razón. Es verdad que hay trenes entre Londres y Canterbury cada hora, todo el día. Pero los trenes son para los turistas, ¿verdad? Y nosotras afirmamos ser peregrinas.

—¡Mamá! —grita Becca con voz chillona—. ¡En serio, para! ¿Es que intentas dejarme aquí tirada, en medio del campo?

Mamá.

Mamá... Mierda, me he olvidado completamente de ella. Acerco automáticamente la mano a la mochila, esforzándome por alcanzar esa forma que ya se ha vuelto familiar. Las cenizas siguen donde deben estar, en un bolsillo lateral. Mi madre está bien. Ha estado ahí desde el principio, justo donde debía, metida en su bolsita con autocierre. Miro hacia atrás, a Tess, que sigue cerrando la fila. No parece haber notado que nos estamos desintegrando como grupo. Caminamos muy separadas, casi tenemos que gritarnos para oírnos unas a otras y por primera vez desde que salimos de Londres hay una especie de discordia que se palpa en el ambiente. Espero que haga lo que suele: que juegue la carta de su profesionalidad e intervenga con algún comentario tranquilizador acerca de Chaucer, del cultivo de las manzanas, o de la leyenda acerca de dónde procede el extraño nombre de algún pueblecito. Pero hoy está tan descentrada como las demás, no parece la misma, y le toca a Angelique reconducir la conversación.

—Entonces, ¿nunca se lo dijiste a Adam? —pregunta—. ¿No se enteró de que habías encontrado la cinta?

Claire niega con la cabeza. El sol le da de lleno en la cara, y por un instante fugaz aparenta la edad que tiene.

—¿Qué iba a decirle? En realidad no había hecho nada malo. Edith y él estaban casados cuando grabaron la cinta y si a ellos les gustaba grabarse y luego verse en vídeo, ¿quién era yo para criticarlos? Además, a Adam no le habría gustado que viera la cinta, de eso estoy segura. Era muy suyo respecto a cómo lo veía la gente. Poseía una especie de formalidad que él decía que le venía dada por su profesión, que eran gajes del oficio. No le habría gustado saber que otra persona había visto sus películas de porno casero.

—¿Ni siquiera su flamante esposa? —dice Angelique.

—Su flamante esposa menos que nadie.

—Entonces… —replica Angelique con sorprendente insistencia. O puede que crea que, tratándose de un problema como éste, ella conoce mejor el percal que todas las demás—. ¿Te lo planteaste como un reto? ¿Intentaste hacer cosas nuevas para sorprenderlo en la cama?

Claire sonríe.

—¿Eso es lo que habrías hecho tú?

Angelique asiente.

—Le habría copiado a Edith todos sus trucos.

—Seguramente eso explica por qué tú sólo te has casado una vez y yo cuatro, todas sin éxito. Tú eres una luchadora, Angelique. Y eso está muy bien. Te quedas ahí y das batalla, y yo eso lo admiro. Porque yo hice justo lo contrario, me temo. Empecé a evitar a Adam en la cama. Primero una excusa y luego otra, hasta que llegó un momento en que no es que no estuviera a la altura de Edith: es que ni siquiera era una buena versión de mí misma.

—¿Qué fue de la cinta? —pregunta Steffi.

—El día en que mi querida amiga tenía que volver por fin de su viaje —dice Claire inclinando la cabeza hacia Silvia—, comprendí que tenía que destruirla. No podía dejarla en su casa y no quería llevármela a la mía. Pero no me pareció bien tirarla sin más a un contenedor. Podría haberla encontrado alguien. Se oyen continuamente noticias de gente que saca cosas de los contenedores de basura. Pensad que vivíamos en una pequeña ciudad universitaria en la que todo el mundo se conocía, y Adam tenía que pensar en su reputación en el campus. Edith también, imagino. Así que vi la cinta una última vez y luego salí al camino de entrada a la casa de Silvia, la dejé encima del cemento y le pasé por encima con mi Jeep Cherokee. Varias veces, adelante y atrás.

—Está claro que querías triturarla —comenta Steffi torciendo un poco la boca.

—Pero no pude —responde Claire—. La funda se rompió y quedó aplastada, pero la cinta propiamente dicha seguía intacta, saliendo por los lados. Así que volví a entrar en casa de Silvia, cogí unas tijeras y la corté en cien pedacitos del tamaño, como mucho, de un sello de correos. Después tiré algunos en una papelera y otros en otra, y luego en otra, hasta que hubo trocitos de esa cinta diseminados por toda la ciudad. Conduje de un centro comercial al siguiente, tirando un puñado de celuloide en cada contenedor que encontraba. Y todo ese tiempo iba pensando para mis adentros: *Nadie debe saber que esta cinta existía.*

—¿Tan decidida estabas a proteger su reputación? —planteó Jane.

Ha aflojado el paso y por fin nos mira, pero tiene la cara sofocada, con esas motas de aspecto enfermizo que ya tengo asociadas con ella. *La primera impresión que tuve de ti fue tan equivocada…*, pienso mientras la veo enjugarse el sudor de la frente con el puño de la camisa de cambray. *Pensé que eras la princesa Grace, la alteza serenísima de algún reino menor, y resulta que sólo me dejé engañar por tu pelo. En cuanto se te deshace el moño, de serenísima no tienes nada.*

—Eso fue lo que me dije en su momento —contesta Claire—. Que lo hacía por Adam. Pero viéndolo en retrospectiva creo que sólo intentaba proteger mi propia reputación —añade tajantemente, sin intentar embellecer su afirmación.

Son tan distintas, Jane y Claire… Una de ellas devana un cuento ideado para inspirar envidia, mientras que la otra narra un relato tan sincero que produce dentera. A pesar de sus jerséis, su pelo, sus joyas, su figura y su evidente riqueza, de pronto me doy cuenta de que eso es verdaderamente lo admirable de Claire: que está dispuesta a poner su vida del revés como si fuera una prenda de vestir, dejando al descubierto las costuras deshilachadas y los arreglos hechos a toda prisa. Son sus defectos los que la hacen agradable. Tengo que recordarlo.

—Yo era la segunda esposa, la mujer objeto —continúa—. Mi cometido consistía en ser una bomba sexual, y había fracasado estrepitosamente. Había conseguido casarme con un hombre increíblemente sexy y… y ni siquiera lo había notado. Así que mi primer paso fue destruir las pruebas, y el segundo evitar a Adam.

—El matrimonio no duró mucho —dice Silvia en tono sosegado—. No llegó a los dos años, ¿no?

No ha hablado mucho en los últimos dos o tres kilómetros y sospecho que la historia de Claire la ha impresionado más que a ninguna. Una cosa es saber que no conoces verdaderamente a tu marido o a tu amante. Eso se presupone, en realidad. Y creo que la mayoría de las mujeres estarían dispuestas a reconocer que tampoco entienden del todo a sus madres, ni a sus hijas. Pero pensar que tal vez tampoco conoces a tu mejor amiga, eso es un verdadero mazazo.

—No, fue el más corto de mis cuatro matrimonios —declara Claire—. No llegó a dos años, de principio a fin, como dice Silvia. Dejar a Adam fue fácil. Se me da bien dejar a los hombres. Puedo hacer las maletas y deshacerlas en un instante, ¿recordáis? Pero lo irónico del caso es que nunca he conseguido dejar del todo a Edith. Su imagen en esa cama sigue desfilando por mi cabeza y, por más que lo intento, no consigo borrarla. Es como si al hacerla trocitos y repartirla por toda la ciudad la hubiera hecho más fuerte. Puede que sea uno de esos personajes de ciencia ficción que después de muertos están en todas partes. ¿A quién le pasaba eso?

—A Obi-Wan Kenobi —contesto yo.

—Exacto —responde Claire—. Edith era la Obi-Wan Kenobi del sexo. La hice pedazos y se volvió más poderosa.

—¿Volviste a verla después de tu divorcio? —pregunta Steffi—. A ella en persona, quiero decir.

—No, nunca —responde Claire—. Bueno, espera, eso no es del todo cierto. De hecho, ¿qué digo? Me encontré con ella en una librería hace no mucho. Hacía años que no nos veíamos, claro. Yo había tenido otro marido después de Adam y estaba con Jeremy, mi nuevo novio. Es treinta años más joven que yo, así que es todo muy sexy, muy tabú. Jeremy empezó siendo el chico que se ocupaba de nuestra piscina, y espero que no parezca que le estoy convirtiendo en un estereotipo o que sólo lo utilizo para impresionar a la gente...

—Estoy segura de que Jeremy también te utiliza para impresionar a la gente —comenta Silvia mientras se pasa una mano sucia por el pelo.

Ahora que hemos entrado lo suficiente en calor para quitarnos las chaquetas, veo que lleva una camisa que le queda grande, no premeditadamente grande como si fuera una falsa chaqueta, al estilo de un catálogo de Chico's, sino sencillamente como si no fuera de su talla. Es una prenda desechada: una camisa oxford de hombre, la camisa de trabajo de un marido que ya no trabaja, con las mangas mal enrolladas y el cuello abierto. Silvia es una de las tres peregrinas que todavía está casada, y además felizmente, eso salta a la vista. Si no, ¿por qué iba a traerse de viaje una camisa de su marido?

—Seguro que tienes razón —dice Claire—. El caso es que nos encontramos a Edith en la sección de cocina de una librería y los años... los años no la habían tratado bien, y ya de partida no era una mujer muy agraciada. La reconocí enseguida, pero lo curioso del caso es que cuando me acerqué a saludarla no estoy segura de que supiera quién era yo. Le presenté a Jeremy y luego, cuando le dije a él que habíamos estado casadas con el mismo hombre, se quedó de piedra. Me dijo todo lo que tenía que decir: que yo soy mil veces más guapa, más atractiva y más deseable. Pero mientras Jeremy me decía esas cosas al oído, Edith pagó sus libros y se marchó. Cuando llegó a la puerta, pensé que seguro que iba a girarse para mirarme. Para echar un último vistazo a la mujer que la sustituyó. Pero no lo hizo. Se marchó sin más. Yo no era nada para ella, y ella cambió mi vida.

—¿Que cambió tu vida? —pregunta Silvia—. Eso es muy fuerte.

—Puede que lo sea, pero así fue. Porque, ¿sabéis?, cuando me casé con Adam yo estaba muy encarrilada. Me había divorciado un par de veces, pero mucha gente se divorcia un par de veces. Y había tenido unos cuantos novios en la universidad, como mucha gente. No me hacía tan de notar como ahora.

—¿Que no te hacías tan de notar? —repite Silvia—. ¿Qué demonios quieres decir con eso?

—Otras mujeres dicen de mí que soy una zorra, querida —responde Claire, y su risa resuena en el huerto como el tañido de una campana—. Puede que no lo hagan delante de ti porque tú eres muy leal, pero eso es lo que dicen de mí a nuestras espaldas, y reconozco que hasta cierto punto tienen razón. He estado con muchísimos hombres y no siempre eran hombres recomendables, algunos ni por asomo. Estoy segura de que el número total supera el de todas vosotras juntas. No me entendáis mal. No me estoy disculpando por mi pasado ni me estoy justificando, pero es cierto que algo tiene que ver con Edith. Ella dio un vuelco a mi vida. Así que estos últimos veinte años he ido pasando de hombre en hombre, y cada vez espero que el hombre en cuestión me diga que soy la más guapa y la más sexy, y sus halagos son como una pildorita, ¿entendéis? Me la tomo y me siento mejor durante un tiempo, pero al día siguiente necesito otra pildorita. Al cumplir los sesenta me he frenado un poco, lo reconozco, pero no tanto como vosotras, que sois más jóvenes, podríais suponer.

Dios mío, pienso yo. *¿Eso era lo que hacía Diana hace años, con todos esos hombres en todos esos coches? ¿Automedicarse, nada más?*

—No has estado con más hombres que todas nosotras juntas —afirma Silvia—. Estás exagerando, como haces siempre.

—Dijiste que iba a ser una historia feliz —se lamenta Becca.

Debería poner esa frase en una camiseta.

—¿Sí? —dice Claire—. Creía que había dicho que iba a ser una historia sexy. ¿No es eso lo que he dicho?

—Creo que dijiste «feliz» —apunta Angelique, cuya expresión ilustra lo que sin duda estamos pensando todas las demás: que su historia no ha sido ni especialmente feliz, ni especialmente sexy.

Pero desde luego ha sido distinta, eso lo reconozco.

—Ay, Dios —exclama Becca—. Todo esto es tan deprimente… Nada de lo que habéis dicho hasta ahora me da ganas de envejecer.

—¿Quién creéis que va ganando? —pregunta Steffi.

—¿Ganando? —repite Becca, confusa.

Steffi nos ha lanzado la pregunta a todas, pero Becca parece dar por sentado que iba dirigida sólo a ella.

—Sí, ganando el concurso de relatos hasta ahora —explica Steffi aminorando el paso—. Para la cena gratis en Canterbury.

—Ay, Dios —exclama Jean—. ¿Qué es esto?

Hemos llegado a un arroyo. Tiene unos diez pasos de ancho en su punto más estrecho y parece que vamos a tener que cruzarlo una por una. Ni corta ni perezosa, Tess se mete en el agua para mostrarnos la ruta menos peligrosa para vadearlo. Va pisando con cuidado en las zonas menos profundas, pero al acercarse al otro lado el agua se hace más honda y le llega casi hasta lo alto de las botas. Las demás nos quedamos en la orilla opuesta, mirando y pensando.

—¿Veis? —dice—. Hay que hacerlo con mucho tiento, pero se puede cruzar perfectamente.

—Se me había olvidado que habíamos hecho una apuesta —le confiesa Claire a Steffi.

—A mí también —admite Silvia—. Y las tres historias que se han contado hasta ahora son totalmente distintas entre sí. No hay forma de compararlas.

—El modo más fácil de perder una competición —afirma Steffi— es olvidar que estás participando en una.

—Once —dice Valerie.

—¿Once? —repite Tess.

Ha trepado hasta lo alto de la orilla del otro lado y está señalando las partes menos hondas del arroyo, intentando mostrarle a Jean dónde tiene que pisar. Me fijo en que tiene las botas mojadas casi hasta arriba, pero que la línea del agua se detiene a escasa distancia de sus pantalones. Tess cruza riachuelos con eficacia, como hace todo lo demás.

—Son los hombres con los que me he acostado —explica Valerie—. Claire nos ha lanzado un desafío, ¿no? Pues a mí no me da miedo aceptarlo. Once.

—Yo sólo con seis —expone Angelique—. No son muchos, ¿verdad? Sobre todo teniendo en cuenta de dónde soy. Apuesto a que la mayoría de mis compañeras de clase se habían acostado con seis tíos antes de acabar el instituto.

—Yo sólo con uno —reconoce Jean, y da un gritito cuando el agua le salpica por encima de la bota y le moja el calcetín.

—Vamos, mamá —replica Becca—. Por mí no tienes que mentir. Me da igual si has estado con otros hombres desde que murió papá. Claro que has estado con otros. Estarías enferma, si no.

—Uno —repite Jean ásperamente, y Tess le tiende la mano para ayudarla a llegar a la orilla.

Está salpicada de agua hasta la rodilla izquierda y cuando por fin pisa tierra firme busca un sitio con musgo para sentarse y abrir su mochila. Todas llevamos calcetines de repuesto por consejo de la página web de la agencia de viajes, y sospecho que hoy vamos a usarlos.

—Bueno, pues entonces yo también: sólo uno —dice Becca.

Lo dice con aire desafiante, mirando a su madre, que ni siquiera levanta la vista.

—¿Ahora tienes novio? —pregunta Angelique.

Es la siguiente que se aventura a cruzar el arroyo, eligiendo una ruta distinta. A pesar de que ha observado a Jean atentamente para aprender de sus errores, no parece avanzar mucho mejor que ella. De hecho, sólo está a medio camino y ya tiene la bota derecha salpicada de agua, con un feo fleco de algas prendido al forro de ante.

—No nos has hablado de nadie.

—Sí, tengo novio —responde Becca—. Pero a mi madre no le gusta. Cree que no es lo suficientemente bueno para mí. Sorpresa, sorpresa.

—Creía que habías dicho que tu historia trataba de la fidelidad —le dice Jean a Claire, ignorando ostensiblemente a Becca.

Tiene una bota llena de barro en las manos, esas manos de uñas perfectamente limadas y pintadas del mismo color que su piel. Sus calcetines yacen abandonados en la ribera, recubiertos por una costra de barro.

—Trata de cómo perdí mi sentido de la fidelidad —responde Claire en un tono tan agradable como si estuviera hablando del tiempo—. Es la historia de cómo pasé de ser una esposa respetable y me convertí en la furcia del pueblo. Y todo porque intentaba estar a la altura de una mujer a la que había visto en una cinta de vídeo. Tiene gracia, ¿no?

—Es desternillante —contesta Jean con sorna mientras sacude uno de sus calcetines embarrados.

—Tú no eres la furcia del pueblo —afirma Silvia—. En serio, Claire, qué disparates dices. Y, además, creo que yo misma voy a subir la media. Mi número de amantes, lo creáis o no, asciende a diecisiete.

Lo dice con orgullo y, en efecto, la cifra es mayor de lo que yo habría supuesto.

Sé que encontrar a hombres dispuestos a acostarse contigo no tiene prácticamente nada que ver con tu grado de belleza. Los hombres se acuestan con cualquiera, incluso con una mujer que parezca un peregrino de Chaucer (los describió a todos con tanta crueldad: desdentados, con la piel picada de viruelas, jorobados y cubiertos de furúnculos). Es la única ventaja de nuestro sexo, imagino: eso, y que te dejen subir antes a un bote salvavidas. Pero aun así sigue siendo extraño pensar que una mujer con el físico de Silvia haya tenido más amantes que una mujer con el físico de Jean. Dieciséis más, para ser exactos.

—Estuve soltera mucho tiempo, ¿sabéis? —declara Silvia con una sonrisa soñadora—. Entre marido y marido, quiero decir.

Es una de esas mujeres que resulta menos atractiva cuando sonríe: la cara se le pliega sobre sí misma como origami y sus ojos casi se pierden entre rollos de piel.

—Fijaos —dice Jean—. Estoy hecha un asco.

—Vamos a estar todas hechas un asco antes de que esto se acabe —replica Claire con la confianza en sí misma de quien nunca en toda su vida ha estado hecha un asco.

—Puede que sí —admite Jean—. Pero yo no quería ser la primera.

He invertido bastante tiempo en comparar cómo se las arreglaban las mayores del grupo por el camino, y ahora que estamos aquí paradas, en la ribera del arroyo, me tomo un momento para observar a las demás. Supongo que es justo decir que Valerie, que no lleva maquillaje y se esmera poco en arreglarse, está casi igual que como estaba en Londres. Steffi ha pasado de lustrosa urbanita a atleta campestre con ensayado aplomo, lleva el pelo recogido en una trenza retorcida y su cara brilla bien hidratada con crema. Es con mucho la mejor equipada del grupo, y con su chaqueta técnica y sus botas Patagonia parece lista para escalar un glaciar, más que para dar una caminata por la campiña inglesa. Las tres mujeres de menos edad parecen no haber sufrido ningún cambio: Angelique porque lleva maquillaje permanente, Tess porque sabe cómo prepararse para estas caminatas y Becca por la pura resistencia de la juventud.

Me pregunto qué lugar ocupo yo en medio de ellas, si las otras estarán pensando que el Camino ha mejorado mi apariencia, o la ha empeorado. Seguramente esto último. Esta mañana me miré un momento en el espejito redondo del cuarto de baño y enseguida aparté la mirada. No hacía falta detenerse mucho: no he traído nada más que crema hidratante y, además, mis escasos afeites me están fallando últimamente. El maquillaje se me escurre de la cara, el pelo se me desmanda y mi ropa es toda de punto y de colores neutros, prácticamente intercambiable. Tengo la apariencia de una mujer formal, pero de pronto, mientras estoy aquí, junto a este riachuelo, viendo cruzar a Angelique, se me ocurre que tal vez debería comprarme algo de color. De cualquier color. Angelique lleva una boina muy grande, de esas que caen hacia abajo como las de los rastafaris. Es de color turquesa, con una franja dorada tejida y una especie de borla que cae a un lado. Aquí, a la luz del sol, su boina se me antoja de pronto algo asombroso que contemplar.

—Te toca, Tess —dice Angelique.

Ha conseguido cruzar el arroyo manchándose menos de barro que Jean, pero aun así se ha manchado y, parada en la orilla, le va señalando sitios a Becca, que es la siguiente en cruzar y que no hace ningún caso de sus bien intencionados consejos.

—¿A cuántos tíos te has tirado tú?

—Como guía del grupo y juez, me temo que debo retirarme del concurso —responde Tess—. O por lo menos voy a utilizar mi puesto como excusa para retirarme. Lamento mucho lo de este regato. No sabía que estaría tan crecido.

—¿Qué es un regato? —pregunta Becca mientras pasa ágilmente por encima de la peor parte del arroyo, moviéndose de una piedra resbaladiza a otra.

—Yo también he estado sólo con uno —admite Steffi—. Di en el blanco al primer disparo.

—Dios santo —exclama Angelique—. Menuda panda de mojigatas somos. ¿Es que estamos mintiendo todas?

—Yo no —replica Steffi, tambaleándose un momento para luego recuperar el equilibrio—. Sólo he estado con uno a pesar de las innumerables oportunidades que se me presentaron en la facultad de Medicina y durante la residencia. ¿Os acordáis de todas esas series sobre médicos en las que se enrollan todos con todos en el cuarto de la ropa blanca y se acuestan en las camillas de urgencias? Pues en parte es cierto, aunque la mayoría de los médicos no sean tan bien parecidos como los de las series.

—Ya está —dice Becca haciendo caso omiso de la mano que le tiende Tess y saltando ágilmente a la orilla. Restriega los pies enérgicamente sobre la aterciopelada alfombra de musgo para quitarse las motas de barro—. Así se hace.

—No sé si podré llegar a todas esas piedras —afirma Valerie alegremente—. No tengo una zancada tan ancha como la tuya. En fin, ¿para qué intentarlo? —dice y se mete directamente en el arroyo, hundiéndose hasta más allá de los tobillos con el primer paso.

Sin darse cuenta, Tess deja escapar un grito de consternación. Se oye un fuerte ruido de succión cuando Valerie intenta sacar la pierna y al dar otro paso se hunde aún más. *Va a quedar todo empapado sin remedio*, pienso. *Las botas, los calcetines, las perneras de los pantalones. Puede lavarlos cuando lleguemos a la siguiente hospedería, pero la tela vaquera tarda en secarse, así que ¿qué piensa ponerse mañana?* Valerie es un bicho raro, de eso no hay duda. Es como si ni siquiera intentara hacer las cosas de la manera sencilla.

Cuando levanto la vista, Becca y Steffi me están mirando fijamente.

—Ah, vale —exclamo—. Me toca. Puede que gracias a mí el equipo rival gane el concurso. No es la primera vez que intento calcularlo, pero siempre pierdo la cuenta al llegar a treinta.

—¿Treinta? —pregunta Becca—. ¿Pierdes la cuenta al llegar a treinta? ¿Cuántos años tenías la primera vez que lo hiciste?

—Siempre son las que menos te esperas —comenta Silvia en voz baja.

Supongo que podría tomármelo como un insulto, o incluso como un doble insulto, pensándolo bien.

—Llevaba bastante tiempo en la universidad cuando perdí la virginidad, así que eso no es excusa —cuento mirando el agua e intentando descubrir cómo dar ese primer paso decisivo.

¿Dónde está sir Walter Raleigh cuando se le necesita? Ahora sí aceptaría su capa. Sonreiría y me reiría por lo bajo y coquetearía con él y le daría diez libras sin pensarlo dos veces, porque a pesar de que llevo un buen rato observando a las demás sigo sin tener ni idea de cómo cruzar este absurdo riachuelo.

—Tuve un par de años en la universidad en que los números pasaban a toda velocidad.

—Bueno, ahí lo tenéis —comenta Silvia—. He estado llevando la cuenta. Estábamos en treinta y siete antes de Che, que, como ella misma dice, ha dado un buen empujón al equipo. Así que, si admitimos una estimación de treinta en su caso, tenemos en total la friolera de sesenta y siete hombres. Es imposible que puedas superar esa cifra por más que te trastornara el asunto Edith.

Se ha metido detrás de Valerie en el arroyo y avanza bien, pisando firmemente de un sitio a otro, abriendo su propia ruta y confirmando mi sospecha de que se encuentra a sus anchas en plena naturaleza. Me extraña que sea precisamente ella la que ha llevado la cuenta de cabeza, pero todavía parece molesta por que Claire haya contado una historia que desconocía, sobre todo tratándose de una historia así. Quiere pruebas numéricas de que su mejor amiga no es, en efecto, la furcia del pueblo.

—«El asunto Edith» —dice Valerie cuando por fin remonta la orilla. Está cubierta de barro y ni siquiera puedo imaginar cómo va a asearse un poco para entrar en un pub a comer—. Me gusta. Es un buen nombre para todas esas mujeres con las que nos comparamos, todas esas cintas de vídeo que pasamos una y otra vez dentro de nuestras cabezas y que nos convencen de que por ahí hay gente mejor que nosotras.

Al volverse, me mira con esa sonrisilla exasperante en la cara, y no me cabe duda de que la miro con la misma expresión que puse cuando pidió el zinfandel blanco. Estoy criticando para mis adentros su forma de vadear el arroyo, pero es fácil burlarse del empantanamiento ajeno cuando estás todavía parada en la orilla. Cuando aún ni siquiera te has puesto en marcha. ¿Quién sabe cuántas veces vas a resbalar antes de que acabe la travesía? He mirado el curso del regato a un lado y a otro y no muy lejos de aquí hay un árbol con una rama que cuelga cerca del suelo. *Voy a acercarme hasta allí tranquilamente y agarrarme a la rama*, pienso. *La usaré para estabilizarme, por lo menos los primeros pasos.* Pero aun así llegará un momento, a medio camino, en que tendré que soltarme y entonces… ¿quién sabe? Con la suerte que tengo, la rama soltará un latigazo, me dará en la cara y me caeré de culo al arroyo. Tengo la sensación de que a un par de integrantes del grupo les encantará verlo.

—Sesenta y siete hombres —repite Silvia cuando llega al otro lado del arroyo y sube el talud cerca de Steffi, que se está sacudiendo el barro inexistente de las botas—. Es un número de conquistas admirable tratándose de un grupo de inofensivas peregrinas. Así que, ya ves, tesoro, tu cifra no es tan impresionante, después de todo.

Pero Claire está siguiendo el mismo camino que ha tomado Becca para vadear el riachuelo y, a pesar de que le saca más de cuarenta años a la benjamina del grupo, salta admirablemente de piedra en piedra. Las demás la observamos mientras esquiva cada trampa y coge la mano de Tess impulsándose hacia la orilla sin una sola salpicadura en las botas de color gris claro.

—Os sigo ganando —dice en tono suave cuando sus pies tocan el musgo.

8

Esa noche, por primera vez desde hace siglos, estoy excitada.

Tardo un momento en darme cuenta de ello. Doy vueltas en la cama. Cuento las respiraciones, visualizo olas rompiendo en una playa, me pongo una almohada debajo de las rodillas. Mis trucos de siempre para volverme a dormir, pero ninguno funciona. Y cuando por fin me incorporo y reconozco que me pasa algo, no lo llamo «excitación». Le doy muchos otros nombres que se me ocurren: insomnio, indigestión, ansiedad, hastío. Hasta nostalgia de *Freddy*.

Me quedé dormida con bastante facilidad. Sigo echando de menos mi teléfono, claro, pero por primera vez desde que emprendimos el Camino no he necesitado leer un capítulo de mi *thriller* para relajarme. Hemos mejorado respecto a la noche de ayer: esta vez, nuestra hospedería se encuentra en la plaza de un pueblecito encantador, provisto de todo cuanto suele evocar el ideal de la campiña inglesa. Rosas en las jardineras de las ventanas, setters dormitando junto a la chimenea, ese tipo de cosas. El pub estaba lleno a la hora de la cena y ha costado cierto esfuerzo reunir mesas y sillas suficientes para acomodar a nueve personas. Hay, además, otros dos grupos de norteamericanos alojados en la posada: una familia con hijos adolescentes, y tres hermanas entradas en años, llamadas Mary, Margaret y Martha o algo así, que viajan en Bentley con un guía privado. Hemos charlado desde nuestras respectivas mesas mientras cenábamos y estaban muy intrigados con la idea de que vayamos a Canterbury a pie.

Fue Steffi quien habló primero de nuestra misión colectiva. Cuando una de las señoras mayores preguntó qué nos había reunido a todas, ella se recostó en su silla y contestó llena de orgullo:

—Somos peregrinas y vamos camino de la catedral de Canterbury.

Interesante. Esta tarde, mientras caminábamos, se ha mostrado reacia a asumir ese nombre, y ahora, de repente, parece hacerle ilusión llamarse a sí misma «peregrina». Imagino que por eso está haciendo a pie la ruta a Canterbury: no para confesar sus faltas ni para recibir una bendición, sino para poder contarle a la gente que la ha hecho. En efecto, a las otras americanas se les ha iluminado el semblante mientras hablaba. *Vaya*, parecían decir sus caras. *Eso es lo que deberíamos haber hecho nosotras también. Emprender una gran empresa, embarcarnos en algo concreto y con un fin, en vez dar tumbos por el campo con un chófer privado. Necesitamos un viaje del que podamos presumir con nuestras amigas cuando volvamos.* Puede que Canterbury no sea el destino perfecto, pero sí es la ocasión perfecta para jactarse.

A pesar de todo ha sido una velada agradable, la más relajada y generosa que hemos compartido hasta ahora. En el pub tenían una carta de vinos decente y Tess ha pedido un par de botellas para todas y ha dicho que invitaba la agencia de viajes. Mi pie ha aguantado la caminata de hoy mejor de lo que me temía, pero algunas de mis compañeras se han quejado de ampollas y rozaduras, seguramente debido a que hemos hecho la última hora de camino con los zapatos mojados, después de vadear el arroyo. Al acabar el café y el pudin el cansancio se ha apoderado de nosotras al mismo tiempo y nos hemos retirado temprano, a eso de las ocho y media.

Steffi me ha ofrecido su teléfono justo antes de entrar en su cuarto. Me lo ofrece cada vez que llegamos a un sitio con wifi, y sé que lo hace con buena intención. Pero estoy lanzada y no quiero perder impulso: dos días y medio sin mirar mis mensajes es todo un récord para mí, y además sigo sin tener ni la más remota idea de lo que voy a decirle a Ned. Estaréis pensando que le estoy jugando una mala pasada, haciendo que se preocupe para vengarme, pero os juro que no es así. Es sólo que se ha apoderado de mí una especie de incertidumbre que comenzó en la barra de aquel bar de Londres y que parece haber ido creciendo paulatinamente con cada paso del viaje. Cuando sepa qué hacer, lo haré.

Además, tampoco he dejado a Ned completamente en el aire. A fin de cuentas, es abogado. Si está lo bastante preocupado para ponerse a investigar, se enterará de que he pedido que me retengan el correo postal, he llevado a *Freddy* a una residencia canina, he avisado al portero de mi edificio de que iba a ausentarme y he comprado un billete de avión de Filadelfia a Londres. No sé exactamente cómo puede averiguar todas estas cosas, pero no me cabe duda de que un abogado conoce mil maneras de airear los trapos sucios de la gente.

A las nueve menos cuarto de la noche estaba en camisón y abriendo la cama después de lavarme la cara, cepillarme los dientes, untarme los pies con vaselina y enfundármelos en unos gruesos calcetines peludos. Y creo que me dormí enseguida, pero mi cuarto está justo encima del pub y cuesta aislarse del ruido de abajo. El sonido de las risas y las copas, los portazos, el zumbido monótono de la tele sintonizada en un partido de rugby, los gritos de júbilo o consternación cuando anota un equipo o el otro... Esos ruidos siempre parecen filtrase por la tarima del suelo y colarse en tus sueños, y creo que cuando me he despertado sobresaltada debía de estar soñando con el pub, o más concretamente con uno de los hombres que he visto en él.

Así que aquí estoy, tumbada, poniendo en práctica todos mis trucos, haciendo respiraciones y ahuecando la almohada en un intento frenético por volver a subirme al tren del sueño antes de que pase por completo. Pero parece que estoy atrapada en el peor de los escenarios: el que se da cuando has dormido una o dos horas, te has recargado lo suficiente y sabes que vas a tardar un buen rato en volver a dormirte. Si estuviera en casa, podría trabajar. Pero no estoy en casa y no tengo trabajo. Además, me pasa otra cosa. Una cosa a la que todavía no puedo ponerle nombre.

Me pongo los vaqueros y una sudadera y desciendo la escalera empinada y estrecha para bajar al pub. Me siento un poco rara caminando en público calzada sólo con mis calcetines gruesos y peludos, pero no soporto la idea de volver a ponerme las botas ni un segundo hasta que tenga que hacerlo. Además, no voy a volver a ver a ninguna de estas personas. Por mí pueden reírse y señalarme con el dedo.

Pero no lo hacen. Ni siquiera me miran. El pub está todavía bastante lleno, así que me encajo en un asiento al final de la barra, en ese lugar tan poco apetecible justo delante de la caja registradora, y pido una copa del cabernet pasable que hemos tomado en la cena. *Sería un buen nombre para el vino*, pienso. *Una buena etiqueta. «Póngame una copa de cabernet Pasable.»* El hombre con el que he soñado está todavía aquí, lo cual es raro, ¿no? Está jugando a los dardos y es el único del pub que se ha molestado en fijarse en mí, del mismo modo que hasta un ciego siente la mirada de una mujer desde el otro lado de un local abarrotado. Se me ocurre gritarle: «Eres el hombre de mis sueños, ¿sabes?» No recuerdo los detalles del sueño, sólo que él estaba presente y que llevaba una especie de cámara.

Una cámara. Sí, me estaba haciendo fotos, eso es.

Lo miro lanzar el dardo. Ágilmente, describiendo un arco bajo y alargado, con un movimiento fácil y certero, seguramente resultado de innumerables noches de práctica. El dardo parece clavarse en el centro de la diana, aunque desde este ángulo no es fácil saberlo, y él se vuelve y me mira con descaro, no de reojo y con un destello de interés, sino de frente y fijamente para asegurarse de que he visto su proeza. Sonrío y levanto la copa.

No, no estaba haciéndome fotos. No es eso. Qué va.

Pero estaba haciendo fotos a algo. A algo perverso y prohibido. Porque cuando yo intentaba mirar por la lente de la cámara él la retiraba y se reía ásperamente. Con una risa de pirata. Y decía: «Esto no puede verlo la gente como tú».

Esto no puede verlo la gente como tú. Eso ha sido lo que me ha despertado: su voz y la imagen fugaz de un hombre agachado detrás de una cámara, una idea sacada evidentemente de la historia de Claire. Ella ha dicho que estaba obsesionada con la cinta de vídeo de su marido con su exmujer, y me pregunto si a mí me pasaría lo mismo. Si tuviera oportunidad, ¿vería a Ned con...? ¿Cómo se llamaba? Vaya, esto también es muy raro. Según las reglas del amor, se supone que debo odiar a esa mujer. Se supone que tengo que decirle a todo el mundo que me ha destrozado la vida, o al menos que me la ha cambiado, y para una mujer como yo no hay mucha diferencia entre «cambiado» y «destrozado». Ambas nociones galopan como un mismo caballo. Y, no obstante, menos de una semana después de enterarme de su existencia, ya he olvidado cómo se llama.

Empezaba por R, creo. ¿Rebecca? No, ése es el nombre completo de nuestra Becca. A su madre se le ha escapado y la ha llamado así un par de veces. ¿Rhonda? ¿Robin? ¿Rachel? Rachel. No me suena del todo bien, pero tendré que conformarme con eso.

Así que... si se me brindara la ocasión de ver una película de Ned y Rachel en la cama, ¿la aprovecharía?

Sé cuál se supone que tiene que ser la respuesta. Se supone que debo decir «por supuesto que no», porque la curiosidad conduce a las comparaciones y las comparaciones llevan al desastre. Si algo hemos aprendido del cuento de Claire es eso. Y, sin embargo, si ahora mismo los estuviera viendo juntos, haciendo la «bestia de dos espaldas» delante de mí, en presencia de Dios y de todos los ocupantes de este típico pub inglés, creo que una parte de mi ser sabría que el Ned de Rachel no es mi Ned. Sería una versión más turbia y salvaje de Ned. Esa mitad de la luna que nunca se ve.

Y ya que me ha dado la vena de ser sincera, debo añadir que imaginarme a Ned y a Rachel sobre este suelo de madera arañada no me produce celos, sino... otra cosa. Todavía no estoy preparada para emplear el término «deseo», pero es una imagen que me distrae. Me distrae tanto que no me doy cuenta de que el hombre ha dejado los dardos y se ha acercado a la barra. Está de pie a mi lado, con una mano apoyada en el respaldo de mi silla mientras con la otra agita un billete de una libra hacia la camarera y dice:

—Bueno, veo que has conseguido librarte de tus amigas, ¿no, guapa?

Lo miró inexpresiva.

—Vienen muchos americanos por aquí —añade—. Casi todas chicas, pero siempre en grupos. Y cuesta cazar a un solo pájaro cuando vuelan en bandadas, ¿no crees?

—Vamos a Canterbury a pie —le digo.

Asiente con gesto impaciente, como diciendo: «Ya, claro». Por lo visto este pub vive de eso desde hace mil años gracias a su ubicación privilegiada entre Londres y Canterbury.

—¿Qué ruta haréis mañana? —pregunta, seguramente más por costumbre que por verdadera curiosidad.

Es más bajo de lo que a mí suelen gustarme los hombres, seguramente no me sacaría más de dos o tres centímetros si me bajara del taburete y lo mirara frente a frente. No es más alto que Michael. Tiene las manos gruesas y ásperas, y hay algo en él que hace pensar que es camionero, o repartidor quizás, un hombre que se pasa todo el día levantando cosas y acarreándolas de acá para allá. Pero tiene un rostro animado, unas cejas que suben y bajan al hablar, y una boca flexible y expresiva. Es un tipo fácil. Uno de esos hombres en los que todo está a la vista, justo ahí, en la superficie.

—No estoy segura de adónde nos toca ir ahora —contesto, y mi respuesta me sorprende.

Pero es verdad. En todas las paradas anteriores, ya fuera para comer o para cenar, alguien del grupo, normalmente Steffi, ha acribillado a Tess a preguntas acerca del siguiente tramo del Camino. Cuántas horas vamos a caminar, cuántos kilómetros haremos, los nombres de las poblaciones por las que vamos a pasar. Pero esta noche a nadie se le ha ocurrido preguntar.

—No estoy segura de cómo se denomina a un grupo de peregrinas que van a pie —le digo al hombre, que sonríe y juguetea con el dardo que tiene en la mano.

Estoy intentando ganar tiempo, tratando de decidir si es atractivo o no. Creo que sí, de un modo que a todas luces no es mi tipo habitual, pero eso también está bien, ¿no? Como tomar de vez en cuando un sorbito de zinfandel blanco. Tiene esa seguridad en sí mismo alimentada por la testosterona a la que no estoy acostumbrada, y de pronto me acuerdo como en un fogonazo de una excursión a un viñedo de Sonoma que hice el año pasado. Me dejaron conducir el camión, un vehículo grande y tembloroso cargado de uva; la carretera estaba llena de surcos y todos los críticos de vinos que participábamos en la excursión habíamos estado «ayudando en la vendimia», igual que los londinenses ricos vienen los domingos a «ayudar con el lúpulo». Los verdaderos vendimiadores debieron de echar pestes de nosotros, pero fue divertido conducir aquel gran camión tembloroso.

No me importaría volver a conducir un camión.

—Todo el mundo sabe que un grupo de gansos es una bandada —continúo parloteando, y ahora es él el que tiene una expresión cada vez más vaga—. Pero algunas formas de aludir a los grupos de animales, sobre todo si se trata de aves, son muy ingeniosas. Un grupo de alondras es un «alborozo». Otra interesante es «una legión de cuervos». Una caterva de grajos. Una asamblea de cigüeñas. ¿Habías oído alguna de esas expresiones? Esas cosas siempre me han parecido fascinantes. Y a un grupo de colibríes se le llama «ensalmo». ¿No es especialmente bonito?

Se rasca la palma con la punta del dardo. Es como si le estuviera hablando en un idioma extranjero.

—¿Un flameo de flamencos? —insisto—. ¿Un parlamento de búhos?

No sé por qué me empeño en intentar hablar con hombres. Rara vez sale bien. Y este pobre tipo está aquí delante con la boca abierta, literalmente. No, no es mi tipo ni yo el suyo. No se parece en nada al de Londres, el del pelo gris cortado casi al cero, otra persona de cuyo nombre no consigo acordarme, o puede que nunca lo haya sabido. Pero ese hombre y yo hablamos de cosas serias. Le conté que mi madre había muerto y que Ned me había dejado. Esta conversación no va a parecerse en nada a aquélla.

Él acerca un taburete y nos ponemos a hablar de naderías. O quizá debería decir que él se pone a hablar de naderías y que yo me pongo a beber a pie firme. Me dice que tiene intereses en este pub, que es una especie de socio en la sombra, y me cuenta anécdotas de la gente que ha pasado por aquí. Se ofrece a invitarme a una cerveza aunque está claro que estoy bebiendo vino.

—Te apetece una pinta, ¿verdad que sí? —me dice, y noto que asiento con la cabeza antes incluso de entender la pregunta.

Así que acabo con una cerveza a la izquierda y la copa de vino a la derecha.

Él dice lo normal, lo que imagino que cree que debe decir. Que se ha fijado en mí desde el principio y que era la más guapa de la mesa. No es cierto y, aunque lo fuese, el hecho de que se sienta obligado a decirme estas cosas hace que me guste un poco menos. Desconfío instintivamente de los halagos. Siempre ha sido así. Otra cosa que le debo a Diana, que paladeaba un cumplido del mismo modo que yo paladeo un buen borgoña, haciéndolo rodar por la lengua, olfateándolo un poco, con los ojos cerrados y la expresión expectante. Desde que ayer empecé a pensar en esto, he estado haciendo de cabeza un pequeño inventario y, si no me falla la memoria, dejó a mi padre tres veces por hombres que aseguraban ver en ella cosas que en realidad no veían. Sus aduladores la defraudaban a los pocos días (puede que incluso a las pocas horas) de que ella se marchara de casa. Pero siempre acababa por regresar a la comuna: subía los peldaños sin dar explicaciones y dejaba su mochila en la mecedora que había junto a la puerta. Sus experiencias con esos amantes pasajeros no parecían dejarla más triste ni hacerla más sabia, y hay veces en que siento que pasé toda mi infancia a merced de una sucesión de frívolos desconocidos que, casualmente, le dijeron a mi madre que era preciosa.

Frívolos desconocidos como este que se sienta ahora a mi lado y araña la barra con el dardo dibujando una figura. Una ese, parece. Puede que esté intentando escribir mi nombre.

—No me digas que soy guapa —le advierto, y no porque no crea que lo soy.

Me irritan las mujeres que andan siempre diciendo que son feas, o gordas, o tontas. Son las mayores egoístas de todas: sólo intentan convertir un cumplido en veinte. Así que no vayáis a pensar que soy modesta. Es que no me gusta hacerme la tonta, ni permito que la gente se me atraviese delante cuando voy conduciendo, ni me palpo los pantalones buscando lorzas que enseñarles a mis amigas para decirles en tono lastimero: «¿Os lo podéis creer?» No niego que de vez en cuando puedo ser lista, ingeniosa, tener talento, ser buena en la cama e incluso atractiva, pero nunca me he fiado de los hombres que se empeñan en hacerlo explícito. Porque sé desde niña que la adulación es el primer tiro que se dispara en la batalla de los sexos, y recuerdo con toda claridad a un recién llegado a la comuna diciéndole a Diana lo especial que era, y verla a ella cerrar los ojos, y saber que poco después me hallaría en el asiento trasero de otro coche.

—Vale, entonces —dice el hombre del dardo—. Tú puedes ser guapa y yo puedo cerrar el pico y los dos podemos tomarnos otra copa. Porque todo se vuelve más bonito cuando te tomas otra copa, ¿verdad que sí, cariño?

Y, estimulados por este inesperado arranque filosófico, las diez y media se convierten en las once y luego en las once y media y aquí seguimos, sentados muslo con muslo, hasta que hay tres jarras de cerveza vacías a mi izquierda y dos copas de vino a mi derecha, y en algún momento él dice en tono entre imperioso y suplicante:

—Ven conmigo afuera.

Ven conmigo afuera. Justo la invitación que toda chica ansía oír. Pero a estas alturas ya estoy bastante borracha, así que me bajo del taburete y me tambaleo cuando mis calcetines peludos tocan el suelo. Salimos del bar cogidos de la mano. Nuestra marcha parece fascinar a los grupitos de lugareños que todavía hay por allí. Vuelven las cabezas y uno de los que están tirando a los dardos se ríe por lo bajo, pero no le hago caso. He entrado en esa zona. No podrían pararme ni aunque el de la risita me hiciera un placaje. Recorremos el pasillo y cruzamos la cocina, donde un chico está fregando platos, salimos, la puerta mosquitera se cierra de golpe detrás de nosotros y ya estamos afuera.

Está oscuro. Sólo hay dos luces muy tenues: una encima de la puerta y otra más lejos, parpadeando indecisa en el aparcamiento. Tengo frío. No me he traído la chaqueta. Pero no importa porque hay pocos preámbulos: me rodea con sus brazos y me besa. Lo hace bien. Mejor que bien. Estupendamente, pero espera… ¿Cómo puede ser? El que este beso me guste tanto contradice todas las leyes de la lógica. Apenas conozco a este hombre. Y él me conoce aún menos. Es la primera vez que nos vemos. No vamos a volver a vernos nunca más. Pero supongo que precisamente por eso es tan agradable este beso que no tiene pasado ni futuro.

—¿Quieres que vayamos a algún sitio? —pregunta.

Habla con voz ronca, como en mi sueño.

Estoy mareada, por el beso y porque poco a poco me voy dando cuenta de que de algún modo he conseguido agarrar una borrachera con mayúsculas. Hacía décadas que no estaba tan borracha. Estoy mucho peor que aquella tarde en el George, cuando me achispé. Pero ¿cómo me está afectando este país, que me hace resbalar y tambalearme, y perder el equilibrio un poco más con cada paso que doy? Clavo mis dedos lanudos en los adoquines fríos y húmedos del patio e intento concentrarme. Él dice que quiere que vayamos a algún sitio, pero ¿dónde? Da la impresión de que ya estamos en el único lugar del pueblo al que se puede ir, pero no me está invitando a salir, claro. Debe de ser ya casi medianoche. La mayoría de la gente del pueblo estará durmiendo. Y las peregrinas también, en el piso de arriba. Lo que quiere es que me monte en su coche con él y vayamos a una carretera oscura. Que aparquemos en un campo y echemos un polvo anónimo, a toda prisa.

Lo cual es un disparate, claro. Una irresponsabilidad. Es arriesgado y brutal. Y seguramente es justo lo que necesito.

El hombre parado ante mí rebosa confianza en sí mismo. Se toma mi silencio por un sí.

—Voy por el coche —dice, y me da otro besito para sellar el trato: pasa su lengua salada por mi labio inferior y desaparece cruzando un arco de espalderas, uno de esos armatostes dulces y sentimentales que en primavera estarán sin duda cubiertos de rosas trepadoras.

Pero no estamos en primavera. Estamos en otoño, la estación en que las cosas se caen, la época del desprendimiento. La espaldera que tengo delante de mí está envuelta en zarzas cuyas espinas marrones y enmarañadas apenas se distinguen con esta luz acuosa.

En menudo lío me he metido. Seguramente están a punto de violarme y matarme y ni siquiera tengo un teléfono para llamar a la comisaría de Dartford. Doy un paso hacia el arco, quizá sólo para asomarme al aparcamiento, para cerciorarme de que todo esto es real, que hay de verdad un hombre yendo a buscar un coche, y de pronto un dolor agudo y fulgurante me atraviesa la planta del pie.

He pisado un cristal. Una botella de cerveza rota. Seguro que el patio está lleno de ceniza, espinas y cristales rotos, y yo me sostengo en un pie y levanto el otro haciendo una mueca de dolor mientras me tambaleo sobre mi pierna borracha. Noto cómo la sangre me cala el calcetín. Seguramente tengo esquirlas de la botella clavadas en el pie. Esta vez sí que la he cagado. Pienso por un momento que voy a vomitar o a desmayarme, pero refreno ambos impulsos y por fin apoyo la parte delantera del pie (es la parte del talón la que tengo herida) y vuelvo de puntillas a la mosquitera. Cruzo la cocina, recorro el pasillo y entro en el pub, donde mi rápido regreso del exterior, sola y a la pata coja, hace cundir el silencio entre los parroquianos.

Valerie está aquí. Está sentada a la barra, tomando una taza de té.

—Dios mío —dice—, ¿qué te ha pasado?

—Ni siquiera sé por dónde empezar —contesto.

Me encaramo torpemente al taburete, a su lado, y le enseño el pie. Suelta una maldición al ver la sangre. Quitamos el calcetín mientras una camarera me envuelve hielo en un paño y la otra va a buscar el botiquín.

—¿Qué hacías fuera en calcetines? —pregunta Valerie mientras se inclina sobre mi pie para retirar los trocitos de cristal. No parece darle asco, lo que es una suerte.

—Estaba besando a un lugareño. Ha ido a buscar el coche. Cree que voy a irme con él a un campo de lúpulo para hacer el amor.

—¿Y se puede saber por qué cree eso?

—Porque se lo dije yo, más o menos.

—Será nuestro Randolph Robbie —comenta la camarera, que ha vuelto con una caja blanca oxidada que contiene vendas, alcohol y yodo. Por el aspecto que tiene, el botiquín se usa mucho—. Le gustan las señoras.

—¿Puede salir a decirle que se vaya a su casa, que me he herido el pie? —le pido, loca hasta el final. Sigo intentando excusarme, incluso ante un violador.

—No te preocupes, cielo —me asegura—. Está acostumbrado a que las chicas no se presenten. —Se inclina ella también, sujetando una servilleta limpia para que Valerie vaya depositando los trozos de cristal. Son grandes y parecen salir enteros, otro golpe de inmerecida suerte—. A Randy le han dado esquinazo de mil maneras distintas. Se irá a casa a hacerse una paja, como siempre.

—Me ha dicho que este bar era suyo.

—¿No me digas? —Saca otro paño, éste con la cara descolorida de la princesa de Gales, y lo sostiene con cuidado debajo de mi pie mientras Valerie me vierte alcohol sobre el talón.

Escuece a rabiar y se me saltan las lágrimas, pero me esfuerzo por no hacer ningún ruido. La camarera está siendo muy amable: todos lo son, teniendo en cuenta que debe de ser casi la hora de cerrar y aquí estoy yo, llenándoles la barra de sangre.

—¿Has oído eso, Lucy? Randy *Boy* Robbie va a pagarnos el sueldo a partir de ahora. Por lo visto es el nuevo jefe.

La otra camarera suelta un bufido. *Randy* Boy *Robbie*, pienso yo. *Perfecto. Puede que Claire sea la furcia del pueblo, pero a mí acaba de darme un beso de aúpa el tonto del pueblo.*

—¿Cuánto le debo? —pregunto—. Ya que no es el dueño del bar, imagino que no invita la casa, ¿no?

—A ver… Tres pintas y dos vinos son… doce libras.

—¿En serio? No parece mucho.

—Pero no estamos en Londres, ¿verdad?

—¿Puede cargarlo a mi habitación? Me alojo aquí, con el…

Pero la camarera niega con la cabeza. Nuestras comidas y el alojamiento están incluidos en el precio del viaje, y supongo que la cosa se complica si empezamos a pedir que nos añadan a la cuenta cualquier chuminada. Valerie ya ha echado mano de su bolso. Está colgado del respaldo de su taburete, un bolso Coach. Nunca la he visto con bolso, sólo con su mochila, y no esperaba ni por asomo verla con un bolso Coach. Arruga la nariz.

—Es un regalo —dice.

—Es bonito —comento yo.

—¿Sí? —Pone el bolso sobre la barra y lo observa—. Supongo que tienes razón. Pero mi madre… siempre está regalándome cosas caras y elegantes que yo no quiero. No me comprende.

—Las madres nunca entienden a sus hijas. Te debo catorce dólares. O quince. Puede que dieciséis. Creo que, teniendo en cuenta lo que ha pasado, debería dejar una buena propina.

—No te preocupes —dice Valerie—. Ya echaremos cuentas después.

No dice nada de mi disposición a irme con Randy *Boy*, ni de mi confesión de esta tarde de que he estado con treinta hombres. Lo curioso del caso es que, hasta este momento, nunca se me había ocurrido que treinta fueran muchos. De hecho, podría argumentarse que treinta hombres en treinta años equivale a una vida casi sin sexo, pero por las caras que han puesto todas está claro que su opinión sobre mí ha variado en el acto. Menos mal que lo he dejado en treinta y he dicho que había perdido la cuenta ahí, porque la verdad es que creo que en total deben de ser casi cuarenta.

—El caso es que ni siquiera me acuerdo de cuándo fue la última vez que estuve así de borracha —confieso farfullando un poco, como si Valerie estuviera juzgándome, aunque sé que seguramente sería la última del grupo en hacerlo—. En serio. Si estoy en una feria importante, puedo hacer catas de vino desde las nueve de la mañana hasta las doce de la noche sin achisparme ni un poquito. Pero veo que tú estás siendo buena chica. Estás tomando té.

Hace otra mueca suave, como la que ha hecho al sacar el bolso.

—Es poleo menta. Dicen que va bien para las náuseas.

—¿Te encuentras mal?

—Puede que no esté acostumbrada al buen vino. —Se estira—. A lo mejor beber cualquier cosa que valga más de diez dólares la botella hace que me sienta un poco mareada, igual que llevar un bolso Coach. Pero creo que ahora sí voy a poder dormir. ¿Y tú? ¿Necesitas ayuda para subir las escaleras?

—No, estoy bien —afirmo—. Con el corte me he despejado.

Y entonces me doy cuenta de que se refiere a mi pie. La herida no parecía muy ancha, sólo profunda. Una punción, un pinchazo, un único redondel de sangre parecido a un estigma, pero la camarera me ha acolchado el talón con una gasa cuadrada cruzada con tiritas. Ha hecho un trabajo estupendo, la verdad. Mañana podré caminar con el pie así.

La escalera se mece como una hamaca, pero consigo llegar arriba y a mi cuarto. Corro el cerrojo y me siento en la cama. Hago una pelota con los calcetines estropeados y la lanzo a la papelera, pero yerro el blanco. Y entonces me quedo mirando la puerta. *Qué plancha tan delgada hay entre yo y el mundo*, pienso. Contrachapado. Cartón piedra. *Cual-*

quier extraño podría echarla abajo en un abrir y cerrar de ojos. Y me pregunto por qué a veces (cuando vamos a toda velocidad por la carretera, por ejemplo) nos sentimos seguros cuando en realidad corremos grave peligro, y por qué en otras ocasiones en las que no corremos ningún riesgo nuestro corazón comienza a latir con violencia y el mundo se nos antoja un lugar afilado, cortante y traicionero. Esta noche ha hecho falta una botella de cerveza rota para salvarme de mí misma, y todo esto es tan impropio de mí que...

Un ruido. Viene de fuera, justo de debajo de mi ventana.

Me acerco a saltos y miro hacia abajo. Es Randy *Boy*, claro. Pero ¿cómo demonios sabe cuál es mi habitación? Está gritando como un Romeo borracho y de boca flácida. O no, puede que sea más bien como Stanley llamando a voces a su Stella, porque grita mi nombre una y otra vez. Va a despertar a todo el mundo. A todas las mujeres del grupo. A todo el pueblo.

Cuando ve mi cara en la ventana, se para. Ladea la cabeza y dice:

—¿Te has olvidado de mí, cariño?

Seguramente nunca me olvidaré de él.

—No voy a bajar —contesto en voz baja.

—Entonces subo yo. He trepado por esta chimenea un montón de veces.

No sé por qué, pero no lo dudo ni un instante.

—Me he hecho daño —le informo.

—Pues yo sé cómo hacer que te sientas mejor —replica.

Estira los brazos y empieza a girar a cámara lenta con la cabeza echada hacia atrás. Parece un niño intentando pescar copos de nieve con la lengua.

—No —digo—. Ni yo voy a bajar, ni tú vas a subir. Me he cortado en el pie. Se acabó. Me han dicho que te irías a casa a hacerte una manola.

¿O era una paja? Algo así. En todo caso, tiene que irse a casa.

—¿Qué? —pregunta parándose de pronto con el ceño fruncido—. Que te han dicho ¿qué?

Error. No he debido decir eso. No quiero que se enfade. No quiero que se ponga a gritar otra vez mi nombre a oscuras. Pruebo otra táctica.

—Me has tomado por tonta, ¿verdad? —le recrimino—. Me has hecho creer que eras el dueño del pub y ahora la camarera me dice que es mentira.

Menea la cabeza.

—Esa Lorrie es una amargada. ¿O ha sido Lucy? Es igual, las dos son unas amargadas.

—Puede que sí, pero ¿también son unas mentirosas?

Se hace el silencio allá abajo, en medio de la oscuridad. Para eso no tiene respuesta.

—Sólo te he prestado atención porque creía que eras adinerado —le expongo—. Pensaba que estabas bien situado, que podías darme un hogar y un futuro decente. Pero me has mentido y lo nuestro se ha acabado.

Asiente lentamente con la cabeza. Es el tipo de rechazado que es capaz de comprender y aceptar.

—Pues entonces vete a paseo, Che de Milan —dice en voz baja—. Vete a paseo a Canterbury con tu bandada de peregrinas.

—Adiós —me despido cerrando la ventana, y me sorprendo al comprobar que siento una breve pero aguda punzada de pesar.

Porque todo esto, toda esta confluencia de acontecimientos, significa algo aunque todavía no sepa qué es. Puede que esta noche estuviera un poco desquiciada, pero al menos he sentido algo, y eso ha estado bien. Además, ¿qué voy a hacer con todos estos hombres que me despiden cada uno a su modo? «Te deseo lo mejor», dice uno. «Id con Dios», dice otro, o «Entonces, ¿te vas, supongo?», o «Vete a paseo, Che de Milan». Hay tantas formas en que un hombre puede decirle adiós a una mujer… Y parece que esta última semana las he oído todas.

—¿Cómo te las arreglabas tú, mamá? —pregunto en voz alta dirigiéndome a mi mochila, que está en el rincón, y a la bolsa de cenizas metida dentro—. ¿Cómo te acostaste con tantos hombres sin que las cosas se desmandaran?

Pero se guarda su secreto, como hacía cuando estaba viva.

Me meto en la cama por segunda vez esta noche. Puede que esté sufriendo una especie de derrumbe psicológico, un síndrome de estrés postraumático diferido provocado por la carta de Ned. Porque ha faltado poco para que me metiera en un coche con un desconocido. Para que me adentrara en la oscuridad por una carretera vacía. Para que le permitiera tumbarme en el asiento, introducir su cuerpo en el mío, echarme la cabeza hacia atrás y aullar a la luna lechosa. Dicho así parece una locura, pero Claire estaba casada y descubrió que se acostaba con un hombre al que no conocía. Puede que estén todos igual de locos, sólo que en distinto grado. Lo único que sé con seguridad es que tengo que dormirme enseguida o mañana será una pesadilla. Apago la luz y me doy la vuelta. Intento hacerme un nido cómodo con las colchas tiesas y las delgadas almohadas. Exhalo despacio, sonoramente, como dicen en las cintas de meditación.

Renee. Me viene a la cabeza sin pretenderlo, pero así es como se llama. Es la chica por la que me ha dejado Ned. Muy bien, pues que Dios la bendiga, ahora es todo suyo. Imagino, claro, que ella tiene su Ned particular, pero en todo caso no tiene a mi Ned, porque, como he pensado en el bar, eso es imposible. Es como ese dicho: «No hay hombre que pueda bañarse dos veces en el mismo río». ¿Quién dijo eso? ¿Confucio? No, creo que fue otro, un griego. Pero es cierto, así que supongo que también es cierto que no hay dos mujeres que puedan tener dos veces al mismo Ned. Madre mía, pienso, o estoy aún más borracha de lo que creía o se me está yendo la cabeza. Porque de pronto me embarga la idea de que es imposible perder nada, al menos en el fondo. De que todo lo que creemos perdido o muerto sólo ha pasado a otro estadio, ha adoptado otra forma.

Ahora Ned es otra persona, me digo. *¿Y sabes qué? Que, por lo menos ahora mismo, me parece de puta madre.*

Doy vueltas en la cama. El colchón se comba en el medio, me hunde en una suave ranura, el talón me palpita como un corazón y estoy cansada, muy cansada. Ahora, los ruidos de abajo están más amortiguados. El golpe sordo de la puerta de un coche al cerrarse bajo mi ventana: uno de los últimos clientes por fin sale del bar. Que Dios te bendiga, desconocido. Vuelve a casa sano y salvo. Que Dios bendiga a Renee, a Randy *Boy*, a Valerie, a Lorrie y a Lucy, las camareras amargadas, y a Allen en su arroyo guatemalteco (¿o fue en Honduras donde lo tiraron del puente?) Qué más da. Benditos sean todos los hombres que se han caído al agua, estén donde estén, y Nico en la cárcel, y Tess, que tiene que ver y oír tantas cosas durante estas caminatas, que se lo guarda todo dentro del bolsillo de la camisa y que cruza las manos igual que una monja. Y benditos sean también los ensalmos de colibríes que agitan sus alitas por el mundo, y bendita sea Diana allá arriba, en el cielo, y aquí abajo, en su bolsa, y bendita sea yo también. Creo que tal vez necesite la bendición de Dios. Creo que quizá la necesite más que nadie. Porque esta noche me ha ocurrido también otra cosa, afuera, en el exterior del pub, en ese mundo de cenizas, cerveza, espinas y cristal. Otra cosa que seguramente ya habréis adivinado, otra señal evidente que Che de Milan, siempre tan perspicaz, no ha sabido ver. Un ejemplo más de que Tess tiene razón al decir que, aunque es fácil analizar las historias de otros, es casi imposible captar el significado de la tuya.

Cuando mi madre me dijo que nunca es demasiado tarde para sanar, no se refería a sí misma.

9

—No puedo creer que no lo oyerais —les digo a las otras a la mañana siguiente mientras caminamos por la carretera rural que conduce a nuestro destino de hoy—. Estaba justo debajo de mi ventana, llamándome a voces.

—Como en *Romeo y Julieta* —apunta Becca—. Es mi obra preferida de Shakespeare.

Una elección poco acertada para una chica que afirma ir en busca de una historia de amor con final feliz, claro que Becca está todavía en el instituto. Seguramente *Romeo y Julieta* es la única obra de Shakespeare que ha leído, y está pensada para atraer a los adolescentes con esa idea de que los infortunados amantes podrían haber vivido felices para siempre si los idiotas de sus padres no se hubieran entrometido.

—También yo pensé en *Romeo y Julieta* —admití—. Pero luego me pareció que se parecía más a Stanley, el de *Un tranvía llamado deseo*. Randy es demasiado bruto para hacer de Romeo.

He decidido que vale más confesarlo todo. Si no, podría contarlo Valerie y quién sabe qué versión de los hechos daría, yo enrollándome con un desconocido, en calcetines, manchándolo todo de sangre y sin dinero. Lo cual es rigurosamente cierto, así que mi única esperanza es anticiparme a ella. Cuando acabo de relatar mis aventuras de anoche, se ríen todas. Es una risa empática, una risa integradora.

Debería ir por ahí constantemente confesando mis errores, pienso. Ordenarlos por orden alfabético, como las capitales de los estados. O quizás por orden cronológico, y luego ir subiendo y bajando según su gravedad. Añadir matices de tono y ademanes mientras hablo, enseñarles el aspecto que tenía cuando crucé el bar a la pata coja o cuando Randy lanzó el dardo. Es una información vital, que aprendí hace muchísimo tiempo y que tengo que refrescar: que cuando le cuentas a la gente cómo y cuándo la has cagado, les gustas más. Ni todos los logros del mundo pueden granjearte tantos amigos como una sola anécdota embarazosa. Recuerdo que una vez oí a dos camareras en una cafetería, detrás de la barra, calentando leche y batiendo espuma, y una le dijo a la otra: «¿Qué hiciste anoche?», y la otra contestó: «Meter la pata». Se rieron las dos, igual que se ríen ahora mis compañeras de camino, con esa camaradería auténtica que sólo se da entre los vencidos. Una suerte de amistad que solamente puede surgir de las cenizas del fracaso.

—Puede que fuera tonto —digo—, pero besaba como un campeón.

Y al oír esto, Claire y Valerie vuelven a reírse a carcajadas, y el grupo entero se hace eco de su risa. Esta mañana estamos todas de buen humor. Brilla el sol, el aire es fresco, la temperatura parece más de octubre que de noviembre y acabamos de pasar junto a una señal que según Tess indica que estamos a medio camino de Canterbury. Hemos pasado la noche en un hotel cómodo, con duchas amplias y un desayuno a base de huevos y salchichas, y eso unido al relato de mis andanzas nocturnas nos ha levantado el ánimo.

—¿Y por qué bajaste al pub? —pregunta Angelique.

—Tuve un sueño muy extraño y me desperté. Creo que la historia de Claire me puso cachonda.

Más risas y un par de gemidos de protesta, porque creo que todas sabemos que la historia de Claire no estaba destinada a excitar a nadie.

—Es de locos excitarse con algo así —replica Becca, pero por una vez ella también se ríe.

—No les hagas caso, Che —interviene Claire—. Lo que no os he contado es lo que hacía yo mientras veía esa cinta de vídeo.

Surge otro estruendoso coro de protestas. Steffi grita:

—¡Madre mía!

Becca dice:

—¡Qué asco!

Y Silvia gimotea:

—Ay, Dios, mi pobre gato.

Caminamos un poco más sin decir nada, pero vamos todas sonriendo.

—Hoy podemos elegir —plantea Tess—. Una ruta de diez kilómetros que se desvía para pasar por unas cuadras o una ruta más directa de siete kilómetros. ¿Qué opináis?

—La de diez kilómetros —contesta Steffi—. Yo quiero verlo todo.

—Yo también —convengo.

Me sale automáticamente, aunque estamos hablando de ver unas cuadras y estoy un poco preocupada por cómo van a aguantar mis pies ahora que tengo una raja en el talón, además de una ampolla.

—Si hacemos la ruta más larga, ¿tendremos que ir más deprisa? —pregunta Valerie.

—Un poco —contesta Tess.

—Entonces no sé si vamos a ver más —dice Valerie.

—Claro que sí. Cuanto más deprisa andas, más distancia cubres y más ves —afirma Steffi. Y añade despacio, en un tono de voz que la mayoría de la gente reserva para los niños que aún usan pañales—: Así es como funciona.

—No sé si estoy de acuerdo —insiste Valerie, y entonces intervienen también Jean y Silvia. E incluso Claire.

Está bien aflojar un poco el ritmo, murmuran todas. Tomarse un respiro de vez en cuando. No hay por qué pasar por cada cuadra de Kent como si intentáramos demostrar algo. A veces caminamos demasiado rápido.

Steffi me mira y yo me encojo de hombros como si pensara que no vale la pena oponer resistencia. Diez kilómetros no necesariamente te llevan más lejos que siete. Igual que treinta hombres no te enseñan necesariamente más que uno solo. Cuanto más nos acercamos a Canterbury, más empiezo a darme cuenta de que, sea cual sea la respuesta que estoy buscando, no es numérica. Sigo sin saber en qué consiste exactamente tener éxito en la vida, pero casi puedo oír la voz de Diana susurrándome al oído uno de sus proverbios de galletita de la suerte: *Si puedes contarlo, no cuenta.*

—¿Estás vacunada contra el tétanos? —pregunta Steffi, y tardo un momento en procesar de qué está hablando.

El corte en el talón. Claro, es lógico que siendo médica haga esa pregunta. Asiento con la cabeza.

—Me gano la vida organizando visitas a viñedos —respondo—. Estoy vacunada contra todo.

—Tus padres tenían un viñedo, ¿no? —comenta Valerie—. Es bonito que te hayas dedicado a lo mismo.

—Tenían frutales.

—Es lo mismo, más o menos. ¿No?

¿No? Maldita sea, tiene razón. Es muy evidente. Manzanas o uvas, hasta ahí he llegado. Siempre he creído que había escapado del mundo de mis padres, y resulta que quizá no haya llegado tan lejos como pensaba.

—¿Cómo sabes que Randy, el de la ventana, era tonto? —pregunta Angelique. Estamos en marcha otra vez y me lanza la pregunta por encima del hombro—. ¿Qué lo delató?

Lo dice con ligereza, pero noto un leve matiz de preocupación.

La han encasillado como la tonta del bote desde el primer momento en que apareció en ese programa de televisión, pienso. *Se han burlado de ella todas las revistas y todos los presentadores de tertulias televisivas del país, pero no es tonta, ni mucho menos. Y tiene más corazón que la mayoría de nosotras.*

—En realidad fui yo la que se portó como una boba y empecé a hablar sin ton ni son, como hago siempre —contesto—. Me puse a hablarle de los nombres de los grupos de pájaros. Ya sé, ya sé, es patético, pero recopilar sustantivos colectivos siempre ha sido una manía mía. A un grupo de faisanes se le llama «ramillete». A uno de polluelos, una «piada». Y luego están una guardia de ruiseñores, una pompa de pavos reales, una zalamería de tórtolas…

—Será una broma —replica Valerie—. ¿Una zalamería de tórtolas? Qué cosa tan rara y tan sorprendente.

—Y tan patosa —apunto yo.

—Y tan patosa —conviene ella—. ¿Y así es como normalmente intentas ligar en los bares?

Nos reímos todas de nuevo, porque otra vez tiene razón. Soy una patosa y la verdad es que tiene gracia ahora que lo pienso a la luz del día, sobria y rodeada de mujeres. Podrían ponerlo en mi tumba: «Aquí yace una patosa que besaba a quien no debía». Y luego podrían grabar debajo, en letra más pequeña: «Y que buscaba la bendición de Dios».

No es mal epitafio. Me lo apunto.

Tess está sonriendo.

—Che tiene una cosa en común con Chaucer —afirma—. Él escribió un poema titulado *Un parlamento de pájaros*.

—¿Cómo llamarías a un grupo de peregrinas? —pregunta Jean.

—No creo que haya un término específico —responde Tess.

—Voy a buscarlo en Google —anuncia Steffi desenfundando su teléfono—. Mierda, ya nos hemos quedado sin cobertura.

—Puede que seamos un *google* de peregrinas —propone Angelique en voz baja.

—Por lo que a mí respecta, podemos ser un parlamento de peregrinas —declara Valerie—. Un término tomado directamente de Chaucer.

—En cierto modo nos viene como anillo al dedo —comenta Tess—, en vista de que al final habrá que emitir un dictamen sobre las historias que hayáis contado. Y, por cierto, ¿estamos listas para la próxima? ¿A quién le toca ahora? Silvia sacó un diez.

—Yo tengo un ocho —revelo.

—Un nueve —dice Becca.

—Yo también —admite Steffi—. Un nueve.

Es un poco raro, pienso. *Creía que con un ocho estaría más o menos en el medio, pero voy a ser una de las últimas. Después de mí, sólo quedará Valerie.*

—Yo soy la última —anuncia Valerie como haciéndose eco de mis pensamientos.

Se mete la mano bajo la chaqueta y saca una carta del bolsillo de la camisa, lo cual es también muy raro, que lleve la carta en el bolsillo todo el día. Es un as de picas.

—Por Dios, mujer —protesta Silvia—. Un as es la carta más alta. Deberías haber sido la primera.

—Un as es un uno —responde Valerie—. Así que soy la última. —Mira a su alrededor como si buscara confirmación—. ¿No?

Algunas mascullan y menean la cabeza, pero en general estamos de acuerdo en que un as es la carta más alta de la baraja. No sé por qué en el George nadie se fijó en que tenía un as. Hace sólo tres días, pero parece que hiciera tres semanas. En el Camino el tiempo se estira, se vuelve elástico como pasa siempre cuando estás de vacaciones, lejos de la rutina. Una sola mañana puede parecer inmensa.

—Deberías contar tu historia ahora mismo —la insta Silvia—. No deberíamos habernos saltado el orden, es de mal karma. No, en serio, no me mires así. Yo puedo esperar. Si estás dispuesta a contarnos la tuya, claro.

Valerie parece un poco nerviosa, sorprendida de ser de pronto el centro de atención, pero por fin asiente con la cabeza.

—He estado pensando en lo que quería contar desde que empezamos el Camino, pero mi historia es distinta a las que habéis contado hasta ahora. Quiero decir que no es mi historia personal, es sólo un cuento. Sobre sir Gawain, uno de los caballeros de la Mesa Redonda. He pensado que podía ser divertido retroceder en el tiempo, contar un cuento clásico. —Mira a Tess, que sonríe animosamente, encantada de que vayamos a pasar al menos una mañana hablando de Camelot y no de pornografía—. Pero el tema encaja con todo lo que hemos estado comentando.

—¿Te sabes de memoria las historias de la Mesa Redonda? —pregunto.

—Leí *Los cuentos de Canterbury* para el viaje —contesta Valerie—. La verdad es que leo mucha literatura medieval. Supongo que es otra manía absurda, como tu piada de polluelos. Ésta es la historia en la que está basado el cuento «La comadre de Bath». —Ladea la cabeza y observa un momento a Claire antes de continuar—: Se titula «Sir Gawain y la Dama Abominable» y el original me gusta más que la versión de Chaucer, aunque confío en que no me fulmine un rayo por decirlo.

Tess sigue sonriendo con esa misma sonrisa satisfecha que ha lucido toda la mañana, y no creo que sea solamente porque Valerie le esté haciendo la pelota con el cuento del rey Arturo. Es nuestra líder y parece acusar más que el resto el cambio en la dinámica del grupo, y además parece agradarle que nos hayamos erigido en parlamento en vez de ser simplemente una pandilla de vagabundas.

—En realidad —expone Tess— la versión de Chaucer es anterior, pero yo también prefiero la más tardía, la de Mallory. Llevo años diciéndolo y nunca me ha fulminado un rayo. Entonces, ¿estás lista? ¿Estás de acuerdo en ser la próxima narradora?

—Si a Silvia de verdad no le importa que nos la saltemos otra vez —dice Valerie—. Pero no es… En fin, no es una confesión.

—Cuenta, cuenta —le insta Becca—. Estoy harta de confesiones. ¿Es una historia con final feliz?

—Lo de la Dama Abominable no suena muy alegre —comenta Claire—. ¿Estás segura de que es «abominable» y no «adorable»? Nunca había oído algo así.

—Es un acertijo —responde Valerie.

—¿Un acertijo? —repite Jean—. Creo que nos vendrá bien un acertijo. Así que, adelante, Becca tiene razón: cuenta, cuenta.

El cuento de Valerie

—Una vez, hace mucho, mucho tiempo —comienza Valerie—, en el reino de Camelot, Arturo perseguía a un ciervo en el bosque cuando entró en unas tierras que no eran suyas. Él no lo sabía, pero en cuanto disparó y mató a un venado, el propietario de las tierras apareció de inmediato. Era el temible Caballero Negro.

»La caza furtiva era un delito muy grave aunque uno fuera el rey, y Arturo estaba solo, separado del resto de su comitiva y vestido con un sencillo atuendo de caza. En otras palabras, que no llevaba los ornamentos propios de su rango y en el momento de la confrontación no era más que un hombre corriente. El Caballero Negro le dijo que le decapitaría por su afrenta a no ser que resolviera un acertijo. Para escapar a la muerte, debía regresar exactamente un año después con la respuesta a una sola pregunta: ¿qué es lo que más desean las mujeres?

Un murmullo cunde por el grupo. Una pregunta difícil. Capaz de desconcertar al más grande de los sabios. Valerie asiente con la cabeza, complacida por nuestra reacción, y retoma su historia con un poco más de vigor:

—Al oír el acertijo, Arturo empieza a angustiarse. A esas alturas llevaba ya muchos años casado con Ginebra, el tiempo suficiente para saber que complacer a una mujer no es tarea fácil. Sospecha, de hecho, que se trata de un enigma sin respuesta y que acaba de recibir una sentencia de muerte. Vuelve a reunirse con su partida de caza e intenta actuar como si no hubiera pasado nada, pero un joven caballero nota que está inquieto y preocupado: sir Gawain, que además de ser uno de sus amigos más íntimos, es también su sobrino. Gawain consigue por fin sonsacarle lo que ha pasado y, cuando el rey le habla del acertijo sin respuesta, éste se echa a reír. No cree que sea para tanto. Es joven, guapo y está soltero, y naturalmente no puede ser tan difícil calar a las mujeres. Propone que se separen y que pasen ese año recorriendo Camelot de punta a punta, en busca de la respuesta. Así que Gawain se marcha en una dirección y Arturo en la contraria, y van interrogando a cada sabio y cada mago que se encuentran por el camino. «¿Qué es lo que más desean las mujeres?», les preguntan. Pero todas las respuestas que reciben se contradicen entre sí.

—Lo típico —dice Silvia—. ¿Y no se les ocurrió preguntar a las mujeres?

—¿Os dais cuenta —comenta Steffi—, de que en esos mitos antiguos y esos cuentos de hadas el malo siempre se llama el Caballero Negro o algo parecido? Esos prejuicios están tan arraigados en nuestra cultura que ya nadie los nota.

—Callad las dos —ordena Claire con una sacudida de sus largos pendientes de peltre—. Dejad que cuente la historia.

Y así queda establecida una nueva norma: nadie discutirá con la narradora hasta que haya completado su relato.

—Gawain busca incansablemente la respuesta —prosigue Valerie—, y con el paso de las semanas y los meses está cada vez más alarmado porque se acerca el día en que el rey tendrá que rendir cuentas. Arturo, por su parte, se ve abocado a regresar al mismo bosque sombrío en el que mató al venado y donde empezó todo aquel lío. Allí se encuentra con una bruja vieja y horrenda montada a lomos de un corcel blanco. Es la Dama Abominable del título. La vieja le dice que conoce el apuro en que está metido y que también conoce la respuesta al enigma. Pero hay una pega. Sólo resolverá el acertijo si el rey le promete la mano de sir Gawain en matrimonio.

»Arturo está horrorizado, como es lógico. Gawain es uno de sus mejores amigos, uno de sus caballeros más leales. No merece que lo casen contra su voluntad con una bruja espantosa. Entonces le ofrece todo lo demás que tiene a su disposición: tierras, castillos, joyas y títulos, pero la Dama Abominable insiste en que sólo aceptará casarse con sir Gawain.

»Arturo sabe que Gawain hará cualquier cosa por salvar a su rey y al reino y, efectivamente, cuando le informan del trato que exige la bruja, acepta de inmediato. Y al cumplir el aniversario del día en que se planteó el desafío, Arturo lleva a la Dama Abominable ante el Caballero Negro y ella contesta que lo que más desean las mujeres es soberanía. Es decir, que quieren ser dueñas de sus propias vidas. —Valerie se detiene y mira a su alrededor—. Lo que hoy en día parece obvio, ¿no? Decir que quieres controlar tu vida es como decir que quieres aire y agua. Parece la necesidad humana más elemental. Pero estamos en la Edad Media. En aquel entonces, sugerir que las mujeres querían controlar sus vidas era una idea sorprendente y radical. Aun así, el Caballero Negro acepta la respuesta de la bruja. Arturo queda libre y Gawain tiene que cumplir el trato.

»Se fija la fecha de la boda. Durante la ceremonia y el banquete posterior, Gawain se traga su orgullo y trata a su flamante esposa con enorme cortesía, como si fuera la mujer más deseable del país y estuviera encantado de tenerla por esposa. Le sirve vino, la invita a bailar y no permite que nadie en el gran salón de banquetes, y menos aún Arturo, vea hasta qué punto está desconsolado. Le cuesta mantener la sonrisa, porque naturalmente todo el mundo en el salón está horrorizado con aquel matrimonio estrambótico y la gente no para de decir: «Pobre Gawain». No hay nada tan difícil de soportar como la piedad de los amigos. Así es como lo expresa el narrador. «No hay nada tan difícil de soportar como la piedad de los amigos», escribió, y yo estoy de acuerdo. Porque la Dama Abominable no es solamente vieja y fea. También es increíblemente vulgar: se tira pedos, eructa y se pone a maldecir en medio de todas esas damas de alcurnia, y la historia cuenta que «la refinada corte de Arturo estaba escandalizada por la presencia de aquella mujer». La Dama Abominable nunca va a encajar en Camelot, eso seguro. Pero, entre tanto, Gawain no sólo cumple su parte del trato, sino que lo hace con gentileza, atendiendo todos los deseos de su esposa.

»Cuando por fin llega la hora de retirarse a la alcoba… En fin, pobre Gawain. Se toma una copa de whisky para darse ánimos. Eso no lo cuenta la historia, es un añadido mío. Pero cuando retira la cortina y se acerca al tálamo nupcial, no encuentra al ser repulsivo al que espera ver, sino a la mujer más hermosa que ha visto nunca. No sólo es hermosa, también es tierna y gentil, la consorte perfecta para un caballero de su rango, y le explica que el Caballero Negro le había echado una maldición. Que estaba condenada a seguir siendo una bruja repulsiva hasta que un buen hombre aceptara casarse con ella, y ahora, gracias a él, la maldición se ha levantado en parte. Se le permite recuperar su verdadera apariencia la mitad del tiempo, bien de día, bien de noche. Y como Gawain no sólo ha cumplido su parte del trato sino que la ha tratado con enorme cortesía, ella le da a elegir. ¿Prefiere que sea hermosa cuando estén a solas, por las noches, en la intimidad de su alcoba, o durante el día, cuando estén rodeados de caballeros y damas de la corte? Así que he aquí el acertijo. No es el que esperabais, el de qué quieren las mujeres, sino otro distinto: ¿qué creéis que contestó Gawain?

Durante un instante nadie contesta. Yo miro los campos: ahora son más llanos y plateados, y a lo lejos relumbra una ciudad que supongo que será Canterbury. Sea cual sea la conclusión a la que lleguemos, debemos alcanzarla entre hoy y mañana, porque dentro de dos tardes estaremos entrando en la catedral para recibir nuestras bendiciones, merecidas o no. Tess nos ha dicho que ha quedado en que será una sacerdotisa (entre los anglicanos las mujeres pueden acceder al sacerdocio) quien se encargue de darnos la bendición, y a todas nos parece lo más oportuno. Ya que nos estamos confesando de mujer a mujer, es justo que nuestra empresa concluya con el perdón dispensado por una mujer.

Pero entre tanto ahí está Gawain, entre la espada y la pared. Lo que más me ha llamado la atención de la historia de Valerie es eso que ha repetido de que lo más difícil de soportar es la piedad de los amigos. La verdad que encierra su afirmación me escuece como desinfectante sobre una herida, porque sospecho que mi repentino viaje de Filadelfia a Londres sin avisar a nadie tuvo como objetivo evitar a mis amigos, tanto como esparcir las cenizas de mi madre. No soportaba la idea de decirles que Ned me había abandonado, al menos de momento. Pero algún día tendré que volver. Y será pronto. De hecho, a estas alturas de la semana que viene ya habré retomado mi vida normal y todos nuestros amigos comunes, los de Ned y los míos, se congregarán a mi alrededor para decirme que se ha portado como un imbécil. O por lo menos lo dirán algunos, y otros hablarán con él a mis espaldas y le dirán que ha hecho muy bien y que no saben cómo ha aguantado tanto tiempo con alguien tan exigente y tan cabezota como yo, y naturalmente también los habrá que hagan las dos cosas: consolarme a mí y acto seguido darle la enhorabuena. Y así empezará el reparto de las parejas con las que solíamos vernos, igual que tendremos que repartirnos los muebles, los libros y la vajilla de la casa de la playa. Habrá que informar a abogados, agentes inmobiliarios y contables de que hemos emprendido caminos distintos. Vendrán mis amigas a apurar hasta las heces el vino que me envían por trabajo, y algunas se sentirán obligadas a señalar que para un hombre es mucho más fácil pasar página y seguir adelante (y Ned ya ha pasado página, eso está claro: ya me había buscado sustituta antes de dejarme), mientras que para una mujer perdida en la cuarentena… No, este paréntesis en mi vida amorosa se prolongará quizás indefinidamente. Todas lo saben y yo también. Y entonces veré un destello de piedad en sus ojos y esa piedad será en cierto modo mucho más difícil de soportar que la primera puñalada, la de la marcha de Ned.

—Ya sé por qué me has mirado antes —le dice Claire a Valerie, y su voz me suena distinta a otras veces, hosca y desagradable—. Crees que ésa es mi historia. Por eso te has acordado de pronto de que tenías un as en el bolsillo. Querías ser la siguiente.

Valerie parece sinceramente sorprendida.

—Ésta no es tu historia. No trata de ti, ni remotamente. ¿A qué viene eso?

—A que está paranoica —responde Silvia.

Claire toquetea sus gafas de sol, subiéndolas y volviéndolas a bajar inmediatamente.

—Crees que Adam escogió igual que Gawain, ¿no es eso? Sólo que Adam no tenía una mujer que se transformaba según fuera de día o de noche, tenía dos mujeres. Yo era la presentable aunque fuera un fiasco en la cama, y Edith era la bruja de día y la beldad de noche.

—Eso es un disparate —arguye Silvia.

—Me has mirado justo antes de empezar a contar tu historia —le reprocha Claire a Valerie con firmeza—. Lo sabes perfectamente.

—Puede ser que te haya mirado una vez cuando estábamos hablando del origen de la leyenda —admite Valerie.

Hoy va más desastrada que nunca: lleva una camisa naranja ajustada y unos pantalones grises holgados, y por primera vez se ha recogido el pelo de color marrón barro, tan soso, con un pasador de dientes grandes parecido al que uso yo cuando me lavo la cara.

—Porque en los *Cuentos de Canterbury* era la comadre de Bath la que contaba una versión de esta historia y… En fin, está bien, lo reconozco: estaba pensando que se parecía un poco a ti. Ya lo pensé en Londres, en el George Inn, cuando estábamos presentándonos. Dijiste que te habías casado cuatro veces y que ahora tenías un novio más joven que tú, y pensé: *Claro, ésta debe de ser la comadre de Bath.* —Mira a su alrededor, encomendándose a la compasión del grupo—. Porque, ¿cuatro maridos? Tenéis que reconocer que no es muy frecuente, ¿no?

Es muy infrecuente.

—Pero me refería sólo a eso, a nada más —continúa Valerie—. A que tenías cosas en común con la narradora, no con el cuento. Desde luego no creo que seas una bruja fea y vieja. De todas nosotras eres la que está más lejos de serlo. Yo diría que hay unas cuantas de nosotras que somos más feas que tú. De hecho…

—Bueno, ¿qué opináis las demás? —interviene Tess antes de que Valerie provoque otra crisis en su afán por arreglar la primera—. ¿Qué contestó Gawain? ¿Es más importante tener el consorte perfecto en público, alguien que actúe y que tenga el aspecto que se espera que tenga y que tal vez incluso eleve tu estatus a ojos de tus amigos? ¿Es ése el secreto de un matrimonio feliz? ¿O es más importante cómo se comporta tu pareja en privado, a puerta cerrada?

—Yo quiero las dos cosas —contesta Becca—. Alguien de quien pueda sentirme orgullosa y que se porte bien conmigo.

—Pues claro —dice Claire—. Todo el mundo quiere las dos cosas. Pero ¿no has oído a Valerie? Pesaba sobre ellos una maldición.

Su voz sigue sonando agria y desabrida. La explicación acerca de la comadre de Bath no la ha aplacado lo más mínimo.

—Yo creo que optó por una esposa que fuera hermosa a ojos de la gente —responde Jean lentamente—. Pero no por los motivos que podría pensarse. Gawain no era una persona superficial. De hecho, era tan noble que no querría que Arturo se sintiera mal al tener siempre presente el sacrificio que había hecho por él. Porque en realidad no es una historia de amor. No trata del caballero y la bruja. Ella no es más que una pieza de atrezo. En el fondo, es la historia de la lealtad de Gawain por Arturo y de cómo estuvo no sólo dispuesto a sacrificar su felicidad para salvar al rey, sino que ni siquiera quiso que Arturo conociera el verdadero alcance de su sufrimiento. Así que, si la Dama Abominable no encajaba en Camelot, Gawain no podía permitirlo. Creo que sería lo bastante desprendido para querer una esposa presentable en público y que por tanto aceptaría a una bruja en la cama.

Es una hipótesis plausible, al menos desde mi punto de vista, pero Steffi replica inmediatamente:

—Estoy de acuerdo en que elegiría a la guapa de día y a la bruja en la cama —dice—, pero no por una cuestión de nobleza. A todos nos importan más las apariencias que la realidad de las cosas. Es mucho más importante aparentar que se tiene una vida perfecta que tenerla de verdad.

—No —replica Claire—. Os equivocáis las dos. Puede que una mujer piense así. Nosotras seríamos capaces de vivir en el infierno si estuviera bien decorado, pero un hombre no. Para ellos, lo decisivo es el sexo. En la Edad Media o la semana pasada, lo mismo da. Podemos hablar de ideas elevadas como la caballería, el amor cortés y la lealtad, pero a fin de cuentas el mundo lo mueven dos únicas fuerzas: el sexo y el dinero. Adoptan diversas formas, pero juntos son el motor que impulsa el universo entero y fingir lo contrario es… es un espejismo. ¿Un tipo joven como Gawain? Habría elegido lo que funcionaba en la cama antes que lo que quedaba bien en el salón de banquetes. Creedme.

Nos quedamos calladas otra vez. Estos últimos dos días hemos sincronizado hasta tal punto nuestros ritmos que nos paramos de mutuo acuerdo, y hemos hecho una pausa en un recodo del camino. Todas echamos mano de nuestras botellas de agua al mismo tiempo. Descolgarse la mochila, subirla y bajarla cada vez es un incordio, así que he desarrollado la habilidad de estirar el brazo hacia atrás y buscar a tientas el bolsillo correcto. Tiro de la cremallera pero no quiere abrirse, así que doy un tirón más fuerte flexionando un poco el hombro. Steffi me mira levantando una ceja, como preguntándome si necesito ayuda. Niego con la cabeza. No sé por qué me obceco tanto en tonterías como éstas, por qué no dejo la mochila en el suelo como las demás y busco en ella sin prisas. Sin forzar el hombro, que me cosquillea un poco, deslizo otra vez la mano hacia atrás y saco la botella de agua.

—Esperad —dice Angelique—. ¿Cómo has dicho que era esa palabra? ¿Sobe qué? ¿Qué has dicho que significa?

—Soberanía —contesta Tess—. Procede de la palabra «soberano» y quiere decir que cada persona quiere mandar en su vida como un rey o una reina.

—¿Decidir por sí misma?

—Sí —responde Tess—. En el contexto de esta historia, significa eso exactamente.

—Entonces creo que sé cuál es la respuesta al acertijo —afirma Angelique mientras vuelve a guardar su cantimplora rosa brillante en la mochila y se balancea un poco para cargársela de nuevo al hombro—. Gawain se acordó de lo que le había dicho la bruja al Caballero Negro. Eso de que lo que más desean las mujeres es decidir por sí mismas. Así que no habría decidido por ella. Si era cuestión de decidir entre el día y la noche, le habría dicho: «Lo que tú quieras, nena. Tú decides».

Joder, es una idea brillante.

—Caramba —exclama Valerie—. Angelique, eres increíble. Has resuelto el acertijo y casi nadie lo hace. La gente se distrae tanto con el asunto del aspecto de la bruja y de si Gawain se sentía o no avergonzado delante de la corte, que se olvida por completo del meollo de la historia. La respuesta al segundo acertijo surge del primero: ¿qué desean las mujeres?

Valerie sonríe con auténtica satisfacción mientras echamos a andar otra vez.

—Gawain le dice a la bruja que tiene que ser ella quien decida y la bruja está tan alucinada por haberse casado con el único hombre de la historia que escucha lo que de verdad dicen las mujeres, que en ese mismo instante, ¡zas!, desaparece la maldición. A la Dama Abominable se le permite conservar su belleza tanto de día como de noche, Gawain y ella tienen una vida maravillosa juntos y todo Camelot se regocija. Y fin.

—Un final feliz —asevera Tess—. Ahí lo tienen, señoras. Felices por fin.

—Menuda historia —comenta Steffi.

Creo que todavía le escuece un poco no haber sido ella quien ha resuelto el acertijo.

—Pero ¿de verdad es eso lo que quieren las mujeres? —pregunta Silvia—. Yo estuve sola un periodo bastante largo de mi vida y reconozco que a veces me cansaba de ser yo siempre quien decidía. Cuando me equivocaba, no tenía a nadie a quien culpar.

—Yo también me he equivocado a veces —reconoce Valerie—. Pero no por eso quiero que otra persona decida por mí.

—Yo sólo digo que es agradable tener otra persona con la que bregar en la vida —añade Silvia—. Que llega un punto en que empiezas a valorar el tener compañía por el solo hecho de tenerla. Aprendes a apreciar el placer puro de contar con la presencia de otro ser humano. No esperas tanto del amor como antes. —Mira a su alrededor—. Puede que yo sea la única lo bastante mayor para haber llegado a ese punto.

—¿Tú qué opinas, mamá? —pregunta Becca volviéndose para mirar a Jean, que va unos pasos por detrás.

Que una hija le pregunte a su madre qué opina es aún más extraño que un hombre le pregunte a su esposa qué desea, así que yo también me paro un momento y observo su lenguaje corporal, tan parecido, mientras Becca espera a que Jean se acerque y la distancia entre madre e hija se acorta temporalmente.

—¿Qué harías tú —añade Becca en un tono dulzón pero punzante— si tuvieras que elegir entre un hombre al que todo el mundo admirara superficialmente y un hombre que fuera buen marido y buen padre a puerta cerrada? ¿Y si no pudieras tener ambas cosas? ¿Estarías dispuesta a acostarte con un monstruo sólo para mantener tu estatus de cara a la galería?

—No sé de qué me hablas —responde Jean con voz baja y tensa y la mirada fija en el suelo.

Ella también está enfadada, o puede que por fin se haya hartado de las constantes pullas de Becca.

—Sólo nos queda un kilómetro, más o menos, para parar a comer —toma la palabra Tess—. De hecho, tenemos que empezar a buscar la puerta que da a la carretera principal. Hoy vamos a descansar temprano porque hay una iglesia en un pueblecito que quiero que veáis. No es muy notable en sí misma, pero es muy representativa del tipo de iglesias en las que podrían haber parado los peregrinos de Chaucer por el camino. Los peregrinos que no podían permitirse pagar una posada dormían en iglesias a lo largo de la ruta. O en hospicios. También pararemos en un hospicio. Mañana.

—Che —dice Steffi—, llevas una cremallera de la mochila abierta. Se te está cayendo algo.

Estiro el brazo hacia atrás y palpo con los dedos la sucesión de montículos que ya me sé de memoria: los pequeños compartimentos con cremallera que contienen mi cantimplora, la fruta, los calcetines de repuesto, las gafas de leer y el protector solar. Y descubro con horror que el único bolsillo que está abierto es el que contiene las cenizas de mi madre. La delgada pared de la bolsa se ha roto, seguramente cuando he tirado de la cremallera durante nuestra pausa para beber. Retiro la mano y veo que tengo los dedos manchados de plata y oro. Los colores son metálicos, pero el olor es ligeramente salado, como el del mar, y el granulado es fino y suave. Más de polvo que de ceniza.

—¿Qué es eso? —pregunta Steffi—. Nada valioso, espero.

Me sacudo los dedos y veo cómo el polvo flota en el aire limpio del campo y cómo se desvanece ante mis ojos.

—No tiene importancia —respondo—. Es sólo que he estado dejando caer trocitos de mi madre mientras caminábamos.

10

El primer día del viaje, Tess nos propuso que intentáramos imaginar cómo tenía que ser recorrer a pie el camino hasta Canterbury en tiempos de los peregrinos de Chaucer. En aquella época, nos contó, la mayoría de los edificios eran pequeños y achaparrados, en proporción al tamaño de la gente, que estaba atrofiada por generaciones y generaciones de desnutrición y enfermedad. Esto se hace evidente ahora que estamos ante la sacristía de una iglesia antigua, cerca del pueblecito en el que hemos parado a comer. La puerta de la sacristía es tan baja que hasta nosotras, un grupo de mujeres de estatura media, tenemos que encorvarnos para entrar. Dentro, todo está a la misma escala reducida: los bancos son estrechos, los escalones construidos para pies diminutos, y el altar, aunque algo elevado, no está pensado para inspirar asombro o para elevar al sacerdote muy por encima de su congregación.

—En tiempos de Chaucer, la mayoría de las iglesias eran así —explica Tess abarcando con un gesto la sala de paredes de madera, con sus ventanas gruesas y pesadas y sus lánguidos apliques—. Edificios sencillos y toscos, proyectados para servir de escenario a cualquier aspecto de la vida social. Construidos a escala humana. De modo que, si estaban acostumbrados a esto, os podéis imaginar hasta qué punto se sentían sobrecogidos la primera vez que veían la catedral de Canterbury.

Nos ha explicado ya que esta tarde vamos a dar un rodeo virando hacia la costa y describiendo una amplia curva para poder entrar en la ciudad el sábado desde la misma dirección que los peregrinos de Chaucer y viendo el mismo paisaje que habrían visto ellos. El mismo, si eliminamos las carreteras y las torretas eléctricas, claro.

Esta iglesia continúa en uso a pesar de su antigüedad, y al echar un vistazo encuentro multitud de indicios de que la congregación sigue considerándola su segundo hogar. Están celebrando una especie de feria escolar de pintura y la obra de los ganadores está expuesta en las oscuras paredes de la iglesia: papel de estraza pintado con el arte vívido y salvaje de los niños pequeños. También hay esculturas de papel maché dispersas por la nave: el busto de la madre de alguien con la boca llena de dientes puntiagudos, una manzana, un gato dormido, un móvil de los planetas colgado de la lámpara central, con los anillos de Saturno flácidos y el sistema solar entero a punto de desplomarse. Y, por último, lo más extraño de todo: un dragón morado del tamaño de una bañera recostado junto al altar. Me agrada que abran de par en par las puertas de la iglesia para acoger todo esto, y que las flores del altar, escasas y algo marchitas, provengan del jardín de algún feligrés. Hasta los cojines de los bancos están bordados a mano, sin duda por las señoras mayores del pueblo, y me pregunto si, en caso de vivir en un lugar como éste (sencillo, dulce y alejado de la vida que me he forjado), me sería más fácil tener fe. Porque ahora mismo mi creencia en Dios va por oleadas. A veces se hincha repentinamente y otras remite, sobre todo cuando leo los titulares de los periódicos o veo la tele. Le digo a todo el mundo que detesto la religión organizada. Que aborrezco lo que le ha hecho al mundo. Me parece que el noventa por ciento de los males de la humanidad tiene su origen en el púlpito. Digo constantemente que la Iglesia es enemiga del espíritu, lo cual supongo que me asemeja un poco a David, el amigo de Diana, pero aquí… aquí, en la capilla de los dragones, de Saturno, de los crisantemos marchitos, los gatos dormidos y los vecinos entrañables, siento que me apaciguo. Que algo dentro de mí empieza a aflojarse.

Nos sentamos en los bancos, no juntas sino diseminadas, de adelante atrás. Algunas de las mujeres que me rodean parecen estar rezando, y creo que yo también necesito un ritual. Algo que me ayude a encontrar este mismo silencio cuando la semana que viene esté en casa y las cosas comiencen a cobrar realidad. Puede que no sea una plegaria. Seguramente estaréis pensando que ya recé bastante anoche, y es cierto, pero lo de anoche fue una ocasión especial, un acceso fugaz de misticismo nacido de la combinación del deseo sexual, la borrachera y una herida física que seguramente no seré capaz de reproducir de manera regular. Podría probar con la meditación, claro. Es el bálsamo más obvio de mi generación y siempre espera ahí, en los márgenes, con expresión de reproche en el semblante, al lado del vegetarianismo, el reciclaje, el apoyo a los comerciantes locales y la liquidación de la deuda de la tarjeta de crédito: todos los modernos valores puritanos que supuestamente hemos de asumir, esas virtudes que hacen a unas personas mejores que otras. Así que, sí, he intentado meditar, pero siempre parece que, en cuanto consigo tenderme y relajarme, se me ocurre algo que tengo que hacer de inmediato. El silencio me asusta. Es un océano. Un océano que nunca he podido cruzar. Quizá debería quedarme aquí sentada, sin más.

Eso es. Debería ser capaz de quedarme sentada en silencio, apaciblemente, como parecen estar haciendo todas las demás, unas con la cabeza agachada y otras mirando fijamente a Jesús en la cruz, que parece extrañamente alegre a pesar de sus circunstancias, como todo en esta iglesia. ¿Por qué la mente me va a toda velocidad? ¿Por qué giro la cabeza a un lado y a otro? La paz me genera tanta inquietud... Me asusta. Se parece tanto a la muerte... Mi vocecilla interior sigue haciéndose oír, molesta y entrometida. ¿Por qué no puedo quedarme aquí sentada unos minutos, sin hablar y sin pensar?

Y luego está el asunto de Diana, claro. Mi madre, la mujer a la que he traído aquí para rendirle un último homenaje y de la que luego me he olvidado por completo.

Ahora mismo está dentro de una bolsa de las utilizadas para *fish and chips*. Cuando ha quedado claro que en efecto había roto la bolsa con autocierre y había desperdigado la mitad de sus cenizas por el camino, Tess ha pedido una bolsa en el pub donde hemos comido y le han dado esto. La bolsa original, remendada con un montón de tiritas donadas, descansa ahora dentro de una bolsa de papel blanca con la imagen impresa de un tabernero barbudo y gordo. En la parte de delante pone Harry's Hideaway, y en la de atrás vienen los números de teléfono para hacer pedidos y un gato con mirada de loco que piensa: *Ñam-ñam*. Un recipiente poco apropiado para transportar restos mortales a Canterbury, pero supongo que de momento no queda otro remedio. Becca ha puesto cara de envidia cuando les he contado mi historia entre balbuceos (que llevaba toda la mañana perdiendo a mi madre a trocitos), y estoy segura de que ha pensado que ojalá le pasara a ella lo mismo. Es demasiado joven para comprender que es fácil perder a una madre en un sentido e imposible perderla en otro.

Pero he traído a Diana hasta aquí y voy a llevarla hasta Canterbury, al menos en parte. Tendrá que bastar con eso. Doblo la bolsa, vuelvo a guardarla en un bolsillo con cremallera y procuro de nuevo aquietar mis pensamientos.

Estoy triste, pienso. El adjetivo me ha caído de repente, con un golpe sordo, como si alguien me hubiera lanzado una patata asada sobre el regazo. Es una idea sencilla pero concreta, y descubro que aquí, en el silencio de este santuario, puedo confesarlo, puedo servirme de esa palabra tan temida y reconocer ante mí misma que estoy triste. Lisa y llanamente triste, triste como dibujan la tristeza los niños, toda rayas oscuras y grandes y nerviosas pinceladas de color, el rojo, el amarillo y el naranja desbordándose de sus formas aceptables y desparramándose hasta los bordes del papel.

Estoy triste. Pero..., no sé por qué, no creo que vaya a estar triste eternamente.

Miro el dragón del altar. Parece sonreír, y yo también sonrío. El momento de contar mi historia se acerca rápidamente, aunque la extraña descolocación de las cartas signifique que voy a ser la última. Será mi historia la que escuchen las peregrinas mientras rodeemos las puertas de la ciudad en busca del camino históricamente más preciso para entrar en Canterbury. No quiero someterme a una presión excesiva, pero da la impresión de que la última historia debe ser la mejor o, al menos, la más concluyente. Que recaerá en mí la responsabilidad de procurar el tejido conjuntivo que acabe por unir todos nuestros cuentos.

No. No puedo pensar eso o me volveré loca.

Además, ahora mismo no tengo historia. Ahora mismo, no se me ocurre nada que decir.

Un par de mujeres están empezando a desperezarse, a moverse. Valerie y Claire se levantan y se acercan al altar. Becca y Silvia salen al cementerio y Tess las sigue mirando a su alrededor con nerviosismo, como un collie que temiera perder a parte de su rebaño. Steffi me da un codazo.

—Aquí sí hay servicio —susurra, y por un instante la entiendo mal. Imagino que está a punto de entrar el vicario para leernos un sermón. Luego, al ver que sigo sentada, mirándola, añade—: ¿Quieres que te deje el teléfono?

Estoy a punto de decirle que no pasa nada, que ya casi no me acuerdo de que he perdido el teléfono. Pero Jesús y el dragón me miran fijamente, y no quiero mentir delante de ellos. Lo cierto es que no pasa una sola noche sin que en algún momento, antes de despertarme por completo, me vuelva en la cama y alargue la mano instintivamente hacia la mesilla de noche, palpando en la oscuridad en busca de la forma tan familiar del teléfono, de su superficie semejante a una tarjeta. Así que cojo el teléfono de Steffi y le doy las gracias con una inclinación de cabeza. Se levanta y ella también sale para dejarme a solas.

Apoyo el dedo en el pequeño micrófono morado y aparece Siri. *¿En qué puedo ayudarte?*, me pregunta como hace siempre. Es un ángel de la guarda excelente, siempre a mano cuando la necesito y en completo silencio cuando no.

Entonces digo lo que digo siempre, mi plegaria personal. Valerie y Silvia siguen en el altar, así que lo digo en voz baja, pero ella me oye.

Siri, ¿cuál es el sentido de la vida?

Contesta: *Pensar en preguntas como ésta.*

Ah. Muy buena.

Oigo un ruido en la puerta y me vuelvo. Otro grupo de turistas ha entrado en la iglesia con su guía. Americanos posiblemente, porque han reconocido a Angelique. Se paran en la sacristía, rodeados por los milagros de Dios y de los hombres y, sin embargo, toda su atención está fija en esta mujer que, aun despojada de su poder y sus atavíos, por lo visto sigue siendo lo suficientemente famosa. Firma autógrafos y se hacen fotografías con ella, primero uno por uno y luego en grupos de dos o de tres. Decido esperar a que se dispersen para salir, pero entre tanto resulta extraño estar aquí sentada y observarla en su elemento, y ver lo cómoda que se siente con su notoriedad. Puede que haya arruinado su matrimonio, pero en otro sentido la fama la revitaliza, y cuando los turistas la dejan por fin en paz y se adentran en la iglesia, las demás nos levantamos para dispersarnos. Yo me acerco al altar, abro la cremallera del bolsillito lateral y hurgo en la bolsa de *fish and chips* hasta que consigo meter un dedo en ella, entre las tiritas. Saco unos granitos de mi madre y los espolvoreo por el dragón, y luego, de propina, froto unos pocos más en los pies heridos de Jesucristo.

No es Canterbury, pero me gusta este sitio. Creo que a Diana también le habría gustado.

Fuera encuentro a Silvia apoyada contra una lápida. Se ha quitado una bota y está inspeccionándose el pie izquierdo. Si alguna vez erigen una estatua en honor del peregrino moderno, debería tener esta pose: una mujer sentada sobre una lápida, con una bota en la mano mientras se mira con una mueca la planta del pie. Silvia parece tener las mismas lesiones que yo, excepto la raja en la planta, claro, y le ofrezco mi apósito en espray y mis tiritas, pero niega con la cabeza.

—Más vale que yo también me aprovisione —comenta—, ahora que estamos en un pueblo bastante grande.

—Hay una botica en la plaza —dice Tess.

—¿Una botica? —repite Angelique. Está todavía un poco alterada por su ronda de autógrafos. Se alisa el pelo con la mano y comprueba el efecto en el reflejo de la cruz de bronce de otra tumba—. Qué raro suena, dicho así.

—Así es como llaman aquí a las farmacias —explica Jean.

—Ya lo sé —replica Angelique—. Es sólo que Nico llamaba así a los laboratorios de metanfetamina. Tiene gracia, ¿no?

—¿Sí? ¿La tiene? —pregunta Jean—. Si tú lo dices, te creo. Parece que nunca entiendo las bromas.

11

Nuestra caminata de esta tarde describirá un arco siguiendo lo que Tess llama la «cornisa costera», que es fácil de distinguir incluso desde lejos, aunque todavía no oiga ni vea el mar. He leído lo suficiente para saber que el litoral del sur de Inglaterra presenta grandes tajos que caen en picado hacia el mar y que dejan al descubierto anchas extensiones de piedra o creta como los acantilados blancos de Dover. De modo que estamos adentrándonos en un paisaje imponente y amenazador, en nada parecido a las suaves colinas por las que hemos transitado hasta ahora. Y aunque apenas ha transcurrido una hora desde que emprendimos este segundo tramo de nuestra caminata, el sendero ya es menos hospitalario y la tierra está salpicada de rocas que parecen brotar violentamente del suelo. La brisa arrastra el olor ferroso del salitre y las algas, y las gaviotas vuelan en círculos a lo lejos, gritándose unas a otras en las frescas alturas del aire.

—¿Cómo se llama a un conjunto de gaviotas? —me pregunta Claire.

—Una bandada, un averío, a veces una parvada —respondo—. Ésa es complicada. La mayoría de la gente dice simplemente «grupo», pero técnicamente no es correcto.

—Bueno —dice Silvia haciendo crujir sus nudillos sin esperar permiso para empezar—. Me temo que hoy volvemos al género autobiográfico. Esta historia trata de cómo cambian los matrimonios con el paso del tiempo y el paso de las estaciones. Y de cómo a veces, cuando menos te lo esperas, las cosas describen un ciclo completo. Es mi historia tal y como la recuerdo, pero voy a contarla como si fuera la de otra persona. En tercera persona, quiero decir. Creo que así me será más fácil. Y preferiría que no me interrumpierais. Guardad vuestras preguntas y comentarios para el final, como hemos hecho esta mañana con Valerie.

Es la primera señal de que quizá no esté tan tranquila como aparenta estar siempre.

—El relato es enteramente del dominio del narrador —asevera Tess.

—¿En tercera persona? —pregunta Angelique—. ¿Qué significa eso?

—Que voy a llamarme «ella» y no «yo» —contesta Silvia—. Para poner distancia. A veces ayuda.

—Poner distancia no tiene nada de malo —afirma Claire—. Y Tess tiene razón. Es tu historia. Deberías contarla como quieras, ¿verdad que sí, chicas?

Asentimos. A lo lejos, chillan las gaviotas.

El cuento de Silvia

Se conocieron en la universidad, el año que ella empezaba y él cursaba el segundo curso. Estudiaban los dos música y se sentaban el uno al lado del otro en la sección de cuerda de la orquesta estudiantil. Primer y segundo violín.

Como en el caso de los violines, todo en su noviazgo parecía predestinado. Se parecían tanto… Eran los dos del Medio Oeste, altos y delgados. Callados, amantes de la naturaleza e hijos de profesores. Con talento suficiente para ganarse la vida con la música, pero no tanto como para alcanzar el estrellato. O puede que fuera una cuestión de temperamento, que ninguno de los dos tuviera madera de estrella. Sus nombres empezaban por la misma letra, Silvia y Steven, y cuando se es joven y se ha visto poco mundo, hasta una coincidencia tan tonta como ésa puede pasar por una señal del destino.

Se casaron al acabar los estudios, como se esperaba de ellos, y comenzaron a marcar casilleros de la lista: una discreta ceremonia metodista, una primera casa en una urbanización, el nacimiento de gemelos. Un niño y una niña: una prodigiosa muestra de eficacia, solventar la cuestión de la paternidad de un solo plumazo. Luego vinieron el monovolumen, los viajes a Disneylandia, las medias maratones, los gatos rescatados. Cuando llevaban diez años casados se mudaron de Kansas a Texas. Más luz, una latitud distinta, pero la misma zona horaria.

Poco después de su llegada a Houston murió un familiar, un pariente de los mejores (lejano y sin hijos), y su inesperada herencia, como maná caído del cielo, les permitió comprar una casa más grande. Pero la suerte es tan caprichosa… ¿no es cierto? Años después, al echar la vista atrás, Silvia se preguntaría en ocasiones si fue entonces cuando empezaron a torcerse las cosas: con la compra de esa casa más grande que jamás habrían podido permitirse por sus propios medios. Su presencia en aquel nuevo vecindario siempre les pareció un poco deshonesta, porque los situaba entre parejas mayores y más acomodadas, con trabajos de otra clase y, sobre todo, con un sistema de valores que nunca fue el suyo. Fue un cambio de rumbo mínimo, pero ya sabéis lo que suele decirse: si el piloto cambia el rumbo un solo grado, el avión puede acabar en Phoenix, en vez de en Denver.

Steven era el director de la banda del instituto local y Silvia daba clases de piano y se encargaba del acompañamiento musical en las funciones del teatro municipal. Como suele ocurrir con los padres de gemelos, se volvieron expertos en el reparto de tareas. Su pragmatismo innato, propio del Medio Oeste, les ayudó a desarrollar una estrategia para cada hora del día. Steven lo llamaba «El Plan». El Plan incluía el momento de irse a la cama, los deberes y el presupuesto doméstico, y hasta la forma adecuada de cargar el coche cuando salían de viaje.

Era una vida agradable y a veces, por las noches o cuando volvían de fiestas en las que se habían visto obligados a contemplar la infelicidad en tecnicolor de otras parejas menos afortunadas, se felicitaban entre sí. Los Liz y Dicks de este mundo, los llamaban. Los Scotts y las Zeldas. Parejas que gritaban, que se arrojaban copas de vino, que se declaraban en bancarrota o entraban en clínicas de desintoxicación, que lloraban e iban de cama en cama. Personas que parecían empeñadas en llevar una vida grande y embrollada, mientras que la suya, la de Steven y Silvia, era del tamaño justo.

Y entonces, después de diecisiete años, sucedió lo impensable. Steven se enamoró.

Ella era la presidenta del club de música del instituto en el que enseñaba Steven. Sus hijos eran más o menos de la misma edad que los gemelos, que en aquel momento tenían quince años. Las hijas de ambos, de hecho, asistían a sus fiestas de cumpleaños respectivas. Se llamaba Carol.

Carol no formaba parte de El Plan.

Y, sin embargo, allí estaba. Sorprendente e inevitablemente, como un árbol que te cae sobre el tejado durante una tormenta: de pronto levantas la vista de la cama y ves algo que no esperabas ver. El cielo, por ejemplo. Carol parecía una mujer bastante corriente, al menos para la mayoría de la gente. Desde luego a Silvia, que conocía su existencia de esa manera un tanto vaga en que se conoce a la gente que tiene hijos de la misma edad que los tuyos, le parecía muy normal. Nunca se había fijado especialmente en ella. Carol… En fin, Carol era un poco como Edith. No parecía una amenaza. No era más joven, ni más delgada, ni más desenvuelta que Silvia, y ése era en parte el problema. Es horrible que tu marido te deje por una rubia tetuda de veintidós años, pero por lo menos tiene una explicación. Es un gilipollas, un trepa, un hombre atrapado en una crisis de madurez, o un chiste sin gracia.

Pero cuando Silvia les dijo a sus amigas que Steven iba a dejarla por esa mujer, por esa tal Carol, una de ellas balbució: «Pero si tiene los muslos más gordos que tú», una sentencia que resume, supongo, todo lo que necesitáis saber acerca de cómo era la vida en una zona residencial de clase media alta en Houston, Texas, en 1982. Y era cierto. Fueran cuales fuesen los superpoderes de Carol, no eran visibles a simple vista, y aun así Steven le dijo a Silvia, y cito textualmente: *Nunca había sentido algo así. No puedo describirlo. Me basta sólo con estar en la misma habitación que ella.*

Y luego añadió con esa tierna crueldad que sólo puede mostrar un hombre que acaba de enamorarse: *Silvia, sólo espero que algún día tú también sientas lo mismo.*

Lo imperdonable fue ese último comentario, claro. En los años siguientes, Silvia nunca le contó a nadie que Steven había dicho eso, hasta ahora, cuando va cruzando la campiña inglesa a pie con su amiga Claire, que resulta que también tenía sus secretos, y con sus hermanas peregrinas. Es la parte más embarazosa de una historia que de por sí lo es, de modo que aquel día de principios de los años ochenta en que Silvia les contó a sus amigas que Steven la había dejado, omitió lo que le dijo su marido al salir por la puerta: *Me basta sólo con estar en la misma habitación que ella.* No quería que sus amigas supieran que estaba casada con un hombre capaz de decir una cosa así, ni que en sus tiempos de estudiante había escogido a una persona tan absolutamente ridícula. Así que se guardó en lo más hondo de su pecho ese último comentario, esa confesión que desvelaba demasiado. Bastante malo era ya que Steven hubiera dejado de quererla. Tenía que dar a entender, además, que en realidad nunca la había querido, al menos no con ese amor inmenso y acaparador que ahora sentía por Carol. Les contó a sus amigas todo lo demás, pero no lo peor.

Pasamos página. Si la vida de Silvia con Steven en los años sesenta y setenta había sido una especie de cliché, su vida en los ochenta y los noventa lo fue también, de otra manera. No le resultó difícil recuperarse de su divorcio. En el vecindario con ínfulas de clase acomodada en el que vivían, los matrimonios múltiples eran la norma y, de hecho, seguir con tu primer cónyuge parecía indicar una pasmosa falta de imaginación. La mayoría de la gente se había casado dos, tres, incluso cuatro veces y arrastraba un número variable de hijastros y hermanastros. Sus amigas venían a verla los viernes cuando los niños estaban con Steven, y bebían vino en exceso, veían películas románticas y maldecían a los chicos de su juventud. Cuando los hijos se marcharon a la universidad, casi todas las noches venía una amiga u otra. Montaban cenas improvisadas, cada una traía lo que tenía en la nevera o paraba por el camino a comprar una ensalada en un restaurante de comida rápida. No se juzgaban entre sí. No fingían. Silvia se cortó el pelo, adelgazó, adoptó dos gatos más. Ya tenía cinco, un número peligroso, señal de que tal vez estuviera a punto de retirarse del mundo definitivamente.

No se consideraba feliz, pero tampoco desgraciada. Nunca había empleado esas expresiones. Y, sin embargo, en algún momento, cuando llevaba diez u once años soltera, comenzó a pensar que tal vez Steven tuviera razón. Que al dejarla, en realidad les había hecho un favor a ambos, como aseguraba él. Sí, había hecho falta casi una década de distancia, pero al fin empezaba a ver las cosas con más claridad. Lo suyo con Steven no había sido un matrimonio por amor. En absoluto.

Se compenetraban bien, desde luego. Estaban perfectamente alineados, perfectamente uncidos. Pero nunca habían estado enamorados. Habían vivido casi como hermanos: dos personas que compartían los mismos recuerdos, que habían soportado a los mismos parientes. Era casi como si hubieran pasado diecisiete años viajando en el asiento trasero del mismo coche, un coche conducido por otra persona, tal vez por ese adulto severo y carente de alegría llamado Matrimonio, sin hacer otra cosa que preguntar: «¿Cuándo llegamos?», conscientes de que, si hay que preguntar, es prueba de que aún no has llegado. Hasta las circunstancias de su primer encuentro en aquel campus universitario, tantos años atrás, empezaron a cobrar para Silvia un nuevo significado. Siempre le había encantado contar esa historia, que él era el primer violín y ella el segundo. Ahora que se paraba a pensarlo, en cambio, hasta ese detalle que antes le parecía encantador se le antojaba lúgubre y de mal agüero.

Las feministas tenían razón: había estado haciendo de segundo violín para aquel hombre desde el día en que se conocieron.

Se dio cuenta, además, de que estaba al borde de ese altísimo precipicio que llaman «los cincuenta»: porque Claire se equivoca en eso, no es a los cuarenta cuando la vida de una mujer se hace trizas, sino a los cincuenta. O quizá sea más preciso decir que cumplir cuarenta años te pone la vida patas arriba y te obliga a plantearte si has hecho bien las cosas. Cumplir cincuenta, en cambio, te abre las costillas y te arranca de cuajo el corazón, y te inocula la insidiosa sospecha de que, aunque te las hayas arreglado para hacer las cosas bien, empieza a parecer que todo lo que has hecho lo has hecho por motivos equivocados.

Para entonces, Silvia había perdido un pecho por culpa del cáncer (sí, ni siquiera ese estereotipo pudo ahorrarse), y por primera vez en sus cincuenta años de vida se hallaba bajo la heladora sombra de su propia mortalidad. Puede que fuera ese roce con la muerte lo que la hizo generosa. Porque ahora era capaz de reconocer que Steven no sólo había hecho bien en dejarla, sino que había tenido más valor que ella. Había estado dispuesto a asumir esa responsabilidad, a ser el malo de la película a ojos de los niños y de la familia, a perder su trabajo en el instituto cuando se supo que se había liado con la madre de uno de sus alumnos. Durante aquellos años había pagado la pensión compensatoria y la manutención de sus hijos sin una sola queja y, aunque la herencia que habían recibido hacía tiempo era de un pariente suyo, le había dejado la casa. Mientras tanto, a ella se le había permitido asumir el papel de víctima. Descansar en el cómodo papel de la esposa abandonada.

Entonces, Silvia tuvo una última revelación: que había sido mucho más feliz soltera que en todos sus años de casada.

Cuando por fin respiró hondo y reconoció verdaderamente que era feliz, su vida comenzó a desplegarse en todas direcciones. Cogía un libro y comía en cualquier restaurante que le apeteciera. Hacía viajes organizados como éste. Pintaba una pared de rojo, decidía que no le gustaba y la pintaba de morado. Comenzó a correr maratones completas, no medias maratones, y como hacía años que nadie requería su presencia durante los fines de semana, se apuntó en una agencia que proporcionaba músicos sustitutos a bandas que estaban de gira. La decisión de aceptar este trabajo ingrato fue un poco un capricho, una forma de quitarles el polvo a los instrumentos que había dejado languidecer, como su violín y su chelo, pero recibió muchos más encargos de los que esperaba. A menudo llegaba a un concierto y no sabía qué iba a tener que tocar: música clásica, *bluegrass*, gospel o rock. Era divertido improvisar por una vez en la vida, arriesgarse a cometer un error o a hacer el ridículo, a ser la única señora de la banda que peinaba canas.

Y entonces sucedió el segundo hecho inusitado: Silvia se enamoró.

Él era un saxofonista negro de un grupo de jazz, con el sorprendente nombre de Willem. Nacido en África y adoptado de muy pequeño por una pareja de holandeses, era vagabundo, un huérfano, un hijo del ancho mundo. Pero Silvia se dijo que, si un hombre que parecía tu pareja ideal podía dejarte en la estacada, también podía suceder lo contrario: que un hombre que parecía el menos idóneo para ti resultara el más conveniente.

Willem y ella llevan juntos diecisiete años, nos dice mientras caminamos por el malecón que flanquea un mar invisible y una fina llovizna humedece nuestro pelo. En su vida hay una simetría perfecta: diecisiete años con su primer marido, diecisiete sola y otros diecisiete con el segundo.

—Para que no tengáis que hacer cuentas —añade—, tengo setenta y tres.

Me llevo una sorpresa. Como todas, supongo. Tiene la cara arrugada, pero el cuerpo joven. Camina enérgicamente, con pasos fuertes y vigorosos, haciendo oscilar los hombros ágilmente con cada zancada y subiendo y bajando las caderas con la cadencia suave de una mujer que en realidad nunca envejecerá.

Sus hijos se casaron hace tiempo, nos dice. Tiene cinco nietos, dos de ellos músicos y tres deportistas. A lo largo de los años, Steven y Carol siempre han asistido a sus conciertos y a sus partidos, lo que no puede sorprender a nadie. El padre cariñoso se convirtió en abuelo cariñoso. Y fue en un torneo de fútbol de uno de sus nietos cuando Silvia detectó el primer cambio. Willem y ella estaban sentados cerca del campo, y Steven y Carol habían llegado tarde. Steven la saludó con una inclinación de cabeza al pasar, como hacía siempre, y subió las escaleras para ocupar su sitio preferido en las gradas, más arriba que ella y más cerca del centro. Pero esa tarde soleada, agarró a Carol del brazo para el ascenso. No para ayudarla con los escalones, sino para guiarla.

Silvia volvió la cabeza para verlos subir lenta y cuidadosamente por las gradas. Su mente corría a toda velocidad. Steven la había saludado con el mismo gesto de siempre al pasar… ¿o no? Carol parecía un poco desorientada. Y Steven estaba muy serio. Entonces lo entendió.

Y se entristeció por él. El alzheimer era una enfermedad cruel.

Siguieron pasando las estaciones. Partidos de baloncesto, concierto de invierno, *softball*, fiesta de graduación, funciones de verano. Y en el transcurso de ese año, Silvia asistió al declive de Carol y a los esfuerzos de Steven por atenderla. En la competición de natación del Cuatro de Julio, ni siquiera pudo dejarla sola un momento para ir al bar o al aseo. Uno de sus hijos o de sus nietos tenía que sentarse con ellos y, aun así, si Steven se levantaba para ausentarse un momento, Carol se ponía a llorar. Un lastimoso gemido de abandono, semejante al de un animal, que anunciaba su destino a todo el que se hallaba lo bastante cerca para oírla. La gente desviaba la mirada.

—No puede traerla ni puede dejarla —le dijo su hijo a Silvia—. Papá está entre la espada y la pared.

No se jacta de nada. De hecho, para gran sorpresa suya, cuanto más lo piensa más la entristece la situación de su exmarido, la pérdida de su gran amor. Su hijo le dice que hay días en que Carol no sabe quién es Steven, días en que intenta huir de él, o se aferra a él, y días en que se abalanza furiosa sobre él y le araña la cara.

—¿Qué va a ser de ellos? —le pregunta a su hijo, y él dice que no lo sabe.

Steven no quiere ni pensar en llevar a Carol a una residencia. Y tampoco quiere pedir ayuda.

Y entonces llegó el día en que Willem se perdió en el supermercado.

Al principio no fue nada. Quedaron en reunirse en la zona de electrodomésticos y Silvia se presentó allí y, al ver que no estaba, se puso a buscarlo por la tienda pasillo por pasillo, hasta que oyó un aviso por megafonía pidiéndole que fuera a la cafetería. Encontró a Willem paseándose de un lado a otro, asustado y furioso. La culpó a ella de haberse equivocado de sitio. Insistió en que habían quedado en la cafetería, pero le temblaban las manos al decirlo. Silvia se apresuró a darle la razón. Claro que habían quedado en la cafetería. Era culpa suya. Era ella quien se había perdido.

Ésa fue la primera vez: un malentendido, seguramente. Pero pronto hubo otros, y al poco tiempo esos incidentes comenzaron a darse con preocupante regularidad. Sartenes dejadas al fuego, señales de tráfico que no veía, estallidos de cólera por haber roto una taza, una tendencia a llamar a cierto nieto por el nombre de su padre.

Silvia podría haberse pasado la vida entera contemplando aquella ironía sin sentir el impulso de hacer nada al respecto. Siempre había sido lenta en reaccionar. Tuvo que ser Steven, cómo no, quien ideara el Nuevo Plan. Porque un día, en un concierto navideño, año y medio después de que ella notara por primera vez la desorientación de Carol, Steven la abordó en el vestíbulo del auditorio. Ella había estado luchando con Willem para que le devolviera las llaves del coche. Ya no le dejaba conducir (eso estaba descartado), pero a él le gustaba tener las llaves en la mano cuando estaban en público y jugar con ellas como un niño pequeño. Ese día en concreto, era un niño rebelde y Silvia estaba tan absorta intentando convencerlo para que le diera las llaves que le irritó ver acercarse a Steven. Él llevaba a Carol del brazo, igual que ella llevaba a Willem de la mano, y cuando levantó la vista, Steven le dijo:

—Quizá podamos encontrar la manera de ayudarnos en esto. Siempre nos organizábamos muy bien con los gemelos.

Después de aquello, iban a todas partes los cuatro juntos. Al principio fue sólo a las actividades relacionadas con sus nietos comunes, pero pronto vieron que viajar en grupo simplificaba las cosas. Steven paraba el coche y Silvia se apeaba con Carol y Willem, y los tres se sentaban en un banco mientras Steven iba a aparcar. Durante el evento que fuese, Silvia y Steven sentaban a sus segundos cónyuges entre ellos y luego, cuando llegaba la hora de irse a casa, se repetía la misma pauta: Silvia esperaba con Carol y Willem mientras Steven iba a buscar el coche. Pasado un tiempo, Steven propuso que tuvieran también lo que llamó «tardes de asueto»: él dejaba a Carol en casa de Silvia y se iba a hacer recados o a una cita con el médico y luego, unos días después, se quedaba cuidando a Willem. Silvia no siempre aprovechaba ese tiempo de manera productiva. Sabía que debía hacerlo, pero con mucha frecuencia pasaba su preciada tarde libre paseando por el parque, observando a los pájaros y las ardillas. Disfrutando de la cordura, de la oportunidad de estar un rato a solas con sus pensamientos. De no tener que preocuparse por nadie al menos por una tarde.

Las tres horas que duraba la tarde de asueto pasaban como si fueran una sola, pero hasta el paréntesis más breve era un alivio. El año que llevaba cuidando a Willem la había dejado tan agotada que no podía imaginar cómo se las había arreglado Steven para sobrellevar aquello él solo durante el triple de tiempo. Tener un marido o una mujer con alzheimer es como tener un hijo que nunca crece: un hijo que va hacia atrás, de hecho, que con el tiempo perderá la capacidad de hablar y de caminar, que acabará en pañales y en una cuna con barrotes. Pero el dolor de todo aquello se veía amortiguado en parte por la presencia de Steven y por su callada empatía.

—No quiero llevarla a una residencia —balbució una tarde cuando Willem y ella ya se marchaban—. Al principio, cuando se dio cuenta de que estaba perdiendo la cabeza… me hizo prometerle que no la llevaría a uno de esos sitios. Ya sabes, esos centros donde los sientan a todos en mecedoras con un muñeco en brazos, incluso a los hombres.

Silvia no dijo nada. Ella le había hecho la misma promesa a Willem.

—Aguanto por estas tardes —añadió Steven—. Tú eres quien está haciendo soportable todo esto.

Y a partir de ahí fue difícil decir exactamente a cuál de los dos se le ocurrió la siguiente idea. Si fue él quien se lo propuso a ella o viceversa, si lo hablaron en el coche, o en la sala de espera del médico, o en un partido de fútbol.

Si nos vamos a vivir todos juntos, podemos tenerlos a los dos en casa.

Así que ahora comparten casa: Carol y Steven y Willem y Silvia. El amor de la vida de él y el amor de la vida de ella. La mayoría de los días, los amores de sus vidas no recuerdan ni el amor ni la vida, así que Silvia y Steven deben hacer memoria por los cuatro. Steven le habla a Silvia de sus años con Carol, de los buenos momentos y también de los malos. Casi siempre de los buenos, maldito sea, añade con una risa. Y ella le describe su vida con Willem, su aventura de madurez, arrolladora como una tormenta de otoño. Celebran juntos el éxito de sus respectivos matrimonios, porque si no lo hacen ellos, ¿quién va a hacerlo? Puede que sea un acuerdo poco ortodoxo, pero hace posibles ciertas cosas, como este viaje. A Silvia no se le habría ocurrido dejar a Willem para irse dos semanas al extranjero si no supiera que está bien cuidado y contento con Carol y Steven. Ella hace lo mismo por Steven: en otoño le da dos semanas libres para que pueda irse de acampada. Así se sostienen el uno al otro. Ahora ya no conciben cómo podrían sobrevivir de otra manera. Celebran la Navidad en casa, lo que facilita las cosas a sus nietos y, en cuanto a los gemelos, ésta es la primera vez en más de treinta años que pueden ofrecerles un hogar común. Hay fotos en las paredes: Carol y Steven recorriendo en burro el Gran Cañón, Silvia y Steven en un crucero, Silvia y Willem en otro crucero, y hasta una de Steven y Willem en un embarcadero con los nietos, jugando a pescar. Y todo está bien porque tiene que estarlo.

Sus amigos le preguntan cómo puede aceptar la situación: cambiarle los pañales a la mujer a la que prefirió su marido. Hasta a su hija le costó asumirlo al principio, cuando Steven y Carol se fueron a vivir a su casa.

—Esto es demasiado raro, mamá, demasiado raro —le comentó, y a veces Silvia reconoce que es desconcertante vivir con sus dos maridos, intentar explicárselo todo a los abogados, a los médicos y a Hacienda.

Pero cuanto más tiempo habita dentro de este mundo fracturado, más se da cuenta de que las situaciones que son fáciles de describir a menudo son difíciles de soportar y que en cambio algunas cosas que suenan estrafalarias funcionan con suma facilidad.

A veces se equivoca. Una vez llamó Willem a Steven y él le dijo «Ay, no, tú también no, por favor», y se echaron los dos a reír. Se rieron como histéricos allí, en la cocina, con esa risa que es en parte un sollozo, hasta que llegaron Carol y Willem dando trompicones, cada uno por su lado, y se sumaron a ellos. Estuvieron allí un minuto, cogidos por los hombros. Llorando, bramando, haciendo aspavientos, sin que ninguno de los cuatro supiera de qué se reía exactamente.

Ahora Silvia hace una pausa. Se quita la mochila, rebusca en un bolsillo y saca una foto de cuatro personas mayores sentadas en un patio frondoso y lleno de flores. Dos de ellas giran suavemente a los otros dos para que miren a la cámara.

—Ésta es mi familia —dice con sencillez.

—No quiero interrumpir… —se disculpa Tess.

—No interrumpes —contesta Silvia—. Ya he terminado. Eso es todo.

—Y ha sido una historia preciosa —dice Tess—. Pero quería haceros una pregunta. ¿Qué tal vais de fuerzas? Porque vamos a llegar a una bifurcación y tenemos que tomar una decisión. Si nos damos prisa, esta tarde podríamos acercarnos a Dover antes de parar para dormir. Ver los acantilados, quiero decir. Pero si estáis cansadas, podemos ir directamente al pueblo y buscar el hotel.

Nos esforzamos todas por entender lo que está preguntando. Mis pensamientos continúan en aquella cocina, con cuatro personas abrazadas, y supongo que las demás también siguen suspendidas en ese instante de enorme belleza e inmenso dolor. Es como salir del cine a la clara luz del día y olvidar dónde has aparcado el coche.

—Ya que estamos tan cerca de Dover… —dice por fin Steffi, que sigue molesta por haberse perdido la dichosa cuadra.

Pero esta vez Jean le da la razón. Asiente con la cabeza.

—Sería una lástima no ver los acantilados. A fin de cuentas, estamos muy cerca.

—Sí —afirma Tess—. Eso es lo que pensaba. Son terreno protegido, así que es un paseo por una zona de bosque y hay que bajar una cuesta muy empinada, pero luego, abajo… En fin, si no queremos volver a subir andando, siempre podemos llamar a Tim y pedirle que venga a buscarnos con la furgoneta, y hay un saloncito de té precioso en lo alto del acantilado. Un viejo faro de tiempos de la guerra, y sirven empanada y pastas. ¿Qué os parece?

Convenimos todas en que suena muy bien y Tess nos mira a Silvia, a Jean y a mí.

—¿Qué tal vosotras, que tenéis los pies heridos? —pregunta—. ¿Aguantaréis?

Es la primera vez desde hace horas que pienso en mi talón. Asentimos las tres y luego, por sugerencia de Tess, paramos para sacar nuestros jerséis y sudaderas de las mochilas. Porque en los últimos minutos se ha levantado el viento y es cada vez más fuerte. Suena el teléfono de Steffi y, al echarle un vistazo, nos informa de que acaba de darle la bienvenida a Francia. Tess dice que, en efecto, estamos muy cerca de Calais. Si el tiempo aguanta, deberíamos ver la costa francesa desde la playa de Dover: una distancia que divide un país de otro y que puede cruzarse a nado. Francia. Suena romántico. Más extranjero que Inglaterra. La idea nos anima a caminar un poco más rápido.

Con tanto trajín se rompe el hechizo del cuento de Silvia. Confío en que no se ofenda por que no hayamos hablado de ello. No parece molesta. De hecho, tiene esa misma expresión límpida, como recién lavada, que han asumido todas después de contar su historia. Sospecho, sin embargo, que su relato va a dejarme más huella que a las demás. Porque así habríamos sido Ned y yo si hubiéramos seguido juntos, ¿no es cierto? Si nos hubiéramos casado porque parecía el paso más lógico. Nos habríamos convertido en Silvia y Steven, asquerosamente perfectos el uno para el otro pero nunca felices, y él habría sido como mi primer marido, ni más ni menos. Ese que me dejó o al que yo dejé, qué más da. Hace falta valor para apretar el gatillo antes de que las cosas lleguen a ese punto, como ha hecho Ned. Agacho la cabeza. El viento es brutal, frío y salobre. Sería imposible hablar aunque alguna de nosotras tuviera algo que decir.

12

Tess no bromeaba cuando ha dicho que el descenso al fondo del acantilado era muy empinado. Bajamos resbalando por el camino de grava construido para coches, lleno de altibajos, hasta que mis espinillas empiezan a protestar hartas de esforzarse en impedir que coja impulso con cada paso. Me veo perdiendo pie y rodando hasta el Canal de la Mancha.

Tess nos va contando datos históricos mientras bajamos, alzando la voz para hacerse oír. Dice que Dover sufrió un bombardeo implacable durante la Segunda Guerra Mundial. En ocasiones, a los pilotos alemanes les sobraba munición después de atacar Londres. No querían aterrizar con los aviones aún cargados de explosivos y, como habría sido un desperdicio lanzarlos al mar, descargaban sus bombas sobrantes sobre el pequeño e indefenso Dover, destruyendo como de pasada el último vestigio de territorio británico antes de poner rumbo a casa.

—Hubo daños materiales terribles para una población de este tamaño —nos comenta, señalando vagamente entre la niebla. Deduzco que el pueblo está en esa dirección, por donde hemos venido—. Y un enorme número de bajas entre la población civil.

Cuando por fin llegamos abajo, la playa es estrecha y fea: un semicírculo de arena gris y pedregosa que abraza un mar liso y en calma. Hay un grupo de escolares de excursión. Los niños no prestan atención a su maestra, que les explica con voz monótona las diferencias entre rocas ígneas y sedimentarias. Hay también turistas con cámaras. De edad madura casi todos, seguramente descendientes directos de los soldados de la Segunda Guerra Mundial, visitando los lugares donde lucharon y murieron sus padres. Pero los acantilados son, en efecto, tan blancos como se dice, y cuando el sol asoma un instante entre las nubes y toca su extensión de creta, apartamos la mirada parpadeando para protegernos los ojos. Más allá de la playa hay un puerto en funcionamiento lleno de barcos de carga y petroleros. La localidad de Dover es preciosa, se apresura a decirnos Tess, y estoy segura de que así es. Hasta el momento, nunca nos ha dicho nada que no se ajustara a la verdad. Pero este litoral no se parece en absoluto a las anchas y arenosas playas de Estados Unidos a las que estoy acostumbrada, y mi mente vuela hacia Cape May y se demora allí un instante.

—Parece tan injusto… —comenta Jean—. Un lindo pueblecito destrozado por las bombas sólo por estar en el sitio equivocado, en el peor momento.

Un par de mujeres sacan sus móviles y apuntan hacia los acantilados, pero son tan grandes, tan blancos y están tan cerca que no creo que vayan a salir bien en las fotos.

Si la bajada a pie ha sido lenta y penosa, la subida sería aún peor, así que Tess llama a Tim, y el chico aparece unos minutos después con la furgoneta. Nos lleva hasta lo alto del acantilado, haciendo chirriar las ruedas cada vez que toma una curva cerrada. El faro encaramado allá arriba es viejo pero está encalado, de modo que es casi tan cegador como la creta de Dover. Salimos de la furgoneta, atravesamos corriendo la llovizna y entramos por una puerta roja en forma de arco que parece salida de un libro de cuentos infantiles. La cafetería de dentro es pequeña y redonda, y está tan caldeada que tengo que quitarme inmediatamente la bufanda.

El local dispone de media docena de mesas, que están ocupadas por señoras mayores con jersey y rebequita. Son todas idénticas a Angela Lansbury… excepto las que son clavaditas a Maggie Smith. La camarera también es imponente, rubia, pechugona y de mejillas sonrosadas, y sin preguntar qué queremos nos trae una bandeja de tres pisos llena hasta rebosar de dulces y pasteles. Tess procede a describirnos cada uno, citando nombres como *syllabub*, *trifle* y *fool*.* Es la primera vez que paramos a tomar un dulce por la tarde (supongo que esto es el «té») y a todo el mundo parece agradarle la idea. Comemos demasiado, charlamos y nos demoramos más de la cuenta, conscientes de que la furgoneta espera para llevarnos a la siguiente hospedería. Ninguna tiene prisa por volver al Camino. El momento de demostrar algo ya ha pasado.

---

* *Syllabub* o *sillibub*: postre de nata, huevo, vino y azúcar.
Trifle: dulce de bizcocho borracho.
Fool: especie de compota de grosellas con crema, nata y azúcar. *(N. de la T.)*

—Espero que no pienses que no le hemos dado importancia a tu historia —le dice Valerie a Silvia—. Ha sido una historia estupenda. Quizá la más esperanzadora de las que hemos escuchado hasta ahora.

—Gracias por decir eso —responde Silvia—. Hay mucha gente que parece pensar que mi situación es muy triste, y eso me molesta. No hay nada peor que sentirse perfectamente feliz y que la gente te esté siempre diciendo que aguantes, que seguro que mejoran las cosas. Además —añade, echando mano con descaro del último dulce de la bandeja—, tenemos que acelerar un poco el ritmo de las narraciones, ¿no?

—Pues sí, porque me temo que las tres restantes hay que contarlas mañana —contesta Tess mientras se limpia una pizca de crema del labio inferior—. Steffi, Becca y Che. Siento que sintáis que os metemos prisa, pero quiero que tengáis la última mañana libre para nuestra llegada a Canterbury. Hay unas cuantas anécdotas acerca de Chaucer y de la catedral que me gusta explicar a los grupos cuando entramos en la ciudad, y el sábado por la noche, claro, celebraremos nuestro banquete en mi restaurante preferido de Canterbury. Se llama Deeson's y es bastante pijo. Se acabó para nosotras el rancho de taberna, y sospecho que varias de vosotras os alegraréis de que así sea.

Seguramente lo dice por Steffi, que se lamenta por la falta de verdura fresca en cada parada y se escandaliza al ver las cartas de los pubs, donde se anuncia jovialmente que están a punto de servirnos «tomates de lata» y «puré de guisantes». Steffi, que todas las mañanas se toma con grandes aspavientos su complejo vitamínico, levantando la pastilla y diciendo:

—Normalmente esto es una precaución, pero en un viaje como éste es necesario.

Como si por prescindir seis días de su régimen de brócoli y quinoa fuera a sucumbir al escorbuto. Steffi, que no se ha tomado una sola comida tranquila desde que somos compañeras de viaje, siempre interrogando a la pobre camarera acerca de cómo se prepara cada plato. La respuesta es siempre «asado», «cocido» o «frito», así que no sé por qué se molesta en preguntar. Y nunca se cansa de señalar que resulta irónico que, para ser un país tan verde (el sitio más verde que ha visto nunca, de hecho), los británicos adornen sus platos con tan pocas verduras.

Pero, por otro lado, Tess podría estar refiriéndose a mí y a mis cursilerías, a mi estúpida insistencia en que dejemos respirar el vino antes de probarlo, incluso los vinos que están claramente muertos cuando llegan a la mesa. O puede que esté hablando de Becca, que está harta de pasar tanto tiempo con personas mayores y que se levanta de la mesa de un salto en cuanto engulle el último bocado, desaparece sabe Dios dónde y nunca se digna a tomar el pudín o una manzanilla con nosotras. Las tres que aún tenemos que contar nuestra historia... Somos las tres un incordio, cada una a su modo. Las cartas han decidido que seamos las últimas y resulta bastante adecuado, pero me pregunto si las demás estarán temiendo que llegue mañana, por si cargamos contra ellas como las tres narradoras del Apocalipsis.

El problema está en que todavía no sé qué voy a contar. Podría contar una de las historias de mi madre, supongo. Sé que las demás sienten curiosidad por ella. Hoy, cuando se me cayeron las cenizas por el camino y me entró el pánico, les conté algo y ahora ya saben todas por qué he venido a Canterbury. Les di la suficiente información para picar su curiosidad, lo noté, pero aun así... ¡Caray! Debería haberla esparcido también por Dover. A ella le habría gustado su fealdad desafiante, esa pobre playita explotada, con su olor a petróleo y a brea. Quizá todavía tenga tiempo de escabullirme y arrojar un puñado de cenizas por el acantilado.

El caso es que, ahora que saben por qué me uní al grupo en el último momento, está claro que les intriga la mujer que ha causado tantas molestias. Además, hay un centenar de historias estupendas con Diana de Milan como protagonista. Mi madre era un ser de leyenda: una vez, siendo estudiante, bailó con Elvis Presley, que en ese momento estaba haciendo una gira por distintas universidades del país para promocionar uno de sus musicales; recorrió la Ruta 66 haciendo autoestop; quemó su sujetador delante de la Casa Blanca; escribió un libro con un capítulo entero dedicado a cómo puede una mujer encontrar su clítoris; hizo un curso de inmersión lingüística y aseguraba haber aprendido un ruso aceptable en un solo fin de semana... Cultivaba peras metiendo las ramas del árbol en botellas, tocaba la batería, era capaz de contener la respiración debajo del agua dos minutos, y ser hija suya era agotador. Más agotador que recorrer los acantilados de Dover y, pensándolo bien, mi madre también sufrió bombardeos periódicos. Era una experta en reconstruirse tras el desastre, en levantarse del polvo y reinventar su vida una y otra vez. Yo debería haber prestado más atención a cómo lo hacía, pero nunca se me ocurrió que pudiera aprender algo de ella, hasta que ya estaba muerta. Y ahora ya es demasiado tarde para preguntarle nada.

Tess dice que el café del faro tiene un aseo con un único váter, lo que, por experiencias pasadas, sabemos que equivale a una ceremonia de partida de unos veinte minutos. Así que decido aprovechar que las mujeres hacen pis despacio para entrar en la pequeña tienda de regalos. Es un entrante del local, en realidad, lo que en tiempos debió de ser la despensa del farero. Tienen piezas de cerámica muy bonitas cuyas etiquetas me informan de que están fabricadas por un artesano local. Cojo un cuenco pequeño, en forma de hoja estilizada pero de color azul claro, y lo sopeso en la mano. Es el tipo de objeto que le gustaría a Ned. Discreto, macizo, bien acabado. Podríamos utilizarlo como jabonera para el cuarto de invitados de la casa de la playa, o para el aceite de oliva, en la cocina.

Los dos éramos muy prudentes cuando íbamos de tiendas, tardábamos en decidir cómo gastar nuestro dinero y Ned se rió una vez y dijo que nada nos hacía sentirnos más orgullosos que pasarnos el día de tienda en tienda y volver a casa con las manos vacías. Pero aun así habría apreciado la belleza de este cuenquito, estoy segura. Si aún fuera mi novio, se lo llevaría como recuerdo. Me lo imagino en su mano, los dedos largos y finos curvándose alrededor de su óvalo delicado. Y es extraño, ¿verdad?, que me haya preguntado automáticamente si a Ned le gustaría el cuenco y no si me gusta a mí. Creo que sí me gusta. Y aunque él se haya ido y yo esté sola, siguen existiendo el jabón y el aceite de oliva, ¿no? Tal vez necesite un sitio donde ponerlos. Le doy un finísimo billete de diez libras a la chica de la caja, rechazo las misteriosas monedas británicas del cambio y miró hacia el aseo. La cola avanza aún más despacio de lo que esperaba. Jean, Becca y Steffi siguen esperando junto a la puerta.

Es la ocasión de pasar unos minutos sola, así que guardo mi nueva adquisición en la mochila, me pongo la chaqueta y el sombrero y salgo por la puerta sin que nadie parezca notarlo. Porque Diana también necesita estar aquí. ¿Quién sabe?, hasta puede que un poco de polvito suyo cruce el canal empujado por el viento y llegue hasta Francia, otro país que siempre quiso visitar. Cosas más raras se han visto y, en cuanto me hice a la idea de que se me había estado cayendo por el camino mientras andaba, me pareció perfecto. Puede que la rotura de la cremallera fuera uno de esos accidentes que estaban predestinados. La incineración de un cuerpo humano genera muchísima ceniza. Puedo permitirme esparcir un poco por el camino y aún me quedará bastante para Canterbury.

Un prado de color marrón conduce al acantilado. La niebla, mucho más densa desde esta altura, me impide ver Francia, y el viento es tan fuerte en la punta que amenaza con dejarme sin aliento. No me acerco al borde. Tengo la sensación de que podría precipitarme de cabeza, arrojarme a las rocas igual que Psique, y ya hemos tenido suficientes dramas en este viaje. Me quito los guantes y casi de inmediato el frío me entumece las puntas de los dedos. Hurgo en la bolsa de *fish and chips* rompiendo una de las tiritas y esta vez cojo un buen pellizco de Diana. Lanzo las cenizas al viento y digo: «Vuela a Francia», pero en ese preciso instante otra racha de viento me las lanza a la cara y unas cuantas partículas se me meten en la boca justo cuando estoy diciendo «Francia».

Cómo no. ¿Qué iba a ser, si no? La expulso tosiendo y me vuelvo hacia la furgoneta, donde Tim espera pacientemente sentado detrás del volante, observándome y preguntándose posiblemente si no estaré pensando en suicidarme. Apuesto a que en Dover hay muchos suicidios, con este escenario tan sombrío y una historia tan trágica. Pero yo no quiero suicidarme, al contrario. Soy todo lo contrario a una suicida. *Hola, mundo cruel.* Ése es mi nuevo lema. *Apartaos, hacedme sitio, porque a lo mejor, después de todo, me apetece ir con vosotros.* Lanzo el resto de Diana y vuelvo a la furgoneta.

Nuestra hospedería de esta noche está en el pueblo de Dover propiamente dicho y, a diferencia de las anteriores, no es una vieja casona convertida en un *bed and breakfast*, sino una serie de casitas de campo. Mis compañeras parecen encantadas con la idea de que tengamos cada una nuestra propia casita, pero tardamos una eternidad en registrarnos: la recepcionista nos reúne en torno a lo que parece ser el único plano del hotel y mientras traza la ruta a las distintas habitaciones va diciendo por turnos: «Usted, aquí».

Lo está haciendo todo horriblemente complicado, mucho más complicado de lo que deberían ser nueve casitas. Yo cojo mi gran llave metálica y al salir al patio de adoquines me tropiezo con Tim, que está metiendo las maletas. La vida debe de parecerle una espantosa cinta mecánica. Me pregunta qué casita es la mía (dudo que haya oído su voz más allá de tres o cuatro veces en toda la semana), le digo que es «Eden» y empiezo a sortear edificios en busca de mi habitación. Están dispuestos desordenadamente, mirando cada uno hacia un lado para aprovechar una buena vista, por si acaso el sol consigue alguna vez brillar sobre Dover. La casita de Claire es la primera por la que paso, y a través de la ventana ancha y baja veo que Tim ya le ha llevado al menos la primera de sus bolsas (a Claire jamás la acusarán de viajar ligera de equipaje). Me hace señas para que entre.

El nombre que figura en la puerta es «Churchill», así que las casitas deben de llevar nombres de primeros ministros, no de utopías paradisíacas. Me siento en el único sillón de la habitación, de mimbre blanco con un cojín con un estampado náutico, y la miro trasladar su ropa desde la maleta a los cajones de la mesilla de noche.

—¿Haces eso cada noche? —le pregunto, aunque sé que la respuesta es sí.

No le veo el sentido.

—Es uno de mis pequeños tics —contesta con su risa aguda y tintineante—. No puedo descansar si no tengo la sensación de estar completamente instalada, y para mí eso equivale a vaciar las maletas. —Mira ceñuda el jersey negro de cachemira de cuello alto y dice en voz baja, para sí misma—: Éste está muy pasado.

Y entonces, para mi espanto, lo lanza hacia la papelera que hay junto a la cama.

—¿Vas a tirarlo?

—Está dado de sí.

Supongo que se me nota el asombro en la cara porque se apresura a decir:

—A no ser que tú lo quieras, claro.

Me acerco a la papelera, cojo el jersey, me lo acerco a la cara y noto la envidiable suavidad de la lana. No sé mucho de cachemira, pero sé que ésta no es de la que venden en las tiendas de saldos por noventa y nueve dólares. Es auténtica, el equivalente en jerséis a un buen borgoña. La lana sigue oliendo ligeramente a Claire, un perfume que he notado otras veces pero que no logro identificar. Rescatar la ropa de otra mujer de la basura no es mi estilo: nunca he comprado en tiendas de segunda mano, ni siquiera he intercambiado zapatos con mis amigas. Pero la indiferencia con que Claire ha tirado el jersey es sorprendente. Me parece mal desde un punto de vista moral, y de pronto me doy cuenta de que Claire es una de esas mujeres que tiran más cosas en un solo año que la mayoría de la gente en el curso de toda su vida. Un defectillo de nada y tira lo que sea, un jersey, una manzana o un hombre, y no logro decidir si esta desdeñosa indiferencia es el origen de su poder o de su sufrimiento.

—Así que has perdido a tu madre —dice.

Está doblando otros jerséis mientras habla, jerséis idénticos al que ha tirado.

—Eso intento. Creo que hoy he hecho progresos.

—¿Cuánto tiempo hace?

Tengo que pararme a pensar.

—Cerca de un mes.

Murmura que lo siente y yo, entre tanto, me froto otra vez la mejilla con el jersey preguntándome si quedaría muy raro que me lo probara aquí mismo, delante de ella. Y entonces me hace una pregunta que me sorprende:

—¿Qué te enseñó? Tu madre, quiero decir. Las chicas siempre aprenden algo de sus madres, hasta cuando intentan no aprender nada.

Tiene gracia. Es exactamente lo mismo que me he preguntado en el café del faro, pero entonces no he encontrado la respuesta y ahora tampoco. *Me enseñó a desdeñar lo fácil y lo que está más a mano*, creo. *Me enseñó a estar siempre alerta, siempre en busca de algo mejor, de algo más exquisito que podía estar a la vuelta de la esquina*. Pero eso no es del todo cierto. Es injusto tanto para mí como para Diana, así que intento ganar tiempo devolviéndole la pelota a Claire.

—¿Qué aprendiste tú de la tuya?

Mi pregunta no le da que pensar. Salta a la vista que ya ha reflexionado otras veces sobre esta cuestión, pero mete un montón de jerséis en la cómoda y se mira en el espejo antes de responder. Lleva las puntas de su melenita rubia platino perfectamente curvadas hacia dentro, toda una hazaña teniendo en cuenta que hemos pasado la tarde caminando bajo la lluvia y las demás hemos llegado a Dover con el pelo alborotado o lacio. Pero de todos modos se pasa un cepillo por él y dice:

—Que para una mujer lo más importante era ser hermosa.

—¿No rica? —pregunto con cierta rudeza, aunque no era ésa mi intención.

Pero es evidente que una mujer que tira jerséis de cachemira como si fueran envoltorios de caramelo tiene que ser rica. Ha ido ascendiendo económicamente con cada marido, eso está claro, hasta llegar al nivel en que ya no estaba en venta a ningún precio. El nivel en que la compradora era ella y podía permitirse escoger a un joven y resplandeciente cuidador de piscinas.

—En el mundo de mi madre, si una mujer era bella, de ello se seguía automáticamente que sería rica —contesta al sentarse en la cama de modo que quedamos frente a frente, con las rodillas casi pegadas—. El cometido de una chica consistía en ser guapa y, si lo hacía bien, merecía a un hombre que también cumpliera adecuadamente con su cometido, que en el caso de los hombres era ganar dinero. De modo que, según ese razonamiento, cualquier chica guapa sería rica a su debido tiempo. Suena horriblemente anticuado, lo sé.

—¿Te importa que me pruebe el jersey?

—Claro que no —dice, y su boca sonríe aunque sus ojos parezcan tristes.

A través de la ventana, veo pasar a Tim con mi bolsa.

Me paso el jersey de cuello alto por la cabeza y me tomo unos instantes para empaparme de todo aquello: la suavidad de la lana, el olor del dinero. Y entonces, de repente, se me ocurre.

—Mi madre me enseñó que nunca es demasiado tarde.

—Eso sí que es una cosa verdaderamente extraordinaria para que una mujer se la enseñe a su hija —comenta Claire en un tono que no deja claro si cree que la enseñanza de mi madre es correcta o sirve de algo—. ¿Y qué es lo que no es demasiado tarde para que hagas?

Me pongo en pie.

—Eso es lo que todavía no he descubierto.

13

A la mañana siguiente todavía es de noche cuando salimos. No es más temprano que de costumbre pero el cielo está tan nublado que a las ocho de la mañana parece plena noche. Echamos a andar en dirección noroeste según nos informa Tess, volviendo sobre nuestros pasos para alejarnos del mar. Confío en que esto signifique que pronto se calmarán las cosas y que podremos separarnos un poco y empezar a caminar y a hablar con normalidad, porque de momento vamos pegadas hombro con hombro, en fila compacta, marchando como un solo cuerpo contra las frías esquirlas de la lluvia. Las condiciones no son las más propicias para narrar un cuento, pero hoy tenemos que contar tres y apenas hemos comenzado nuestro descenso desde Dover cuando Tess se vuelve hacia Steffi.

—¿Ya tienes tu historia? —pregunta, y Steffi asiente con la cabeza. Está lista. Desde luego que sí.

El Cuento de Steffi

—Cuando yo era pequeña —dice—, había una cosa de mi familia que todo el mundo sabía pero que nadie podía decir en voz alta. Por lo menos en público. Era como si mis padres creyeran que, si no hablábamos de ello, nadie notaría que mi hermana era gorda.

»Para una madre como la mía, tener una hija gorda era el mayor oprobio —continúa, moviendo la cabeza de un lado a otro mientras habla casi gritando para hacerse oír por encima del viento—. Ser lista, o amable, o tener algún talento o una cara bonita eran cosas que estaban bien, pero no eran esenciales. Lo que contaba era estar flaca.

Asentimos al unísono y nos limpiamos las gotas de la cara. Es casi como si el grupo entero hubiera empezado a llorar. La historia de Steffi apenas acaba de empezar y, sin embargo, ya ha explicado muchas cosas. Esta misma mañana, en el desayuno, nos han traído una cosa llamada «huevo escocés», que ha resultado ser una salchicha envuelta alrededor de un huevo cocido y luego frita. Los óvalos duros y de color marrón han rodado por los platos de todas como pelotas y Steffi le ha dicho a la pobre hospedera:

—Me ha traído un plato de veneno.

Un plato de veneno. Ha sido un desayuno extraño, eso es cierto, y ninguna de nosotras sabía muy bien cómo comerse aquello, pero eso no lo convierte en un plato de veneno. Las rarezas de Steffi con la comida se explican mejor ahora.

—Mi madre fue modelo antes de casarse y tenernos a nosotras —prosigue Steffi—. No como Beverly Johnson, no llegó tan alto, pero durante los años setenta apareció en muchos anuncios de revistas como *Mademoiselle*, *Glamour* o *Seventeen*. Era la chica negra a la que siempre incluían en las fotografías en grupo de modelos blancas. Ya sabéis, la que supuestamente representa un grado de diversidad que en realidad no existe. Estoy segura de que por eso le preocupaban tanto las apariencias. Cuando se es la única…

Se detiene y se aparta un mechón de pelo que se le había pegado a los labios bien cubiertos de bálsamo.

—El caso es que nadie tenía una idea clara de cuánto comía mi hermana, porque casi siempre comía sola. Se llevaba la comida a su cuarto, y creo que una vez hasta la oí hablar con ella. Como si fuera una amiga, lo que podía parecer una locura si no te habías criado en mi casa, ni habías visto lo rápidamente que una mesa de comedor podía convertirse en un campo de batalla. Mi madre nos vigilaba a todos mientras comíamos e iba calculando de cabeza las calorías que consumíamos. El «daño», como lo llamaba ella. Un dónut causaba un daño de cuatrocientas cincuenta calorías. Una naranja, un daño de cincuenta y cinco. Es curioso que después de tantos años todavía me acuerdo de sus recuentos de calorías.

—¿Cómo se llama tu hermana? —pregunta Valerie.

—Tina —contesta Steffi con bastante lentitud—. Se lo pusieron por mi madre, que se llama Christina, lo cual empeoraba aún más las cosas. Tenéis que entender que mi madre habría preferido casi cualquier cosa al estigma de tener una hija gorda. Una hija idiota, un marido que la maltratara, problemas económicos, drogas, infidelidades... Cualquier cosa le habría parecido mejor, porque todo eso podría haberlo ocultado. Pero la gordura no se puede ocultar. Lo único que tenía que hacer Tina era entrar en una habitación y se descubría el pastel. Era la prueba palpable de que no éramos una familia negra perfectamente fotogénica, como los Huxtable en aquella época o los Obama ahora, y de que nunca seríamos perfectos por más que mi madre se esforzara en fingir.

Espera a que las demás asintamos antes de continuar. Obedecemos. Asentimos con la cabeza. No hay nada que fastidie más que estar gorda, así que no tiene sentido que finjamos que no la entendemos.

—Las humillaciones que soportaba Tina eran infinitas —dice Steffi—. Los uniformes normales del colegio no le servían. Había que encargar uno especial para ella. Cuando fuimos a Disneylandia, tuvo que montar sola en un Dumbo. En un Dumbo. Era una niña pequeña, pero pesaba tanto que no pudo montar con nosotros tres en un elefante. ¿Os imagináis las bromas que hacía la gente? Si una chica gorda va por la calle comiéndose un cucurucho de helado... —Se estremece—. La gente se para a mirarte y algunos hasta se atreven a decirte algo. Recuerdo una vez en que el vendedor de los helados no quiso venderle un cucurucho, porque eso era lo que más le gustaba a Tina, los helados, y mi madre, que lo sabía, nunca los tenía en casa. Así que en cuanto nos quedábamos solas, cosa que ocurría rara vez porque mi madre nos vigilaba como un halcón, nos íbamos derechas al parque. Pues ese hombre... se ganaba la vida vendiendo helados, para eso estaba. Era el dueño del carrito. Cogió un cucurucho de fresa, que era el preferido de mi hermana, y le dijo: «A ti esto no te hace falta», y me lo dio a mí.

—¿Y tú lo aceptaste? —pregunta Becca.

—Me avergüenza reconocer que sí —contesta Steffi—. Él era un adulto y yo una niña, y no supe qué hacer. Se lo ofrecí a mi hermana en cuanto nos alejamos, pero ya lo había chupado y se había derretido un poco. Tina debía de odiarme. Sentía que yo era la favorita y pensaba que no era justo. Y tenía razón. Cuando eres la gorda, todo es injusto.

Caminamos un poco en silencio, salvo por el viento.

—Salió una sola vez con un chico en sus cuatro años de instituto —explica Steffi—. Era el hijo de un amigo de mi padre, y fue todo arreglado. Nuestros padres se juntaron y le obligaron a pedirle salir. O le pagaron, no sé. Él iba a otro instituto, así que supongo que pensó que sus amigos no iban a enterarse de que había salido con una chica con el físico de Tina, pero aun así, para asegurarse, la llevó a un restaurante de fuera del pueblo. A una marisquería de la playa, y le dijo que era porque allí el pescado era más fresco, pero Tina lo caló enseguida, claro. Así que comió sólo un poquito, como sabía que debían hacer las chicas cuando salían con un chico, y luego él la llevó directamente a casa.

»Cuando entró en la cocina estaba hambrienta. Y no sólo porque no hubiera cenado esa noche. Hacía varias semanas que casi no probaba bocado porque se estaba preparando para su gran cita. Mi madre se había empeñado en que podía adelgazar unos cuantos kilos si se lo proponía y cerró la cocina con llave. Un momento. ¿Os he contado esa parte? Mi madre consideraba que no debía comerse entre horas. Decía siempre que cuando la cocina estaba cerrada, estaba cerrada, y lo cerraba todo con candado, literalmente, antes de irse a la cama. —Steffi se ríe con una risa hueca—. Yo ya estaba en la universidad cuando me di cuenta de que aquello no era normal, de que las madres de los demás no ponían candados en los armarios de la cocina, ni en la nevera.

»Tina llegó sobre las nueve y estaba disgustada. Había sido una noche horrible y tenía hambre, pero no había nada por ninguna parte. En mi casa no había ni un frutero sobre la encimera, no éramos ese tipo de familia. No encontró nada en toda la cocina, excepto pienso para perro.

Hace una pausa, una pausa que parece eterna. Hay tensión dentro del grupo. Dudo de que haya alguna entre nosotras que no sepa ya que Steffi no tiene ninguna hermana, al menos no una hermana gorda llamada Tina. Fue la propia Steffi quien salió con aquel chico que se avergonzaba de ella, la que no pudo comprarse un cucurucho de helado, la que tuvo que volar sola en Dumbo. Ha estado hablando de sí misma desde el principio, y el único suspense de la historia está en saber cuánto tiempo va a tardar en reconocer que es al mismo tiempo narradora y protagonista.

—No era la primera vez que lo hacía —añade—. Meter la mano en el saco de comida para perros y coger un puñado de pienso cuando las cosas iban mal. El pienso era lo único comestible que había en casa que a nuestra madre no se le había ocurrido cerrar con llave. Pero esa noche fue especialmente mala, y Tina sentía que tenía que comer. Comer de verdad. Tenéis que entender que, cuando se ponía así, era la pura compulsión lo que la movía, como una adicta que necesitara un chute, y cuando miró el comedero del perro vio que quedaban algunos restos de chuletas de cerdo. Lo que significaba que nos habíamos dado un gustazo mientras ella no estaba, porque ésa era otra cosa que le encantaba, las chuletas de cerdo, otra comida con la que no podía refrenarse, así que mi madre nunca las hacía, menos en las raras ocasiones en que sabía que Tina no iba a estar. Fue otra bofetada más en la cara: que la familia entera hubiera estado comiendo chuletas de cerdo mientras ella lo pasaba fatal en aquella cita, y que hasta el perro hubiera comido chuletas…

La voz de Steffi se afina, se vuelve débil, se pierde fugazmente en el viento.

—Pero lo peor de todo es que el chico la pilló así. Volvió a por algo. Se había dejado las llaves, o un guante o la gorra, no sé. Ninguno supimos explicar por qué volvió. La había acompañado hasta la puerta y le había estrechado la mano, y luego se había vuelto al coche. Pero, por el motivo que fuera, volvió. Estaba mirando por el cristal de la puerta de la cocina, a punto de llamar, y vio a Tina a cuatro patas delante del comedero del perro, mordisqueando un hueso.

Exhalamos a coro. Giramos las cabezas, temerosas de mirarnos unas a otras. Sabíamos que iba a pasar algo malo, pero creo que no imaginábamos que fuera tan malo. Excepto a Valerie, que luce con bastante descaro algunos michelines en la cintura, a ninguna de nosotras puede considerársenos gorda. Y, sin embargo, en cierto modo, cualquier chica es una chica gorda. Todas tenemos nuestras camisas holgadas, nuestras formas de comprimirnos, ese impulso instintivo de ponernos de medio lado cuando nos hacemos una fotografía. Todas intentamos esconder algún tipo de fealdad, de modo que la imagen de ese chico mirando a Steffi a través de la ventana y viéndola comer del plato del perro… es muy dura de soportar.

—¿Por qué has dicho que era una historia de amor? —pregunta Becca, aunque hasta ella parece cansada de la pregunta—. Es de cualquier cosa, menos de amor.

—Pero aún no he acabado —responde Steffi—. Dadme tiempo. Es una historia de amor porque fue un hombre quien la salvó. Quien la sacó de su prisión de grasa. O de su torre de grasa, quizás ésa sea una forma mejor de expresarlo. Porque si todas vivimos cuentos de hadas, Tina era Rapunzel, encerrada en su torre y apartada del mundo. El príncipe fue un médico contratado por una empresa farmacéutica que estaba haciendo un estudio sobre obesidad, y ella fue uno de sus conejillos de Indias. Se veían tres veces por semana como parte del protocolo, y entonces, de repente, el día de San Valentín, él le regaló una caja de bombones Godiva. Ningún hombre le había regalado nunca nada, y menos aún bombones Godiva.

Se detiene para enjugarse la frente y me acuerdo de la caja dorada que vi en su bolso aquel primer día, en Londres. Pareció tan sorprendida de verla allí...

—Eso es espantoso. Estaba intentando sabotearla antes incluso de que acabara el estudio —afirma Claire—. Porque en el fondo le gustaban las mujeres gordas. He oído hablar de hombres así en Internet. Los llaman «buscagorditas». Cabrones.

—Parece muy cruel, sí —conviene Jean—. Es lógico que un hombre que tenga cierta obsesión por las mujeres gruesas se dedique a investigar la obesidad. Es un entorno perfecto para encontrar blancos fáciles. Y encuentra uno, esa pobre chica a la que nunca han querido, por lo menos de verdad, que cree que es imposible que la quieran, y la sabotea. La elige, la hace sentirse especial, le regala bombones y la mantiene tal y como es.

—No —replica Steffi—. Os equivocáis las dos. O puede que yo lo haya contado mal, porque no fue así en absoluto. Tina nunca llegó a comerse los bombones. No le hizo falta. Le bastó con saber que él se los había regalado, que quería que los tuviera. Después de llevar toda la vida viendo cómo guardaban la comida con candado y que hasta su madre se negaba a darle de comer... No, se los guardó. Eran un símbolo de que aquel hombre había podido ver a través de la grasa, a la persona real que había dentro de ella. Porque había hecho lo que un hombre normal hace cuando le gusta una chica normal. Regalarle bombones. De eso hace ya quince años, y ella todavía tiene la caja. ¿Tenéis idea de lo que les pasa a los bombones después de quince años? Que se vuelven blancos. Son como rocas. Pero ella todavía los tiene. Sabe lo que significan.

—¿Qué significan? —pregunta Claire—. Perdona, pero me he perdido.

—Puede que ésta sea la historia de la Bella y la Bestia —dice Steffi—. Sí, no de Rapunzel, no sé por qué he dicho eso. La historia de Tina se parece más a la de la Bella y la Bestia, y no te culpo por no haberlo visto, porque yo también tardé años en darme cuenta. Para que se produzca el milagro de la metamorfosis, algo debe ser amado antes de que sea verdaderamente amable.

—Como sir Gawain y la bruja —apunta Valerie.

—Eso también —dice Steffi—. Estamos contando todas la misma historia de diversas formas. Estuve pensándolo anoche, cuando estaba en la ducha. Porque se han producido todos estos extraños solapamientos, ¿no es cierto? —Se encoge de hombros sin esperar respuesta—. Bueno, puede que sólo sea una impresión mía. Pero el caso es que, para que un ser condenado por una maldición se vuelva bello, para que la magia funcione, alguien tiene que ver que ya es un ser bello. Porque en el momento en que el médico le regaló esos bombones, a Tina dejaron de apetecerle. Nunca más ha ansiado comer chocolate.

—Eso es imposible —afirma Claire tajantemente—. A todas las mujeres les chifla el chocolate.

—No, a todas las mujeres les chifla lo prohibido —replica Steffi—. Y cuando la comida dejó de estar prohibida, perdió su poder sobre ella. Descubrió por primera vez en su vida que podía pensar en otras cosas. Porque alguien la había querido tal y como era en ese momento, aquí y ahora, y no por lo que podía ser algún día si conseguía aprender a controlarse un poco.

—Bueno, si eso es magia, sólo lo es porque se trataba de un hombre —comenta Claire—. Porque las mujeres amamos lo indigno de amor todos los días. Nos enamoramos del potencial de un hombre y nos casamos con un parado sucio y desastrado. Lo tratamos como si fuera una casa que intentamos reformar, como un proyecto de mejora, y nos convencemos de que lo único que necesita es un poco de imaginación y un empujoncito. Así es como nos estancamos, como acabamos con todos esos fracasados durmiendo en nuestros sofás. Pero los hombres nunca se enamoran del potencial de una mujer. Son incapaces de algo así: la belleza de una mujer hay que servírsela en bandeja para que la vean, y aun así la mitad de las veces no la ven. Y dices que ese hombre era médico, lo que significa que tenía una posición desahogada, o sea, que podría haber conseguido a quien quisiera. Que un hombre así se olvide de la gordura y se enamore de la mujer que se oculta tras ella... Lo siento, pero tu historia me parece completamente increíble.

Jean frunce el ceño.

—Pero no te parecería increíble que una mujer bella se enamorara de un hombre con sobrepeso.

—Claro que no —responde Claire—. A eso me refiero. Como género, las mujeres tenemos muchísima más experiencia en amar lo indigno de amarse.

—Eso es porque nos quedamos embarazadas —dice Angelique.

Es una afirmación tan propia de ella… Repentina y extrañamente genial. Siempre hace lo mismo: se pasa kilómetros y kilómetros callada y luego, de pronto, suelta uno de estos pronunciamientos épicos con su extraño acento de Jersey.

—¿Qué tiene eso que ver? —pregunta Becca, pero Jean ya la está cortando.

—Es cierto —admite—. Las mujeres tenemos que proteger una vida que todavía no existe por completo. Estamos programadas biológicamente para sacrificarlo todo por un amasijo de células, que es otra forma de valorar algo por su simple potencial. Es lo que nos convierte en el sexo superior. Porque eso entraña un ejercicio de gracia, esa disposición a amar algo que no puedes ver.

—Puede que os parezca increíble, pero os juro que sucedió como os lo he contado —puntualiza Steffi, que sigue mirando a Claire—. Era un hombre, y sin embargo la quiso incluso cuando era gorda. Os prometo que es todo cierto. O casi todo.

—¿Ahora es delgada? —inquiere Jean.

Steffi hace un gesto afirmativo.

—Resulta que lo que quería desde el principio no era comida, sino permiso para comer.

—Mi padre era así —confieso yo atropelladamente—. Era alcohólico, aunque nadie usaba ese término porque sólo bebía cerveza y nadie prestaba mucha atención a la cerveza, por lo menos en una zona en la que había cosas mucho peores flotando en el ambiente. Pero imagino que debía de ser muchísima cerveza, porque un día le dijo a mi madre: «Me voy al bosque y, si en tres días no salgo sobrio, me encontrarás allí muerto».

Y de repente me doy cuenta de lo que tuvo que ser aquello para mi madre. Era la cofundadora de la comuna, una de las encargadas de mantener viva su llama y, sin embargo, se quedaba sola muy a menudo mientras mi padre se iba a luchar con sus demonios. Él era muy andarín, como yo, imagino, aunque ésta es la primera vez que caigo en cuánto nos parecemos en ese aspecto. Una vez caminó tanto que salió al otro lado del bosque, desorientado, y descubrió que estaba en otro estado. Encontró una cabina telefónica en el aparcamiento de una parada de camiones y llamó a mi madre a cobro revertido para que fuera a buscarlo, y cuando ella le dijo: «¿Dónde estás?» tuvo que preguntar a un camionero. Mi madre siempre se reía de aquella vez en que Rich la llamó desde Nueva York, pero me pregunto hasta qué punto fue de verdad divertido que la dejara sola tan a menudo, sin tener ni idea de dónde había ido ni de cuándo regresaría. Vistos bajo esa luz, los David de este mundo parecen otra cosa.

—Exacto —dice Valerie—. Eso es justamente lo que yo intentaba decir: que cada vez que te niegan algo, se convierte en una obsesión. Pero si sabes que puedes tenerlo, ya no te hace falta, y ésa es la clave de todo en la vida, ¿no? Y si un hombre te ofreció eso que siempre te habían negado, eso que ni siquiera tu madre quería darte... Es natural que te enamoraras de él.

Es un momento revelador. Valerie ha hablado en segunda persona, no en tercera, pero Steffi no parece reparar en ese detalle y sigue hablando.

—No estoy diciendo que fuera fácil —explica—. Perdió sesenta y tres kilos en un año, pero todo comenzó el día en que su médico le regaló esos bombones. Y con el tiempo volvió a estudiar y siguió adelante con su vida, y se casó con el médico y si los conocierais hoy en día... jamás adivinaríais que empezaron como la Bella y la Bestia. Pensaríais «Qué pareja tan atractiva». Ah, y después de perder tanto peso tuvo que pasar por el quirófano para hacerse una reducción de piel en todo el cuerpo. Sobre todo en las caderas y en la cintura, y también tuvo que hacerse algunos retoques en los brazos y las piernas. Le quitaron casi siete kilos de piel, ¿os imagináis? Siete kilos sólo de piel.

—Entonces, ¿su historia tiene un final feliz? —pregunta Becca.

—Felicísimo —contesta Steffi—. Ahora pesa cincuenta y cinco kilos, y no creo que para una mujer pueda haber un final más feliz. Deberíamos reescribir todos los cuentos de hadas: Cenicienta, Blancanieves, Rapunzel y la Sirenita. Olvidaos de las princesas y los castillos. Sólo habría que escribir: «Y pesó cincuenta y cinco kilos y vivió feliz para siempre», y todas cerraríamos el libro con una lágrima y un suspiro.

—¿Cómo sabes todo eso? —pregunta Valerie—. ¿Cómo sabes lo que pensaba y lo que sentía y que se comió la comida del perro y no los bombones?

—Estoy haciendo el tonto, ¿verdad? —dice Steffi, y se para. Suelta su mochila, se saca la camiseta de la cinturilla de los vaqueros y se la levanta—. Aquí está, echad un vistazo, ya que estamos.

Las cicatrices se han difuminado con el tiempo hasta adquirir un tono beis acuoso, como pálidas pinceladas sobre su abdomen moreno y fuerte. Dos de ellas, una a la derecha y otra a la izquierda, se extienden alrededor de su cintura por ambos lados, casi tocándose por delante y por detrás. Es el cuerpo de una mujer que, en algún momento de su vida, se redujo prácticamente a la mitad.

14

Nuestra última comida vamos a tomarla en un pueblo tan pequeño que ni siquiera tiene nombre. No es en realidad más que un ensanchamiento de la carretera, un lugar en el que de pronto aparece una acera junto a la calzada, pero según Tess allí se encuentra uno de los hospicios más antiguos de todo Kent. Nos conduce a través del cascarón de un edificio abandonado y avanzamos por entre paredes desmoronadas y marcos de puertas hechos trizas, conmigo cerrando la marcha. Me fijo en que hasta ha crecido un arbolito en el rincón de la sala más grande: se ha abierto paso por la fuerza entre los restos del suelo de piedra y ya es más alto que yo.

—Los llamaban «hospicios» porque aquí podía encontrarse hospitalidad —nos cuenta Tess—. Con el tiempo, la palabra evolucionó hasta convertirse en nuestro moderno «hospital». Recordad que los milagros médicos que según se decía ocurrían en Canterbury eran muy afamados, lo que significa que muchos de los peregrinos estaban ya enfermos a la hora de emprender el viaje. Es fácil imaginar que las penalidades del camino fueran excesivas para ellos. Las iglesias de las diversas villas que había a lo largo de la ruta abrían estos hospicios como gesto de buena voluntad, en agradecimiento a los viajeros que propiciaban el florecimiento comercial de sus poblaciones y también, conforme a su mentalidad, como una forma de congraciarse con Dios. Si no podías permitirte embarcarte en una peregrinación, se consideraba un gesto casi igual de virtuoso que brindaras ayuda a quienes sí respondían a esa llamada.

Se agacha junto a las raíces del árbol y mira hacia el cielo antes de continuar. El día se ha despejado y el dosel que se extiende sobre nosotras se ha aclarado, pasando del gris al azul. Un rayo de sol mortecino cae sobre su cara cuando levanta la barbilla y cierra los ojos, absorta en un instante de puro placer. Después, con un suspiro, retoma su pequeña disertación.

—La mayoría de los viajeros sólo permanecían en un hospicio una noche o dos: descansaban, recuperaban fuerzas y luego reemprendían el camino. Pero en el caso de los muy enfermos… Así fue como estos lugares de parada a lo largo de la ruta se convirtieron en los primeros hospitales. Los archivos demuestran que un número importante de peregrinos morían camino de Canterbury y los enterraban en los cementerios de pueblos que no eran los suyos: otro acto de caridad. A veces las tumbas no tienen ninguna marca, salvo una cruz, porque la gente que cuidaba y enterraba a esas personas desconocía sus nombres.

Hace otro de sus gestos profesionales, un ademán leve y elegante dirigido hacia la abertura más grande de la pared más ancha, el lugar donde, evidentemente, se encontraba en tiempos la entrada. A través de ella vemos un cementerio pequeño y descuidado. Ninguna de nosotras se aventura a salir, excepto Valerie, e incluso ella vuelve enseguida. Las lápidas que resumen la vida de una persona pueden ser interesantes, igual que las que incluyen poemas o frases que invitan a la reflexión. Pero una tumba sin inscripciones es siempre descorazonadora, cada una a su manera: el único vestigio de un peregrino más que nunca llegó a narrar su historia.

Tras vagar un rato por el hospicio, pasamos al restaurante de al lado para comer, aunque todavía es pronto. Dentro hay tres mesas, dos de ellas ocupadas, pero fuera, en la acera, hay un grupo de sillas desparejadas colocadas alrededor de una mesa larga. La dueña se pone en acción en cuanto ve a Tess, que por lo visto trae periódicamente a grupos de turistas aquí, y se ponen a hablar tan deprisa que cuesta entenderlas.

La mujer señala hacia la calle, así que parece que está dirigiendo a nuestro abultado grupo hacia la mesa de fuera. La temperatura se ha dulcificado desde esta mañana y el viento ha remitido pero, por si acaso, la dueña de la cafetería saca un montón de mantas de detrás de la barra, finas y gastadas pero dobladas con pulcritud. Cogemos una cada una y volvemos a salir para elegir asiento.

—Qué raro es esto —mascula Becca, y todas susurramos por turnos que está bien, aunque naturalmente la chica tiene razón: es muy raro.

Tess despliega una de las mantas sobre sus piernas y nos asegura que este restaurante, aunque pequeño, sirve el mejor estofado de ternera de todo el condado de Kent. Un plato nos hará entrar en calor. Asentimos, la imitamos desplegando nuestras mantas y nos quedamos mirando el paisaje inexistente. No ha pasado ni un solo coche desde que llegamos al pueblo y la única actividad humana a la vista es la que despliega un niño pequeño en bicicleta, evidentemente el hijo de la dueña. Su madre debe de haberle dicho que no se salga de la acera, porque conduce su bici cansinamente hasta el final mismo del cemento, luego se baja, da media vuelta, vuelve a montar y avanza justo hasta el otro extremo. Seguramente se pasa el día entero haciendo lo mismo.

El estofado llega a los pocos minutos, bien caliente y tan delicioso como prometía Tess.

—¿Qué tal le va hoy a tu madre ahí dentro? —me dice Valerie en voz baja mientras las demás se ponen a charlar y a comer.

—Sigue muerta —contesto.

—¿Es de eso de lo que va a tratar tu historia? —insiste mientras me pasa una hogaza de pan para partirla. Es todo muy bíblico—. ¿De la muerte de tu madre?

—Si no se me ocurre nada mejor… Sigo intentando pensar en algo mejor.

Lo cual es mentira, hasta cierto punto. Empecé a memorizar mi historia cuando salimos de Dover. Creo que ya tengo la primera línea. Engañosamente sencilla pero con mucha garra emocional. *Mi historia comienza con la muerte de mi madre…* Seguro que así capto su atención.

Valerie sonríe.

—No sé por qué, pero tengo la sensación de que tu madre te dejó un montón de historias que contar.

—Uy, sí. Cuando muere un narcisista, el mundo se desgarra y queda un enorme agujero.

—¿Tu madre era una narcisista?

—Una narcisista de tomo y lomo.

—Vaya. La mía también. Qué casualidad, ¿no?

—Teniendo en cuenta cómo hemos salido tú y yo, yo diría que las probabilidades eran muy altas.

—Che, ¿quieres pedir tú el vino? —pregunta Tess, y deduzco que está bromeando.

En un lugar en el que ni siquiera hay carta de comidas es improbable que haya carta de vinos, y esta pobre mujer que mira a su hijo montar en bicicleta mientras se mueve alrededor de la mesa rellenando platos de estofado parece ser al mismo tiempo dueña, cocinera, camarera, cajera y lavaplatos del restaurante.

—Tráiganos el vino que tenga —le digo—. Tinto, si es posible. O blanco. El rosado también está bien.

—Y Becca —dice Tess volviéndose hacia ella con una sonrisa—, dado que esta tarde tenemos que contar dos historias, ¿te importaría empezar la tuya mientras comemos?

Pero Becca está mirando su teléfono, o al menos intentándolo: lo gira a un lado y al otro en busca de cobertura, y no contesta.

—Empezará encantada —afirma Jean.

—Venga, mamá —protesta Becca meneando todavía el teléfono—. Me ha preguntado a mí, no a ti.

—Y tú no has contestado. Así que he contestado yo en tu lugar.

Becca sonríe a Tess, toda dulzura y cooperación.

—Claro que sí.

—Concéntrate en la comida cinco minutos —le aconseja Jean—. Así no tendrás que hablar con la boca llena.

—A lo mejor me apetece hablar con la boca llena —replica ella.

Y así siguen, madre e hija, teniendo una discusión más sobre algo que ninguna de las dos puede nombrar. No tiene sentido que alguna de nosotras intente decirles que deberían parar un momento y reconciliarse, porque naturalmente ambas saben que el tiempo que van a pasar juntas es limitado, que algún día la hija será una adulta y la madre habrá muerto. Por ahora, sin embargo, deben pelearse a cada paso del camino. La labor de una madre consiste en decir todas las palabras del mundo, y la de una hija en no hacer caso de ninguna de ellas. Cada una ha de cometer sus propios errores. Recorrer el camino paso a paso, como antes lo recorrió su madre, y aprender, por primera y millonésima vez, las enseñanzas intransferibles de ser mujer.

El cuento de Becca

—El año pasado, en primero de bachillerato —relata Becca—, me eligieron para hacer el papel principal en la obra de mi clase. Bueno, puede que no. Mierda, me parece que ya estoy mintiendo.

Mira en torno a la mesa, donde la mayoría estamos tomando un segundo plato de estofado, partiendo las hogazas de pan y untándolo con esa mantequilla fuerte y amarilla que sirven en los pubs británicos con cada comida. Mantequilla de verdad, e irresistible. Voy a echarla de menos cuando vuelva a Estados Unidos.

—No es que me eligieran a mí como protagonista —puntualiza Becca—. Era la sustituta, y luego la chica a la que de verdad le habían dado el papel se puso enferma y yo ocupé su lugar. Se llamaba Hillary McAllister. Bueno, se llama todavía, supongo. Y cuando he dicho que era para la obra de mi clase tampoco es del todo cierto. Hacemos dos obras cada curso en la asignatura de teatro, una para los alumnos y otra que representamos en los colegios del pueblo, y ésa es la que me tocó a mí, la que hacemos para los niños. *La Bella Durmiente*. Y ésa era yo, la Bella Durmiente. —Mira de nuevo a su alrededor—. Dios mío, esto es más difícil de lo que pensaba, intentar contar tu propia historia.

—Eligieron a Hillary —interviene su madre sin inflexión en la voz— y luego se puso enferma. Mononucleosis.

—Creía que los jóvenes de ahora ya no tenían mononucleosis —comenta Silvia.

—Claro que sí —replica Jean—. La mononucleosis nunca pasa de moda, es como los besos.

—Yo creo que se están poniendo de moda otra vez todas las enfermedades antiguas —aventuro yo—. Hasta conozco a una mujer a la que hace poco le extirparon el apéndice.

Desde el fondo de la mesa, Tess me hace una mueca.

—El Centro de Control de Enfermedades de Atlanta guarda células congeladas de todo tipo de enfermedades antiguas —expone Valerie—. Tienen hasta la peste bubónica. Lo que hace que una se pregunte qué pasaría si a alguien, qué sé yo, se le cayera el frasco.

—Bueno, ahora seguramente podrían erradicar la peste bubónica con penicilina —afirma Silvia—. Lo que ocurría antiguamente era que no tenían con qué combatirla.

—¿Tú crees? —pregunta Valerie—. ¿Con penicilina?

—Es muy posible —responde Steffi—. Ahora disponemos de muchas más armas en la guerra contra los gérmenes y…

—Hey —protesta Becca—, ¿recordáis que quedamos en que nadie podía interrumpir a quien estuviera contando la historia? Así que volvamos a cómo cogió Hillary la mononucleosis, porque esta historia trata de besos y de cómo me las arreglé yo para llegar a primero de bachillerato sin que me hubieran besado ni una sola vez. Es horrible admitirlo y hace que parezca retrasada mental, y ahórrate la charla, mamá, ya sé que no debería decir «retrasada mental». Sé que es como «gorda», una palabra que no hay que decir. Pero la mayoría de las chicas… En primero de bachillerato, cualquier chica que sea medio guapa ya ha perdido la virginidad, ésa es la verdad. A mi edad, muchas ya habían acabado lo que yo ni siquiera había empezado, y me hubiera muerto si alguien se hubiera enterado. Las vírgenes son… ésas a las que nadie elige.

Al llegar aquí se para y mete la punta de un dedo en una mancha de mantequilla que hay en su plato. Lame la mantequilla con delectación. Es como si esperara que alguien diga algo, como si aguardara a que se alce un coro de protesta entre las mujeres mayores. Que nos apresuremos a decir que las vírgenes no son chicas a las que nadie elige, que son ellas las que deciden y que a veces, para una mujer, el mejor modo de tomar las riendas de su destino sexual es conservar la castidad. Que el autocontrol es poder, eso es lo que espera que digamos. Que lo más sensato es esperar a que aparezca el hombre adecuado. Ponerlo a prueba, asegurarse de que merece la pena antes de entregar tu tesoro.

Así que Becca se demora con la siguiente cucharada de estofado: su cuchara produce un sonido chirriante al arañar el fondo del plato. Una botella de vino (tinto, así lo ha querido la suerte) se ha materializado junto a mi codo. Lo descorcho y empiezo a servir, pero nadie dice nada. Nos reservamos nuestras opiniones acerca de si la virginidad es un estado deseable o no y, aunque Becca dice querer que guardemos silencio, noto que nuestra falta de reacción la ha dejado perpleja. Desde que salimos de Londres ha estado esperando una historia de amor sencilla, y ninguna de nosotras ha podido ofrecérsela. Ha caminado kilómetro tras kilómetro, hora tras hora, a través de la campiña inglesa escuchando historias de reinvención y de compromiso, anécdotas sobre hermanas celosas, maldiciones regias, demencia y pornografía, porque, cuando una mujer supera cierta edad (¿treinta años? ¿Veinticinco? ¿O quizá, Dios no lo quiera, son aún menos?), se ve obligada a aceptar que, en lo tocante al amor, las cosas nunca volverán a ser sencillas. Las historias de amor sencillas son para vírgenes o, mejor aún, para vírgenes carentes por completo de lucidez. Naturalmente que hizo de Bella Durmiente. ¿De qué otra cosa podía hacer una chica como Becca?

—Si estáis pensando que hago mal en alardear porque Hillary McAllister cogió la mononucleosis, os equivocáis —añade—. Porque siempre se portó mal conmigo. Conmigo y con todo el mundo. Sí que se merecía pillar la mononucleosis. Fue una cuestión de justicia y no hay nada de malo en querer justicia.

De nuevo, nadie interviene para confirmar o corregir este último comentario. No hay ningún debate acerca de la justicia en contraposición a la piedad. Sólo se oye el apilar de los platos que marca el final del estofado y el gorgoteo del vino que señala el inicio de la sobremesa. Valerie echa su silla hacia atrás y apoya la rodilla contra el borde de la mesa. A fin de cuentas, el almuerzo no es sólo nuestra comida de mediodía, también es nuestra oportunidad de descansar. Hemos aprendido a acomodarnos y a relajarnos un rato.

—Lo peor de ser la protagonista de *La Bella Durmiente* —continúa Becca cuando por fin se da cuenta de que nadie piensa picar el anzuelo— es que estás todo el rato en el escenario, pero no tienes que memorizar mucho texto. Hablas en la primera parte, cuando la Bella se pincha el dedo… Otra vez lo de pincharse… ¿No se pinchaba también alguien en otra de vuestras historias?

Eros, pienso yo, *en el cuento de Angelique.* Se pinchaba con una de sus propias flechas, igual que la Bella Durmiente se pinchaba con su rueca. Ellos mismos propiciaban su encantamiento, aparentemente por accidente, aunque es más probable que fuera por obra del destino. Porque la verdadera historia es ésa, ¿no? La que ninguna de nosotras puede parar de contar: que el final es el principio y el principio marca el final. Que por más prisa que nos demos y por más distancia que recorramos, todos acabamos por volver al punto de partida. A encontrarnos cara a cara con aquello de lo que intentábamos escapar.

Pero no digo nada. Nadie dice nada. Da la impresión de que, cuanto más tiempo permanecemos mudas, más fuerte se hace el silencio.

Becca se encoge de hombros y se atusa el pelo alrededor de la cara. Normalmente lo lleva peinado hacia atrás, pero hoy, quizá como concesión a la lluvia de esta mañana, lo lleva distinto. Se lo ha cepillado hacia delante, dejándose el flequillo, y al mirar por debajo de sus mechones rojos anaranjados parece aún más joven que de costumbre.

—El príncipe —prosigue— lo interpretaba Josh Travis, el tío más guapo de todo mi instituto. He olvidado contaros eso, pero es importante que me tocara un buen príncipe y no un príncipe cutre. Porque en clase de teatro no hay muchos chicos, así que nunca se sabe.

Alguien le ha puesto vino en la copa y ella se detiene de nuevo y mira con sorpresa ese regalo inesperado. Durante las comidas anteriores la botella nunca se ha detenido al llegar a su sitio, sino que ha pasado por encima de su plato, y el alcohol ha corrido de mujer a mujer, pero nunca de mujer a chica. Es un momento trascendental. Levanta la copa y da un sorbito procurando no mirar a su madre. Tiene… ¿cuántos años? ¿Diecisiete? ¿Dieciocho, como mucho? Demasiado joven para beber en un restaurante de Estados Unidos, pero estamos en Inglaterra, donde no rigen esas normas, y además su madre no parece inclinada a detenerla. Ni siquiera la mira: tiene la vista fija en el niño de la calle. Imagino que es otra regla tácita del Camino de Canterbury: que la narradora tiene permitido beber.

Becca deja la copa con el ceño fruncido y expresión pensativa.

—De modo que así fueron las cosas. Hillary se puso enferma, siguió enferma y yo tuve mi oportunidad. Cada tarde, en los ensayos, me tumbaba allí, en la cama, y fingía estar en coma mientras a mi alrededor se desarrollaba la acción. Yo sabía que el punto culminante de la obra era el gran beso, aunque nunca ensayábamos esa parte. Nuestro profesor, el señor Grayson, que creo que es gay, Gayson Grayson, así le llaman los alumnos, decía que teníamos que reservar el beso para la primera función porque así parecería más fresco. La única indicación que me dio fue que no debía reaccionar enseguida. Que cuando Josh se inclinara para besarme, tenía que acordarme de que llevaba mucho tiempo dormida y de que tenía que salir lentamente de mi hechizo. «Ve emergiendo capa a capa», decía. «Como una mariposa saliendo de su capullo.» Así que puede que sí sea gay, porque decir algo así es muy típico de gays. El caso es que yo me pasaba casi toda la obra allí tumbada, en la cama de contrachapado que habían construido en el taller del instituto, y esperaba a que el príncipe me besara.

Pasó la punta de un dedo por el borde de su copa de vino.

—Estaréis pensando que no encajo para nada en el papel de la Bella Durmiente —dice, como siempre a la defensiva, aunque yo, por lo menos, no estoy pensando nada parecido.

Detrás de su pelo teñido y sus gafas oscuras, de su ropa ancha y sus dilataciones en las orejas, Becca es verdaderamente una belleza. Igual de guapa que debió de ser su madre en su juventud, con esa misma belleza de muñequita de porcelana que ningún acto de rebeldía puede erradicar del todo.

—Pero me dieron una peluca rubia y larga y un vestido azul y largo y creo… —Se detiene—. No estoy segura de que Josh quisiera besarme. Esperaba besar a Hillary y ella era la típica chica a la que besaría un tío como él. Ya estaban saliendo. Seguramente ya lo habían hecho. Habrían hecho de todo. No sé.

Vacila otra vez. Creo que la estamos poniendo nerviosa, mirándola fijamente aquí sentadas. A fin de cuentas está en desventaja: ha tenido que contar su historia en la terraza de un restaurante y no por el camino. Por lo visto es más fácil hablar cuando vas hombro con hombro con tus oyentes que cuando los miras cara a cara. Así que me giro un poco hacia la calle y, al igual que Jean, me pongo a observar al niño que sigue montando en su bicicleta. Así Becca tendrá unos minutos para acabar el vino y recomponerse.

El niño no tiene más de seis o siete años y parece dominar desde hace poco el delicado arte de mantener el equilibrio. Da la impresión de que no hace mucho le han quitado los ruedines, y se esfuerza por esquivar las grietas de la acera girando primero hacia un lado y luego hacia el otro. A veces toda la bici se tambalea y tiene que bajar el pie del pedal y apoyarse en el último segundo para no caerse. La acera, además de agrietada, está en pendiente, y aquí y allá asoman penachos de hierba como diseminados al azar. Un terreno poco propicio para un principiante que aún está aprendiendo a montar. Se para un momento y mira hacia la puerta. Está cerrada. Su madre se encuentra dentro, al menos por ahora.

Acabo mi primera copa de vino y me sirvo otra.

—La gente piensa que la historia de la Bella Durmiente es una tontería —continúa por fin Becca—. Sencilla y tonta, hasta para ser un cuento de hadas. La chica se duerme y el chico la despierta. Y ya está. Fin. Pero yo estaba feliz porque me habían dado el papel y porque sabía que iba a tener oportunidad de besar a Josh. El día de la primera función, nos subimos a un autobús con todo el atrezo y fuimos al colegio. A uno de ellos. Hay siete en nuestro condado y teníamos que actuar en todos, pero aquél fue el primero. Hillary vino con nosotros. Yo no contaba con eso. No podía ser la Bella, no estaba lo bastante fuerte para subirse al escenario, y además no podía besar a Josh, claro, pero ya llevaba tres semanas con mononucleosis y se encontraba más o menos bien, así que la dejaron subir al autobús y venir a vernos. Se pasó todo el camino mirándome con odio.

El niño empuja la bicicleta fuera de la acera, hasta el borde de la calle prohibida, y nos mira con una mueca de culpabilidad. Se muerde el labio como si intentara decidir algo. Como si intentara evaluar cómo afecta nuestra presencia a su vida. ¿Quiénes son estas señoras que beben vino en la terraza: aliadas o traidoras, amigas o enemigas? ¿Le diremos a su madre que ha incumplido su única orden?

—En el instituto sólo habíamos ensayado la obra por partes —prosigue Becca—. Nunca la habíamos hecho completa, de principio a fin. Así que, cuando montamos el escenario, la rueca y la cama, y todas las hadas se pusieron sus trajes y la bruja malvada también... Quedó muy bien. En serio. Quedó mejor de lo que esperaba. Pero en mitad de la obra, cuando ya estaba tumbada boca arriba con los ojos cerrados, escuchando lo que sucedía a mi alrededor, empecé a pensar: *Ay, Dios, ha llegado la hora. Josh va a besarme. Van a besarme por primera vez aquí, ahora, y va a hacerlo el chico más guapo del instituto*. Y me puse a temblar. No podía controlarme. Estaba tumbada en la cama, con la peluca rubia, y temblaba tan fuerte que estaba segura de que los niños del público podían verlo y estarían pensando: *No está dormida, le está dando un ataque*. Intenté pensar en otra cosa. Recité el alfabeto en silencio, de atrás para adelante. Pero fue aún peor, y por fin una de las hadas, creo que fue Merryweather, se inclinó y me preguntó en voz baja si estaba bien. Me parece que pensó que a lo mejor yo también había cogido la mononucleosis, porque sé que estaba muy colorada y debía de parecer que tenía fiebre. Pero no era eso. Era la fiebre de esperar a que Josh Travis me besara. Era la fiebre del amor.

Valerie y Claire sonríen al oír esto y Jean aparta la mirada del niño de la calle para fijarla en su hija, también con gesto divertido. ¿Es así como debe sonar un cuento de amor sencillo? Detesto ser una aguafiestas (de hecho, parezco Becca cuando me pongo así), pero no veo qué tiene de sencillo esta historia. Becca estaba haciendo de la Bella Durmiente mientras la verdadera novia del chico miraba entre bambalinas. Y su primer beso, que normalmente sería un acontecimiento privado e incluso furtivo, iba a tener lugar delante de doscientos niños inquietos, en un escenario bien iluminado. Con razón la chica tiene una idea del amor tan desproporcionada. Aún no se le ha ocurrido que un beso de escena no es un auténtico beso.

El niño se las arregla mejor ahora que está en terreno llano. Ha vuelto a subirse a la bici y pedalea delante de nosotros adelante y atrás. Su panorama no cambia nunca. No ve otra cosa que los paisajes que ha creado dentro de su mente. Pero casi ha dejado de tambalearse y ya sólo duda cuando pasa delante de la puerta del restaurante y mira a un lado. Sabe que su madre saldrá en cualquier instante para llenarnos los vasos de agua y que entonces lo pillará. Y entonces lo castigará. Puede que hasta le quite la bici y la libertad que le dan sus dos ruedas.

—Por fin llega el gran momento —continúa Becca—. Y Josh se inclina sobre mí y noto su aliento, y sus labios eran muy suaves. Fue como si la tierra se abriera bajo nosotros, y antes incluso de que me tocara, supe que después nada volvería a ser igual. Mi vida sólo tiene dos capítulos: antes de que me besara Josh, y después. —Se ríe. Por un instante es la risa de una mujer, no la de una niña—. El señor Grayson se enfadó. Porque no me desperté despacio, como me había dicho, me desperté de golpe. Creo que hasta le puse la mano detrás de la cabeza a Josh y lo sujeté un segundo y, claro, la verdadera Bella Durmiente no habría hecho eso jamás. Una princesa de verdad no habría agarrado al príncipe por el cuello ni habría estado a punto de echársele encima. Pero no pude controlarme. Y Josh… Eso es lo más raro de todo. Puede que no os lo creáis, pero él también lo sintió.

—¿Por qué no vamos a creerlo? —replica Angelique—. ¿Es que crees que pensamos que los hombres no tienen sentimientos?

—Fue un primer beso perfecto —dice Becca. Su cara ha adoptado una expresión melancólica, y resulta asombroso que hasta una chica tan joven como ella pueda sentir nostalgia—. A mí me salvó de ser una de esas chicas a las que nadie elige, y a él lo salvó de convertirse en una especie de zorrón, pero en chico. Porque antes de ese beso, Josh era de esos tíos que son tan guapos que pueden acostarse con cualquiera, así que se acuestan con todo el mundo, pero entonces… El milagro es que el beso cambió a Josh tanto como me cambió a mí.

—Entonces, ¿ésa es tu historia? —pregunta Jean en voz baja—. ¿Les estás contando que Josh es ahora tu novio? ¿Ése es todo el meollo de la cuestión?

—Bueno, es que lo es —responde Becca con aspereza—. Viene a casa continuamente. Tú lo conoces.

—Sí —afirma Jean—. Viene a casa. Lo conozco.

—Y también fue el primero en todo lo demás —añade Becca, y aquí se le quiebra un poco la voz.

Ésta es la verdadera pérdida de la inocencia para una mujer, pienso. *No la primera vez que te acuestas con un hombre, sino la primera vez que dudas de la historia que te has contado a ti misma sobre por qué te has acostado con él. Becca está despertando, sí, pero no siempre es un despertar agradable.*

—¿Qué tiene de malo, mamá? ¿Por qué tú sí puedes tener tu gran historia de amor y yo no?

—Es sólo que no quiero que idealices tu relación con Josh —responde su madre mientras juguetea con su alianza, como parece hacer siempre que está nerviosa—. No quiero que veas en ella algo que en realidad no existe. —Alarga la mano hacia el brazo de su hija, pero Becca se aparta. Cuadra los hombros y se yergue en la silla.

—Ya —dice—. Como si tú no tuvieras idealizado a papá...

El niño de la bici va cobrando seguridad ante nuestros ojos. Sigue montando en línea recta, sin desviarse, pero ya no se molesta en bajarse de la bici para dar media vuelta. Describe un semicírculo al borde de la calle, con el rostro iluminado por una expresión de alegría y orgullo, y vuelve por el mismo camino. Y la siguiente vez que pasa delante de la cafetería, no mira con nerviosismo hacia la puerta.

Muy bien hecho, pienso. *Pedalea con fuerza y, cuando llegues al final de la acera, sigue adelante.*

—Tu padre no se parecía en nada a Josh —replica Jean con frialdad.

—Venga ya, mamá —exclama Becca—. No soy una cría. Lo sé todo. Lo sé desde que Dave ingresó en la clínica de desintoxicación. —Mira alrededor de la mesa—. Dave es mi hermano, el pequeño, y ya ha intentado desintoxicarse dos veces. ¿Mi madre os ha contado esa parte de nuestra historia familiar? ¿Os la ha contado a alguna? Supongo que no.

Jean está colorada. Otra vez. ¿Cuántas veces se le ha puesto la cara de ese color? Siempre he supuesto que era por el cansancio, que no estaba acostumbrada a caminar tanto, pero ahora, por vez primera, me pregunto si de verdad le pasa algo grave.

—Becca, por favor, no tienes ni idea de lo que estás hablando.

—Sé perfectamente de lo que hablo. El informe, ése en el que venía la historia clínica de la familia, lo dejaste en la mesa de la cocina. A lo mejor en parte querías que lo leyera.

—Becca, hablo en serio. Esto tiene que acabarse. Ahora mismo. Puede que hayas leído algo, pero es imposible que sepas lo que significa.

—Porque Dave no era el primer drogadicto de la familia, ¿verdad que no, mamá? —pregunta Becca con voz dura y estridente—. Había una predisposición genética al abuso de estupefacientes, ¿no es eso lo que decía el informe? En este caso, transmitida de padre a hijo. Creo que de todos modos ya lo sabía en parte antes de leerlo.

—Tú no entiendes lo que leíste.

—No —dice Becca—. No, mamá, creo que el problema es que lo entiendo perfectamente, por eso no puedes decir nada sobre mi relación con Josh. Ni ahora, ni nunca. Papá no estaba trabajando aquella noche, en Guatemala. Y no le pegaron un tiro porque intentara protegernos.

—Aparta la mirada de la cara colorada de su madre y mira a las demás—. La primera historia que oímos, ¿os acordáis? ¿Alguna se dio cuenta de lo que era? ¿De que el sacrificio final del hombre perfecto no fue en realidad más que una transacción de drogas que se torció? ¿No es para mondarse de risa? ¿Un chiste brutal? Mamá ha construido toda nuestra vida alrededor de esa noche. Nos enseñó que debíamos idolatrar a papá, convirtió la fecha de su muerte en este… en este aniversario de duelo cuando sabía desde el principio que no fue nada más que un…

Jean grita. A pesar de que en los últimos minutos la tensión ha ido creciendo en torno a la mesa, a pesar de que todas sabíamos que iba a pasar algo, me sobresalto al oírla, y entonces Valerie también grita. Es ese segundo grito (más alto, más agudo y más inesperado) el que nos saca a todas de nuestro ensimismamiento. Una puerta se abre y se cierra de golpe, la madre sale a la acera, el rostro paralizado, y en ese mismo instante (un grito, el siguiente y el golpe de la puerta) todo culmina en un chirrido de neumáticos, el ruido más estruendoso de todos: el largo gemido del movimiento interrumpido, de un conductor intentando frenéticamente detener un coche, evitar lo inevitable mientras aún forma parte de la esfera de lo posible.

Y luego el ruido final: un golpe sordo, amortiguado pero nítido, y aquí nuestra historia vuelve a cambiar, una vez más.

15

Tiene un grupo sanguíneo poco frecuente. La emergencia que se despliega a nuestro alrededor incluye varios factores, pero éste es el que primero destaca: el niño que yace al borde de la calle tiene sangre del grupo B negativo, lo cual puede decirse de menos del dos por ciento de la población, al menos en Estados Unidos. Imagino que en Inglaterra el porcentaje es parecido.

Conozco el dato estadístico porque mi grupo sanguíneo también es B negativo.

A nuestro alrededor se produce un estallido de actividad en cuanto el niño es arrollado por el coche. El conductor sale de un salto. Es un hombre alto, al parecer desconocido para los lugareños. Un don nadie, alguien que está de paso. Cuatro o cinco vecinos salen del restaurante al oír el impacto, uno corre a sujetar a la madre histérica mientras el resto se congrega alrededor del pequeño. Uno de ellos se identifica como médico y pasan unos minutos antes de que nos demos cuenta de que en realidad es veterinario. Pero aun así es un hombre resuelto y eso es lo que cuenta ahora.

Rechaza la oferta del conductor de llevar al chico al hospital de Canterbury alegando que no se le puede mover hasta que valoren la gravedad de las lesiones. Otro cliente llama a una ambulancia y es entonces cuando la madre dice que el niño tiene un grupo sanguíneo raro. Ella no tenía el mismo, lo tenía su padre, el inútil de su padre, que se marchó a España o a Marruecos o sabe Dios dónde, y la ambulancia debe traer sangre del grupo B negativo cuando venga, porque cualquier idiota puede ver que hay que hacerle una transfusión lo antes posible. La vida se está escapando del cuerpo pálido e inmóvil del pequeño, y el charco rojo que lo rodea crece por momentos. La sangre corre entre los adoquines, empapando su jersey y sus pantalones.

Pero yo soy B negativo, le digo al médico. Saco la cartera, con la tarjeta de la Cruz Roja que llevo siempre encima, y se la enseño.

No, dice. Es muy arriesgado. No hay modo seguro de controlar el flujo, de asegurarse de las condiciones idóneas de la transfusoión.

No tenemos elección, le digo. ¿Verdad? Señalo al chico tendido en la calle.

Y así despejan la mesa: alguien barre los platos de estofado vacío con una sola pasada del brazo. Caen al suelo con estrépitos sucesivos, desparramando los últimos restos de zanahorias y patatas mientras la mesa es trasladada al borde de la acera. El veterinario ha corrido a su coche y ha vuelto con un maletín. Steffi se arrodilla en la acera, desenrolla los tubos y desenfunda las agujas con rapidez y eficacia. Desnudo mi brazo. Me frotan con alcohol, cierro el puño.

El pinchazo duele. A pesar de todo, de que estamos todos aturdidos por la impresión, el aguijonazo de la aguja es tan cruel que dejo escapar un gemido. Abro la mano sin necesidad de que me lo diga. Como la mayoría de la gente con un grupo sanguíneo raro, he donado sangre muchas veces. Conozco el procedimiento.

Valerie me agarra de la otra mano.

—Túmbate —me dice, y me doy cuenta de que debo de tener un aspecto horrible, como si estuviera a punto de desmayarme.

Así que dejo que me tumbe en la mesa y al volver la cabeza veo que el veterinario está actuando con rapidez, con demasiada rapidez para detenerse en sutilezas. La sangre fluye desde mi brazo por el tubo tendido desde la mesa a la calle, donde penetra en el brazo del niño. Y entre tanto, en algún momento del proceso, quizás al ver el maletín o lo que el hombre ha sacado de él, Steffi cae en la cuenta de que ha estado haciendo de enfermera para un veterinario rural. En un instante se hace cargo de la situación, se levanta y comienza a repartir órdenes, mandando a unos y otros a cumplir diversas tareas.

¿Cuánto tiempo paso así tumbada mientras la sangre pasa de mi cuerpo al del niño? No lo sé. En algunos aspectos parece que sólo pasan unos segundos, y en otros horas. Oigo a lo lejos el avance de la ambulancia, con ese pulso horrible, ese *nino-nino* del peligro en Europa, tan distinto al chillido agudo y constante que adopta el peligro en Estados Unidos. *Quédate quieta*, me dice todo el mundo. *No intentes incorporarte, ni moverte.*

Porque el lazo que une mi vida y la del niño es muy frágil. Nos unen un lío de tubos y dos agujas diseñadas para pinchar reses. A pesar de que me esfuerzo en obedecer, vomito el estofado en algún momento del proceso. Jean sostiene un cuenco debajo de mi boca mientras Valerie me retira el pelo y me ayuda a girar la cabeza. Es una pesadilla. El niño no hace ningún ruido, y en algún momento miro a Jean intentando preguntarle en voz baja lo que nadie debe decir en voz alta. *¿Está muerto?*, pregunto, pero ella no me mira. Está mirando al niño y más allá del niño, y me acuerdo de esa fracción de segundo anterior al atropello: de la dolorosa confesión de Becca acusando a su madre de haber mentido. De habernos mentido a nosotras, pero también a sus hijos y a sí misma. Estiro el cuello intentando ver la cara del pequeño, pero hasta ese leve movimiento hace que todo se mueva y se tambalee, y entonces me doy cuenta de que el veterinario tenía razón al dudar. Estoy bombeando muy deprisa. Creo que pierdo el sentido un instante, porque cuando vuelvo a abrir los ojos la ambulancia ya está aparcada en la calle y ese horrible *nino-nino* hace imposible preguntar nada.

Espera aquí, me dice Valerie, como si tuviera elección. Como si pudiera hacer otra cosa que quedarme ahí tendida, en esta mesa de restaurante, y sangrar. Pero sé que no van a permitir que muera desangrada ahora que ha llegado la ambulancia con sangre y medicinas y más médicos y agujas para humanos, e intento reconfortarme con esa idea porque tengo la sensación de que me estoy muriendo, de que una vez que la fuerza vital empieza a abandonar un cuerpo humano ya no hay forma de hacerla volver a entrar. Sé que sólo es una sensación, que se trata de un espejismo provocado por el mareo, porque es imposible que Steffi vaya a dejarme morir. Es increíblemente competente, una luchadora feroz, y de pronto me alegro de que sea tan mandona, de que se niegue con ira a cometer un solo error. No va a dejarme morir: ninguno de ellos va a dejarme morir. Lo sé, pero tengo la sensación de que el mundo entero se ha congregado alrededor del niño tumbado en la calle y de que se han olvidado de la mujer de la mesa.

Todos, menos Valerie, quiero decir. Ella me tapa con un mantel verde, porque estoy temblando. Pregunta a uno de los médicos si no debería tomar algún líquido y él levanta la vista y asiente con un gesto. Le dice que me dé una cerveza. Alguien trae una jarra grande del bar y Valerie me levanta la cabeza e intenta que beba directamente del pico de la jarra. Pero somos las dos un desastre. Ella tiembla casi tanto como yo y la cerveza se me derrama por la pechera del jersey, del jersey de Claire, y la cachemira queda empapada y arruinada definitivamente, y entonces oigo un ruido, un gemido procedente del niño, y una sensación de alivio se extiende por el grupo. El alivio que sigue al llanto de un niño cuando acaba de nacer.

—Creen que va a salir adelante —me anuncia Valerie al oído—. Pero quieren que esté estable antes de trasladarlo.

Y entonces uno de los médicos se me acerca, me quita la aguja y me ayuda a incorporarme un poco. Me dice que no intente levantarme al menos hasta que pasen un par de horas, y luego hablan de llevarme a mí también al hospital de Canterbury porque nadie sabe con certeza cuánta sangre he perdido en los últimos veinte minutos. Veo la armazón del antiguo hospital por encima del hombro del médico y, en mi aturdimiento, pienso que se refiere a eso: a que piensa llevarme allí a esperar la muerte junto a las raíces del árbol. *Pueden enterrarme detrás, debajo de una de esas lápidas sin nombre*, me digo. *Las demás ya llevarán las cenizas de mi madre a Canterbury.*

—Estoy bien —digo una y otra vez, pero cuando intento incorporarme se me va otra vez la cabeza.

El olor a sangre, mía y del chico, es abrumador. Me miro el brazo, el hematoma que está empezando a formarse desde el hombro al hueco del codo y digo otra vez sin dirigirme a nadie en concreto:

—Estoy bien.

Pero entonces la escena que tengo ante mí se disuelve, las imágenes del mantel verde, de la ambulancia y del niño se descomponen como un rompecabezas cuyas piezas se dispersaran, y lo último que pienso es: *Vale, puede que no esté tan bien.*

Le he dicho a todo el mundo que no estaba presente cuando murió Diana. Que me llamaron de madrugada y que corrí a la residencia, pero que cuando llegué ya descansaba en paz. *En paz.* A la gente le gusta emplear ese término para referirse a la muerte: les gusta compararla con el sueño y el descanso, usar frases trilladas como «Se fue dulcemente» o «Se apagó».

Su mano, añado, *todavía estaba caliente.*

Y no les doy más detalles porque no soy como Jean, por lo menos aún. No he tenido tiempo de matizar mi fábula. De añadirle símbolos, de saber cuándo hacer una pausa en el relato para darle mayor efecto. Estoy segura de que más adelante podré maquillar todo esto, porque eso es lo que hacemos los humanos. Mentir. Sobre todo a nosotros mismos. Ni siquiera hace falta que un hecho haya terminado de suceder para que empecemos a fabular sobre él. A limar sus bordes, a eliminar personajes innecesarios y detalles menores, a desbastar nuestras torpes reacciones íntimas para convertirlas en algo pulido y aceptable.

Y así nacen nuestros mitos personales. Sabemos lo que debería haber sucedido, así que nos convencemos de que ha tenido que suceder de esa manera predeterminada. La sociedad exige sentimientos oficiales para todo acontecimiento: júbilo para las bodas, tristeza para los funerales, nerviosismo para las graduaciones, furia cuando nos abandona un amante. De modo que si el graduado se niega a salir de casa, el heredero baila sobre la tumba del difunto, la novia recorre angustiada el pasillo hacia el altar o sentimos un alivio íntimo al vernos liberados de un amante que nos aburre, corregimos estas emociones inapropiadas eliminándolas del relato. Todos nos convertimos en Jean, en autores de una vida ficticia.

¿Cuánto tiempo pasará hasta que empiece a soñar con Diana? Porque aquella noche llegué a la residencia con tiempo de sobra. Oí sus últimas boqueadas, suaves, estertorosas. Alubias secas en una caja, pensé, el sonido de los instrumentos de percusión caseros que teníamos en la comuna en aquellos años, cuando mi madre pensaba que los niños debíamos formar una banda. Cada vez menos alubias con cada sacudida y luego… nada. Tenía los ojos abiertos. Me quedé allí y vi el momento preciso en que se apagó su luz. El médico dijo: «Se ha ido», y el cura añadió: «Siempre estará con nosotros», y yo me quedé entre ellos preguntándome cuál de los dos tenía razón.

Creía que tendría algo que decirme. Que habría unas últimas palabras. Por eso, cuando recibí la llamada de la residencia, me arrojé de la cama a medio vestir y crucé la ciudad descalza, saltándome los semáforos y diciendo en voz alta sin dirigirme a nadie en especial: «Que aguante, por favor». Y aguantó, no sólo hasta que llegué, sino varias horas más, y creo que en algunos momentos estaba consciente, aunque sólo fuera un poco. Iba y venía, como yo ahora, abría los ojos pestañeando y luego los cerraba. Supongo que fue apacible. Supongo que se fue dulcemente. Supongo que se apagó. Es una forma tan buena como otra cualquiera de expresar lo inefable. Lo único sorprendente fue que, cuando llegara la hora de irse, Diana muriera sin hacer ningún comentario. Abandonó su vida como si fuera una nadería, como si su cuerpo fuera un jersey con un defecto muy leve, algo que ya no le hacía falta. Lo arrojó sobre la cama, apagó la luz y salió de la habitación.

Steffi insiste en que hoy ya no debería caminar más y seguramente mañana tampoco. Yo insisto en que las demás sigan sin mí. Valerie se empeña en quedarse conmigo y Tess en buscar a Tim y mandárnoslo con la furgoneta. Hay mucha insistencia por todas partes, porque después de una experiencia como la que hemos pasado, ¿qué otra cosa podemos hacer? Estamos rendidas y asustadas. Tenemos que insistir en toda clase de cosas para tener la sensación de que volvemos a controlar nuestras vidas.

La ambulancia con el niño, su madre y el veterinario se ha marchado ya y las peregrinas y los otros clientes del restaurante han entrado a ayudar a recoger el local. Algunos friegan platos y guardan la comida en la cocina, otros salen a la calle con cubos para recoger los platos rotos y limpiar la sangre. Los vecinos del pueblo, incluida la abuela del niño, vienen corriendo uno a uno a medida que se enteran de la noticia. A todos se les remite al hospital de Canterbury.

Yo, entre tanto, me quedo sentada y miro. Me han colocado en la mesa del rincón y Steffi me ha puesto su teléfono en la mano.

—Ten —dice—. Relájate y habla con la gente de casa. O juega a Candy Crush o a Angry Birds si quieres. En serio, Che. Distráete. Tengo tarifa plana, ¿recuerdas?

Tiene un ribete de espuma en la mano cuando me pasa el teléfono. Ha pasado de doctora a lavaplatos. Es maravilloso, me digo, que todos estos extraños se junten para ordenar el restaurante de esta mujer. No podemos evitar lo que ha pasado, pero, al menos, cuando vuelva a casa, no se encontrará la cocina quemada y la sangre de su hijo en los adoquines. Miro el teléfono que tengo en la mano. Lo toco y dejo que me lleve derecha a las últimas noticias, de vuelta a ese mundo grande y brillante que tanto me he esforzado por evitar estos últimos cinco días. Toco la pantalla otra vez, y luego otra y observo obtusamente cómo surgen las imágenes en la palma de mi mano.

Internet es una religión en sí misma, ¿no es cierto?, además de ser un prototipo perfecto del universo: ancha, compleja, contradictoria.

¿Buscas recetas, terremotos o el resultado de un partido de hockey en Saskatchewan? ¿Crueldades horrendas, nobles sacrificios, corrupción política, actos de bondad aleatorios? Los tenemos. Tenemos de todo. ¿Quieres porno? Pues estás de suerte, porque da la casualidad de que el mundo está lleno de pornografía. Pero también hay un sinfín de bebés riendo y de cachorritos de perro intentando cantar. Internet puede brindarte pruebas sobradas para respaldar cualquier aseveración que quieras hacer a propósito de la vida. Google es el Jesucristo de nuestra generación. Busca y encontrarás.

—Llámalo —dice Valerie.

Me ha traído otra cerveza a pesar de que me he vertido la mitad de la anterior encima y la otra mitad la he vomitado. Pero se ha tomado muy en serio el consejo de los médicos de que tienen que hidratarme y me pone la jarra delante dando un golpe sobre la mesa.

—¿Que llame a quién?

—Al hombre al que llevas evitando toda la semana —dice—. Has estado huyendo de alguien, ¿no? ¿Desde que salimos de Londres?

—Yo no lo llamaría huir. Más bien andar. He estado alejándome de alguien andando. Desde que salimos de Londres.

Se encoge de hombros, dispuesta a dejar pasar el matiz semántico.

—Y llama también a tu teléfono —añade—. Puede que ya esté encendido.

Hago el intento de protestar, de decirle que ya llamé a mi número en el George con el teléfono del barman y que saltó el buzón de voz, pero parece que las ganas de luchar se me han ido junto con la mitad de la sangre del cuerpo, y además siento un poco de curiosidad por saber si mi buzón de voz todavía está operativo. Asiento resignada y llamo a mi teléfono, aunque recordar el número me cuesta más de lo que debiera. Y entonces oigo mi voz y me digo en voz alta a mí misma:

—Si eres la persona que ha encontrado mi teléfono, por favor, llévalo al George Inn de Southwark, en Londres. Me pasaré por allí el domingo.

Lo cual es un palo dado a ciegas, pero puede que aún quede buena voluntad en algún lugar del universo. Lo que ha ocurrido hoy parece confirmar esa idea: esta pequeña y heterogénea tribu de gente congregándose en el restaurante para fregarlo de arriba abajo y dejarlo probablemente más limpio de lo que ha estado en años. Porque todos necesitamos hacer algo mientras aguardamos noticias del niño.

Valerie ha vuelto a la cocina y, ahora que no está mirando, me siento libre de hacer lo que me ha aconsejado. Llamo a Ned.

Apoyo la cabeza en la pared de estuco azul de la cafetería mientras escucho el pitido y el zumbido de los dígitos cruzando el cielo, el océano y esa enorme brecha que siempre me ha separado de él. Nos entendíamos tan bien... Demasiado bien. Ésa es la historia que debería haberles contado a las otras: la historia de cómo confundí la conveniencia con el amor. Tendría que haberles dicho que, a pesar de todos los hombres con los que me he acostado, a pesar de su cifra sorprendente, nunca me he sentido arrebatada por la pasión. Que esos hombres no eran más que botellas de vino que cataba y rechazaba. Que las abría esperando que me decepcionaran, buscando sutiles defectos, encontrándolos y pasando a la siguiente, y que, entre tanto, mi paladar se volvía cada vez más refinado y el amor cada vez más esquivo.

Y entonces conocí a Ned. El universo me lo sirvió en bandeja, lo puso en la cinta de correr al lado de la mía. A los pocos minutos de nuestro primer y jadeante saludo, me di cuenta de que era el compendio de todo cuanto había estado buscando. Listo, guapo, divertido y con un buen trabajo. Más alto que mi primer marido imaginario, y con el aliciente añadido de que era de carne y hueso. Lo llevé a conocer a Diana en nuestra tercera cita. Después de aquella visita, cuando se despidió de mí con un abrazo, mi madre me susurró al oído: «Perfecto». Me dije que no tenía importancia, que hacía mucho tiempo que no necesitaba su aprobación, pero naturalmente sí tenía importancia. «Perfecto.» Esa sola palabra. Era una bendición, una señal de que había llegado a alguna parte, de que al fin podía dejar de correr.

Ned parecía tan aliviado como yo. Se comprometió conmigo con una celeridad embriagadora y empezó a utilizar el término «novia» casi de inmediato. Me presentaba a sus amigos diciendo: «¿Verdad que es exactamente como os dije que sería?» En aquel momento me parecía mágico: no sólo había encontrado algo que llevaba mucho tiempo buscando, sino que además me había encontrado a mí misma en el mismo instante. Y luego, claro, estaban esos malditos girasoles. Todavía los veo. Girasoles en un jarrón blanco colocado sobre una mesa de madera sencilla, en una casita de playa. Eran la prueba de que durante cuatro años el universo había sido benévolo y seguro, y naturalmente es muy difícil renunciar a eso. Dividiremos el contenido de la casa y yo me quedaré con el jarrón. Pero no volveré a poner nada dentro. Se quedará vacío para siempre.

Eso es exactamente lo que estoy pensando cuando oigo la voz susurrante de Ned.

—Soy yo —digo—. Che.

—¡Dios mío! —exclama—. Estás viva.

Por los pelos, pienso, pero en voz alta digo:

—Estoy en Inglaterra.

—¿En Inglaterra? ¿Y se puede saber qué haces ahí?

—Estoy haciendo a pie la ruta a Canterbury para esparcir las cenizas de Diana.

Tarda un segundo en procesar la información, casi como si no creyera lo que le estoy diciendo. Y cuando habla su voz suena cauta:

—¿No enterraste la urna? Bueno, evidentemente no, claro.

—Su último deseo fue que la llevara a la catedral. Su nota llegó con las cenizas. —Por lo visto no puedo resistirme a lanzarle una pullita—. El mismo día que tu carta.

Suelta un gran suspiro transatlántico.

—No debería haber escrito esa carta. Por lo menos, cuando la escribí. Fue un momento pésimo.

—No hay momento bueno para dejar a alguien.

—Pero teniendo en cuenta que tu madre… Me precipité, ahora me doy cuenta…

Veo de pasada mi cara en el espejo de detrás de la barra mientras Ned habla. Estoy pálida, horriblemente pálida, lo que hace que mis ojos se vean más azules que nunca, y también tengo una delgadez nueva: se me tensa la piel en los bordes de la mandíbula. Nunca me he parecido tanto a Diana, me digo, o al menos a la Diana de los últimos tiempos, cuando se estaba disolviendo, perdiendo su forma, a medio camino ya de ese Otro Lugar inmenso.

—Debería estar allí, en Inglaterra, contigo —balbucea Ned, y la frágil conexión telefónica hace petardear y chisporrotear el sonido de su voz—. Todavía puedo ir. Puedo ir ahora mismo. ¿Has dicho que estás en Canterbury?

—Todavía no. Paramos a comer en un bar y después de este… Todavía queda un día de caminata.

—No deberías andar por ahí sola.

—No estoy sola. Estoy con un grupo de mujeres. Una de esas empresas de viajes organizados. Se llama El Ancho Mundo. Gracioso, ¿eh?

—No. Esto no tiene nada de gracioso. Estaba muerto de preocupación, dándome de cabezadas contra la pared. Mandar esa carta como un idiota cuando tu madre llevaba muerta sólo unos... ¿Sabes qué te digo? Que voy a coger un vuelo y nos vemos allí. ¿Canterbury tiene aeropuerto o tengo que pasar por Londres? Da igual, ya lo averiguaré. Quiero formar parte de tu vida, Che. Quiero que sepas que todavía puedes contar conmigo. Que siempre seremos amigos y que eso nadie puede quitárnoslo. Entiendes lo que te estoy diciendo, ¿verdad?

Lo que entiendo es que te gusto más ahora que doy pena, pienso. *Mi madre está muerta y mi voz suena débil y, si supieras que acabo de donar sangre, muchísima sangre, si supieras que me he desmayado del esfuerzo... Entonces estaría aún más cerca de la chica que siempre has querido que fuera.*

—Era demasiado fuerte —digo en voz alta—. ¿Verdad?

—¿De qué estás hablando? Claro que no eras demasiado fuerte.

—Pero nunca llegué a caerme, ¿verdad? Ni rendida de amor ni de ninguna otra manera. Nunca me dejé barrer por la... —Y aquí hago un gesto hacia Becca, que está arrastrando una alfombra hasta la puerta abierta. Jean la sigue con un cepillo, así que es evidente que piensan sacudirla, pero Ned no puede ver nada de esto, claro. Está en Estados Unidos, sentado detrás de su gran escritorio de abogado, mirando ceñudo el teléfono—. Nos enamoramos de la perfección y tratamos de que fuera suficiente con eso —comienzo otra vez—. Pero nadie supone que el amor tenga que ser fácil. Ahora me doy cuenta. Se supone que tenemos que enamorarnos de lo difícil.

—No sé de qué se supone que tenemos que enamorarnos, sólo sé que no das la impresión de estar bien. Da la impresión de que estás echada. ¿Dónde has dicho que estabas? ¿A las afueras de Canterbury? ¿Cómo se llama el pueblo?

—No tiene nombre.

—Venga, todos los pueblos tienen nombre.

—Me parece que no. Oí que le decían al conductor de la ambulancia que...

—¿Al conductor de la ambulancia? ¿Se puede saber qué está pasando, Che? —Su voz suena ahora aguda, estridente y asustada, y veo que Jean y Becca vuelven a entrar con la alfombra. Van sonriendo, cubiertas las dos de polvo.

—La ambulancia no era para mí —explico—. Y no necesito que vengas. Este pueblo no tiene nombre, así que seguramente no podrías encontrarlo si lo intentaras y no creo que en Canterbury haya aeropuerto, y además… Voy a irme. O por lo menos eso creo, en cuanto me dejen caminar. En realidad sólo llamaba para decirte que estoy bien. De hecho, tengo que colgar. Aquí no hay muchas barras…

—Creía que habías dicho que estabas en un bar.

—Barras de cobertura, quiero decir.

—Pero ni siquiera me estás llamando desde tu teléfono, ¿no? No iba a cogerlo, pero estaba tan preocupado… Cuando desapareciste así, me volví loco. Hasta llegué a pensar que quizá te habías…

—No. Ni de lejos.

Corto la llamada y miro el teléfono que tengo en la mano. Acabo de colgar a Ned, ¿verdad? Y ha sido sorprendentemente fácil hacerlo. Naturalmente, a largo plazo no va a ser tan fácil librarme de él y de su legado. Es lo que dice Silvia: que a los hombres les resulta más sencillo que a las mujeres pasar página porque el mundo les facilita las cosas, y sé lo que me espera. Meses de terapia, años de primeras citas, décadas de autorreproche, un jarrón blanco vacío.

Pero aun así me ha sentado estupendamente colgarle. Pulsar la larga línea roja que dice «Fin».

El veterinario nos trae noticias de Canterbury. El niño tiene el fémur y varias costillas rotas. Pero lo peor es que tiene perforado el intestino y que ha necesitado varias unidades más de sangre cuando lo han metido en cuidados intensivos.

—Pero hicimos bien haciéndole la trasfusión —añade fijando los ojos en mí—. Reconozco que en su momento no estaba seguro.

Con esta conclusión se desinfla la energía frenética del grupo. Tim ha vuelto con la furgoneta y durante un minuto hablamos todas de subirnos a ella e ir en coche hasta la siguiente parada. Pero luego Silvia dice que no, que deberíamos acabar la ruta de hoy. Bueno, yo no, claro.

Todavía estoy mareada y Valerie sigue empeñada en acompañarme al hotel y meterme en la cama. Montamos las dos en el asiento de detrás de Tim y decimos adiós con la mano a las mujeres que se disponen a partir de nuevo y a los vecinos del pueblo, que se han convertido en nuestros compañeros de aventura. Y también al veterinario, que me dice por la ventanilla:

—Siento haberte hecho daño en el brazo, guapa. Ponte mucho hielo cuando llegues, ¿de acuerdo?

Y entonces nos vamos, envueltas en el suave rugido de la furgoneta. Esta noche, cuando por fin me meta en la cama, dormiré horas y horas, días quizá.

—A mí no me engañas —dice Valerie—. Has planeado todo esto para no tener que contarnos tu historia.

—Me has pillado —bromeo.

No lo había pensado, pero es cierto que ya no tendré que contar mi historia. Me he ganado un pase libre para Canterbury derramando mi sangre.

—Pero si no me falla la memoria —le recuerdo a Valerie—, tú tampoco la has contado. Contaste una historia, pero no la tuya, así que estamos las dos en el mismo barco.

—Cierto —concluye—. Soy una cobarde.

—Pues cuéntamela ahora a mí —propongo—. No un cuento sobre el rey Arturo y sir Gawain, sino tu historia verdadera, algo tan turbio y desagradable que no te atreves a confesarlo ni siquiera en presencia de hermanas.

Baja un poco la ventanilla para dejar que entre el aire. Nos da en la cara, haciéndonos parpadear, evitando que nos achicharremos entre las ruidosas rejillas de la calefacción, que Tim ha puesto con toda su buena intención. Valerie mira afuera un momento, se fija en los campos verdes, en los muros de piedra. En las ovejas y los prados, en este mundo dulce y letárgico.

—Mi historia es un secreto —afirma.

—No pasa nada —contesto yo—. Está bien tener un secreto.

—¿No se lo dirás a las otras? —pregunta.

—No se lo diré a nadie.

—Porque soy un poco aguafiestas.

Pensaba que ése era mi cometido, ser un poco aguafiestas, pero sacudo la cabeza para asegurarle de nuevo que no voy a delatarla.

—No voy a decírselo —digo.

—Está bien —responde antes de bajar la ventanilla un poco más—. Me estoy muriendo.

16

A la mañana siguiente, Valerie y yo no entramos en Canterbury con las demás. Ellas dan un rodeo y toman la ruta más larga, de la que nos habló ayer Tess, la que entra en la ciudad desde la misma dirección por la que entraban los peregrinos de Chaucer. Puede que vean más cosas que nosotras, o puede que menos.

La excusa es que todavía estoy débil por la trasfusión y, como en casi todas las excusas, algo hay de verdad en ella. Las demás aceptan la explicación sin rechistar, igual que aceptan el ofrecimiento de Valerie de quedarse atrás para acompañarme cuando entre en la ciudad. La que está oficialmente enferma soy yo, pero ahora que la he observado con más atención me doy cuenta de hasta qué punto le ha pasado factura la caminata, día tras día. Me cuenta que tuvo una serie de sesiones de quimioterapia justo antes de salir de Estados Unidos, un tratamiento especialmente intenso con el que sus médicos creían que podía conseguir una «vida extra», y la ha animado mucho poder mantener el ritmo de las demás. No sólo no hemos tenido que hacer concesiones especiales, sino que nadie se ha dado cuenta de que estaba enferma. Para ella esto ha sido un peregrinaje auténtico, muy parecido a como lo imaginaba Diana: un último intento de que se produzca un milagro médico que, si se le niega, está dispuesta a convertir en una súplica de perdón. La oportunidad de hacer las paces consigo misma antes de entrar en la última fase de su enfermedad, ahora que el cáncer ha pasado de su pecho a sus huesos, avanzando desde un órgano sin el que se puede vivir a otro sin el que no se puede. Así que de nuevo recurrimos a Tim y, aunque este último día no vamos a hacer todo el camino, Valerie y yo entraremos en Canterbury a pie, que es lo que de verdad importa.

Todo esto pone nerviosa a Tess. No le gusta que el grupo se divida, y nos da instrucciones precisas sobre cómo llegar a la catedral. Escuchamos pacientemente y luego Valerie dice:

—Pero hay indicadores, ¿no?

Y Tess se ríe y contesta:

—Sí, claro. Hay indicadores por todas partes.

Y yo digo:

—Y la catedral se ve, ¿no?

Y Tess se ríe y responde:

—Desde luego que sí. Es lo único grande que hay en un pueblo bastante pequeño.

La furgoneta nos deja justo en la puerta de la ciudad, y de nuevo saludamos frenéticamente con la mano mientras Tim da media vuelta en la calle para ir a llevar a las otras al comienzo de su ruta de hoy. Cuando se pierden de vista, Valerie dice:

—¿Tienes la sensación de que nos estamos perdiendo algo?

Y yo respondo:

—En absoluto.

Comparada con los pueblecitos por los que hemos pasado estos últimos días, Canterbury es una metrópoli. Tiene cuatro escuelas universitarias, así que hay gente joven por todas partes: pasan a toda pastilla por nuestro lado montados en bicicletas y monopatines, oyen música y se ríen. Es un sitio precioso, del tamaño perfecto, dividido por un río tan plácido que es casi un regato, lleno de librerías y de minúsculos cafés a la última moda. El aroma a aceite de oliva y a ajo que emana de uno de ellos hace que casi me pare en seco.

—No te hagas muchas ilusiones todavía —digo—, pero creo que en los restaurantes de Canterbury quizá sirvan algo más que bacalao y patatas.

—Estás cojeando —observa Valerie—. ¿Es por la herida que te hiciste en el talón?

Meneo la cabeza.

—Estas botas nunca me han quedado bien.

—¿Qué número usas?

—El treinta y seis, el más corriente de todos.

—Yo también. ¿Quieres que nos cambiemos los zapatos, a ver si sirve de algo?

—¿Bromeas? No voy a darte un par de botas que aprietan.

Se encoge de hombros.

—Puede que a mí no me aprieten. A veces un zapato que a una le hace daño a otra le queda perfecto.

Paramos en un banco y me desato los cordones de las botas. Luego se las doy a Valerie, primero una y luego la otra. Las suyas son más suaves, están más hechas al pie, son el calzado de una mujer que ha tenido la sensatez de prepararse para una caminata de cien kilómetros, que no huyó de repente porque le daba miedo plantar cara a su vida. Me pruebo una y suspiro sin poder evitarlo: parecen unas zapatillas de andar por casa.

—¿Dijo algo? —pregunta Valerie.

—¿Quién?

—Tu madre. En el último momento. ¿Fue una de esas personas que hablan de luces blancas y largos pasillos, o de sus abuelos esperándola? Ese tipo de cosas.

Considero la posibilidad de mentir. De ofrecerle algún falso consuelo, pero nunca se me ha dado bien mentir y éste no me parece un buen momento para empezar.

—Dijiste que tu madre era una narcisista —replico por fin—. Ponme un ejemplo.

—Se apuñaló a sí misma el día de la boda de mi hermana.

Rompo a reír. No puedo remediarlo.

—¿Cómo consiguió hacer eso?

—Nadie lo sabe con seguridad. Entró a hablar con el encargado del cátering y al poco rato hubo que posponer la boda mientras venía la ambulancia.

—Ésa es buena. Le doy por lo menos un siete.

—¿Sólo un siete? —Se reclina en el banco y comienza a atarse los cordones de la segunda bota—. Supéralo.

—Hubo una vez en que vinieron unos rusos a la comuna a hablar de… ya sabes, de comunismo. De comunismo de verdad, no del comunismo de pastel de Pensilvania. Y justo antes del día en que estaba prevista su llegada, Diana se encerró en su habitación todo el fin de semana y salió hablando ruso con fluidez para poder darles las bienvenida. Bueno, con fluidez no, supongo. Pero logró aprender lo suficiente para seducir al hombre y a su mujer y hacer un trío con ellos.

—Estás de broma. ¿Tú te enteraste de eso?

—No, qué va. Sabía que pasaba algo, pero tenía unos doce años y no me di cuenta de lo que era hasta mucho después. Así que mi madre era una narcisista de un tipo distinto a la tuya, más de «miradme» que de «pobrecita de mí».

Valerie se hace un lazo doble con los cordones de la bota.

—Yo también le pondría un siete a eso.

—¿Dónde se apuñaló tu madre?

—En la cocina del club de campo.

—No, me refiero a en qué parte del cuerpo.

—Justo en el centro del pecho.

—Ostras. Cerca del corazón es arriesgado. Puede que reconsidere mi nota y le ponga un ocho.

—Deberías hacerlo. Fue uno de los momentos más memorables de Susan. —Suspira—. A veces llamo «Susan» a mi madre.

—No pasa nada. Yo a veces llamo «Diana» a la mía.

—¿Tú crees que eso ayuda? ¿Que pone cierta distancia? ¿Como eso que hizo Silvia de contar su historia en tercera persona?

—No estoy segura. ¿Dónde está Susan ahora?

—En tratamiento de desintoxicación. Llevaba años limpia, pero recayó cuando a su hija le diagnosticaron un cáncer.

Me levanto. Las botas se me ajustan como un guante, pero no puedo decírselo a Valerie. Esto no es un campo de batalla de la guerra de Secesión. No puedo quitarle las botas a una moribunda. Ella se levanta con las mías y da unos pasos.

—No me molestan —dice.

—Estás mintiendo. Además, al principio cuesta saber si unos zapatos van a hacerte daño o no.

—¿Qué tal las tuyas?

—Una maravilla.

—Entonces vamos a seguir un rato así. Siempre podemos volver a cambiárnoslas si empiezan a hacernos daño. ¿Por qué me has pedido que te hablara de las salidas de tono de mi madre?

—Eh… Ah, sí. Me has preguntado qué pasó la noche en que murió Diana. Pues eso es lo más raro de todo. Era una mujer que había abordado la vida con pasión, que había… Bueno, ya sabes eso que dicen de que hay que vivir cada día como si fuera el último. Pues eso era lo que hacía Diana, a pesar de todos sus defectos. Hacía esas grandes proclamas teatrales y asumía esos grandes retos como si mandara a la sociedad a paseo igual que si cada día estuviera tendida en su lecho de muerte. Fue así justo hasta el instante en que de verdad estuvo en su lecho de muerte. Y entonces, en el momento en que por fin habrían estado justificados todos esos aspavientos, el día en que más derecho tenía a hacer algo drástico… no hizo nada. Su muerte fue casi banal.

—¿No dijo nada?

—Por una vez, no.

Hemos llegado a un cruce con un parquecito y una caseta de recepción de visitantes al otro lado. Miro a la derecha y empiezo a cruzar la calle, y Valerie tiene que agarrarme del brazo y tirar de mí hacia atrás. Ha tenido la sensatez de mirar a la izquierda y ver que venían coches. Cometí la misma torpeza en mi primera y única mañana en Londres: me bajé de la acera y estuvo a punto de atropellarme un taxi que venía por el lado que no me esperaba. Visito Europa a menudo, pero no Inglaterra. Aquí no tienen mucho vino.

—Antes no me daba miedo la oscuridad —dice Valerie como si hubiéramos estado hablando del miedo, y supongo que en cierto modo así es—. No lo tuve hasta que me diagnosticaron la enfermedad. O hasta que me la rediagnosticaron, porque había desaparecido y luego volvió. Ahora duermo con una luz encendida de noche. Las tengo por toda la casa y compré una aquí, en una ferretería de Londres, antes de reunirme con las demás en el George. Para que tuviera los vatios adecuados, ya sabes, y no estallara como un secador de Estados Unidos. La oscuridad es la única cosa a la que de verdad le he tenido miedo. Mira, hay un plano de la ciudad junto a la caseta. Tess me ha dado la dirección de nuestro hotel. ¿Quieres que nos pasemos primero por allí para dejar las bolsas?

—¿Primero?

—Vamos a ir a la catedral, ¿no?

—¿Nosotras dos solas? —pregunto mientras nos acercamos al plano.

—No hace falta que esperemos todo el día a que lleguen las otras. Tess ya ha llamado. Ha quedado en que nos recibiría a mediodía un sacerdote llamado Matthew. Te parece bien, ¿verdad? ¿Que te bendiga un hombre en vez de una mujer?

Asiento con la cabeza. Me importa un bledo qué o quién nos bendiga, con tal de que nos bendigan. Valerie pasa un dedo por el mapa plastificado de la ciudad, empezando por la estrella en la que pone está usted aquí y siguiendo hasta la catedral, que se alza en el mismo centro de Canterbury, como un castillo en un juego de mesa.

—Caray —exclama—. Parece que el hotel está de verdad pegado a la catedral. Tess dijo que más cerca no podía estar, pero pensé... Mira. Vamos a dormir justo aquí.

Hago otro gesto de asentimiento. Estoy un poco desconcertada. Creía que íbamos a pasar la tarde comiendo en algún restaurante de la ciudad donde se cocinara con aceite de oliva y ajo, comprando recuerdos y quizá yendo al hotel para darnos una ducha y echar una siesta. No esperaba entrar ya en la catedral. A pesar de todo, me parece muy pronto. Algo prematuro. Como si no estuviera del todo preparada para desprenderme de Diana.

—¿Qué pasa? —pregunta Valerie—. ¿Te hacen daño las botas? —Niego con la cabeza y ella frunce el ceño—. ¿Estás mareada otra vez?

—No —contesto—, pero no nos vendría mal comer algo. En algún sitio con aceite de oliva, guindillas y especias, y cosas así. Luego sí que estaré lista para ir a la catedral.

—¿Estás nerviosa?

—¿Por qué iba a estarlo?

Valerie da la espalda al plano.

—Porque para esto hemos venido. Todo este tiempo, todo este camino, todos los malos rollos que han pasado. Todo eso nos ha conducido aquí, ¿no? A nuestra cita con Dios.

La catedral de Canterbury es enorme. Eso salta a la vista. Y era de esperar. Es lo primero en lo que se fija quien visita la ciudad, y supongo que es lo último que olvida. Muro tras muro de ornamentación gótica, una corona de chapiteles, una docena de puertas por las que entrar o salir. Pero tiene muy poco patio alrededor, apenas hay camino de entrada. Una vez cruzas la verja y entras en los jardines, se cierne sobre ti mirándote desde su altura.

Aunque hemos parado en una bocacalle a comer un kebab y a pesar de que hemos dejado nuestras bolsas en el hotel, sorprendentemente grande y moderno, llegamos temprano. Damos nuestros nombres a una de las señoras mayores que atienden el mostrador y nos dice que va a llamar a Matthew. Le decimos que no se preocupe, que somos nosotras las que llegamos antes de tiempo, cosa que parece confundirla.

—Pero han venido andando desde Londres, ¿no? —pregunta.

Al parecer, la mayoría de los turistas llega en autobús o en tren y ahora, en estos tiempos tan modernos, los escasos peregrinos que llegan a pie disfrutan de una posición más elevada.

La señora consulta de nuevo la pantalla de su ordenador.

—¿Y una de ustedes está enferma?

Evidentemente se refiere a mí. Valerie se aparta de la ventanilla, que parece la de la taquilla de un teatro, y soy yo quien contesta:

—Ya estoy bien —digo por el pequeño agujero del cristal, pero Tess ha debido de ser muy minuciosa en sus instrucciones cuando ha llamado esta mañana, porque la señora sigue mirando su monitor y moviendo ligeramente los labios mientras lee.

—Hizo usted una cosa preciosa, querida —afirma, y sus ojillos colorados me miran con respeto—. Matthew vendrá en un tris.

¿En un tris? Me cuesta imaginar a un sacerdote haciendo algo en un tris, y Valerie y yo volvemos a adoptar nuestro papel de hijas de una madre avasalladora y nos apresuramos a asegurarle que no nos importa esperar, que no esperamos ningún trato especial, que no hace falta que el sacerdote cambie su horario porque nosotras hallamos llegado antes de tiempo. Pero ella no quiere ni oír hablar del asunto. Menea la mano para hacernos callar y levanta el auricular de un teléfono. Uno de los antiguos, grande, negro y pesado. Habla con alguien y al colgar nos informa:

—Diez minutos.

—¿Quieres que te devuelva tus botas? —me pregunta Valerie mientras esperamos.

Nos hemos tendido en la hierba con la cabeza apoyada en las mochilas. En la franja de césped que rodea la catedral reina un ambiente de picnic, más que de formalidad religiosa: hay turistas y colegiales tumbados por todas partes.

—Son horribles, ¿verdad?

—No —contesta—. No me han molestado en absoluto, y si quieres me las quedo cuando acabe el viaje. Pero he pensado que si el sacerdote va a limpiarnos el polvo de las botas como parte del ritual, sería agradable que, ya sabes, que a cada una le quitara el de sus botas.

—¿Cuándo fue la última vez que estuviste en una iglesia?

—Cuando bautizaron a mi sobrino. ¿Y tú?

—En el funeral de Diana.

Y entonces la sombra de Matthew cae sobre nosotras. Levantamos

la vista y achicamos los ojos, pero el sol que le da desde atrás hace imposible verle la cara. Sólo distingo la brillante silueta de un hombre vestido
de largo.

—Será para mí un honor mostrarles la catedral —dice.

O recita, mejor dicho, dado que tiene voz de sacerdote de película:
grave, serena y firme.

Y (que Dios me asista) eso es lo único que hace falta para que me
incorpore mientras él nos tiende las manos para ayudarnos a ponernos
en pie. Me mira a mí, mira a Valerie, y luego vuelve a mirarnos.

—¿Cuál de las dos está enferma?

—Las dos —responde Valerie—. De distinta manera, claro.

Asiente con la cabeza.

—Claro.

Lo seguimos por una puerta lateral muy discreta que conduce a una
capilla, lo cual está bien. No estoy segura de que pudiera aguantar ver
toda la catedral de golpe. Es mejor adentrarse poco a poco en ella, llegar
a su centro paulatinamente, y Matthew dice que vamos a empezar nuestro *tour* por la capilla donde fue asesinado Becket. Es una celulita dentro
del gran cuerpo de la catedral, donde seguramente hay una docena de
rincones así. Pero éste, donde el santo acabó sus días, es el más célebre.

Me sé la historia de memoria y sospecho que Valerie también, pero
Matthew nos la cuenta de todos modos mientras va guiándonos de un
sitio a otro dentro de la capilla. Thomas Becket no empezó siendo sacerdote, sino amigo del rey Enrique II, un famoso golfo y mujeriego. Según
todas las noticias, igualaba al rey en sus correrías y juntos disfrutaron de
todos los alicientes de la fama y la riqueza.

Pero a medida que progresaba su reinado, Enrique comenzó a en-
fadarse por el hecho de que la Iglesia católica tuviera en Inglaterra
tanto poder como la propia monarquía. Esto fue mucho antes de que
Enrique VIII rompiera con la Iglesia católica y fundara la Iglesia de
Inglaterra, antes de que Iglesia y Estado se fundieran eficazmente, dice
Matthew. Conocemos un poco del contexto, ¿verdad?, pregunta con
cierta incertidumbre, porque sabe que somos americanas (o lo que a
fin de cuentas es lo mismo: mentecatas), pero Valerie y yo nos apresuramos a asegurarle que conocemos la historia de Inglaterra, o al menos
la de sus fascinantes Enriques. Hemos leído a Philippa Gregory. Y
hemos visto todos los episodios de *Los Tudor*.

Matthew nos cree y acelera el relato. El caso es que cuando Enrique ocupó el trono en 1154, sentía a menudo que su poder se veía eclipsado por el de la Iglesia, y más concretamente por el arzobispo de Canterbury, que era prácticamente un monarca con reino propio. Cuando por fin murió el viejo arzobispo, Enrique nombró a su amigo Thomas Becket para que lo sucediera en el cargo, creyendo que así podría controlar a la Iglesia.

—Pero las cosas —añade muy serio— no resultaron como planeaba el rey.

Aquí, en la capilla en penumbra, puedo verlo mejor, y la verdad es que tiene un aspecto imponente: luce sotana blanca atada con cinturón de cuerda, tiene la cara ancha y franca, los ojos azules algo hundidos y el cabello pajizo, un poco más largo de lo que suele llevarse ahora. Es, además, más joven de lo que imaginaba. Seguramente no supera los treinta años. Su esposa, nos ha dicho, también trabaja en la catedral, al igual que otras trescientas personas aproximadamente. Ella está especializada en restauración de vidrieras y aquí las hay de sobra para mantenerla ocupada. La catedral es uno de los mayores focos de empleo de la ciudad, junto con las facultades universitarias. En otras palabras, que en Canterbury han cambiado poco las cosas desde el siglo XII. El turismo sigue siendo su principal recurso económico.

Valerie y yo nos hemos sentado en un banco y Matthew se pasea delante de nosotras. No con nerviosismo, sino más bien como un actor o un profesor. No, agrega, las cosas nunca resultan como uno espera, ¿verdad?, ni siquiera si eres el rey de Inglaterra. Porque muy poco después de ser nombrado arzobispo de Canterbury, a Thomas Becket le picó el gusanillo de la religión. El de la verdadera religión, el más improbable y el que menos convenía al rey. Para consternación de Enrique, Becket se tomó muy a pecho su papel como arzobispo y defendió a la Iglesia con tanto afán que muy pronto se enemistó con su antiguo amigo. Puede que de jóvenes hubieran sido compañeros de correrías, que hubieran bebido y hubieran cabalgado hombro con hombro por las tierras que gobernaba Enrique, pero después Thomas se arrepintió. Cambio, y a nadie le agrada que sus amigos cambien. No nos gusta que nuestros amigos maduren sin nosotros, que nos precedan en el espinoso camino hacia la edad adulta. El hombre del que Enrique creía que sería un pelele complaciente se convirtió en un adversario poderoso y un día, en un ataque de exasperación, el rey masculló: «¿Quién me librará de este cura alborotador?»

El caso es que no lo decía en serio. A pesar de sus diferencias, Thomas Becket seguía siendo su mejor amigo y, en el fondo, Enrique incluso lo admiraba. Fue un arrebato pasajero.

Pero lo irónico y lo trágico del caso es que hasta el más ligero estallido de un rey puede tener consecuencias inmediatas. Un par de señores de segunda fila, ansiosos por congraciarse con el monarca, cabalgaron hasta Canterbury dispuestos a acabar con la vida del arzobispo.

Becket esperaba su llegada. Un hombre que gobierna una gran iglesia tiene sus propios espías y, además, de no haber sido aquel grupo de necios, otros muy parecidos a ellos habrían acabado por atacarle tarde o temprano. Había hablado demasiadas veces en contra del trono y tenía que saber que algún día llegaría el momento de rendir cuentas, aunque no supiera exactamente cómo ni cuándo le saldría al paso su destino. Y entonces, una noche, mientras el arzobispo estaba en vísperas, tocaron a la puerta.

Matthew lo dice así, «tocaron a la puerta» (una expresión tan forzada y antigua que debe de haberla leído en algún sitio) y luego señala solemnemente con la cabeza hacia la puerta por la que entraron.

—Todos los años, el día del aniversario de la muerte del arzobispo, hacemos una recreación —explica—. Nuestra obrita de teatro termina con esa misma llamada a la puerta, y los espectadores siempre dicen que es un momento muy dramático.

No tan dramático, supongo, como si en vez de interrumpir allí la escena intentaran recrear el baño de sangre que siguió a esa llamada a la puerta. Porque los monjes de Canterbury intentaron persuadir a Becket de que atrancara la puerta y se escondiera, pero él dijo que no, que jamás había que atrancar las puertas de una iglesia. Y así se convirtió en víctima sacrificial. Los intrusos se abalanzaron sobre él en grupo, le hirieron en la cabeza con las espadas hasta casi decapitarlo y murió en el acto.

—El rey Enrique quedó destrozado —nos cuenta Matthew—. Eso dicen los historiadores y yo les creo. Nunca fue su intención que aquel comentario, hecho en un momento de impaciencia, fuera tomado por un edicto real, ni que su amigo de la infancia acabara muerto.

Hace una pausa. Es como Tess: está entrenado para contar las mismas historias un día tras otro, pero, al igual que ella, ha hecho de ello un arte y entretiene a su público entretejiendo pequeñas perlas y acotaciones en el relato. En este caso su público sólo somos Valerie y yo, pero aun así nos ofrece la actuación completa.

—¿Se imaginan lo espantoso que ha de ser tener ese poder? —nos plantea—. ¿Un poder tal que un solo comentario hecho en contra de un amigo pueda dar como resultado su asesinato? ¿A cuántas personas podríamos haber matado con nuestras palabras a lo largo de nuestra vida? La mala conciencia del rey era inmensa y la canonización de Thomas Becket fue la más rápida de toda la historia de la Iglesia. El proceso comenzó casi cuando aún se estaba desangrando delante de este altar.

Dirige nuestra atención hacia el sagrario de Becket, pero después de esta apoteosis, el altar en sí mismo es bastante humilde, seguramente como otros muchos de la catedral.

—Los monjes se apresuraron a enjugar la sangre mientras Becket aún estaba agonizando —continúa Matthew—, convencidos ya de que podrían vender cualquier trapo manchado con la sangre del arzobispo.

—Eso mismo fue lo que hicieron con Elvis Presley —comenta Valerie—. Sus representantes recogían las sábanas en las que dormía durante sus giras, las cortaban en cuadraditos y se los vendían a su fans.

Genial. Ahora me cae mejor, la conozco mejor, pero aun así... Tiene el don de decir las cosas más inapropiadas y espantosas del mundo, siempre en ese mismo tono jovial. Pero Matthew parece tomársela en serio, como si fuera una colega teóloga venida de Estados Unidos a pie para debatir los misterios de la santidad.

—Eso es —dice—. Exactamente. Becket fue el equivalente medieval de su Elvis Presley. Todo lo que hubiera estado en contacto con él tenía, según se decía, poderes sagrados.

—Mi madre tenía un pedacito de sábana de Elvis, pero siempre me decía que lo consiguió por las buenas —añade Valerie.

—¿Por las buenas? —pregunta Matthew.

—Aseguraba que se había liado con él. ¿Los británicos usan también esa expresión? Ya sabe a lo que me refiero. A tener trato carnal.

—Ah —exclama Matthew—. Eso sin duda le habría valido un pedacito de su sábana.

—No sé cómo es posible —le confieso a Valerie— que tú y yo tengamos la misma madre. Porque Diana podría haber dicho algo por el estilo.

—Siempre he pensado que cabe la posibilidad de que todas las mujeres estadounidenses de cierta edad se acostaran alguna vez con Elvis —añade Matthew—. Y que todas sus hijas sean, quizás, hijas ilegítimas de Elvis, dispersas por todo el territorio nacional. Es la única explicación que le encuentro a su país.

—La gente va a Graceland —agrega Valerie— en busca de curación, así que supongo que es una especie de Canterbury a la americana. Dicen que tiene la misma magia.

No sé si debería haber empleado la palabra «magia». Entiendo lo que quiere decir, pero vuelvo a dar un respingo. Porque «magia» es una palabra despectiva, da a entender que Canterbury es una estafa más que un lugar de salvación, una trampa para turistas más que un lugar de culto.

Pero Matthew no se inmuta. Se aparta los mechones rubios de la cara y mira el altar con una sonrisita. Imagino que no hay nada que podamos decirle sobre Canterbury que no haya pensado con antelación.

—Lo siento —se disculpa Valerie quedamente, como si de pronto se diera cuenta de que ha sido irrespetuosa, pero Matthew menea la cabeza.

—No, tiene razón. Es como usted dice, que Becket se convirtió en una celebridad. La primera estrella de rock de la historia. La sangre del mártir salió a la venta y las noticias acerca de curaciones milagrosas comenzaron a correr casi de inmediato. Hubo una estampida de desahuciados, de almas extraviadas que se encaminaban hacia este santuario, como relata Chaucer en sus *Cuentos de Canterbury*.

—«En busca del santo y bendito mártir» —cita Valerie, quizá con la intención de lucirse para recuperar el terreno perdido—. «Para que les amparara en momentos de debilidad.» Eso cree que dice el prólogo, o algo parecido.

—Muy bien, excelente —dice Matthew—. Porque en todas partes hay debilidad, ¿no es cierto? ¿Acaso no nos sentimos todos atraídos hacia aquí, hacia el santuario del mártir, porque, consciente o inconscientemente, buscamos algún tipo de ayuda?

Es justo la ocasión que estaba esperando. Me levanto y me acerco al altar, aparentemente para observar las inscripciones, pero en realidad para dejarles un momento a solas. Porque éste sería el momento perfecto para que Valerie le dijera a Matthew a qué ha venido a Canterbury. No sé si lo hará, o lo que dirá, pero necesitan un momento de intimidad.

Además, también es una buena ocasión para dejar allí un pellizquito de Diana. No queda mucho de ella, así que voy a tener que administrarla con prudencia, y no quiero que Matthew vea lo que estoy haciendo. Sin duda hay alguna normativa en contra. Porque, seamos sinceros, hay mucha gente en el mundo que se muere a diario, y sus parientes no pueden traerlos a todos aquí y arrojar sus cenizas por la catedral. Es un sitio enorme, pero no tanto, y aunque Matthew parece el tipo de sacerdote que podría mostrarse comprensivo con mi misión, no quiero ponerle en un aprieto.

Saco a escondidas una pizca de cenizas y las dejo caer en la base del altar.

Se acerca un gato. Se frota contra mis piernas y me mira expectante, como si supiera por experiencia que algunos peregrinos llevan golosinas para gatos. Se fija con especial interés en la bolsa arrugada de *fish and chips* que tengo en la mano, pero justo en ese momento veo que Matthew y Valerie vienen hacia mí. Sólo han pasado un par de minutos y no consigo adivinar si ella le ha dicho algo o no, pero le ha cambiado la cara. Tiene una expresión pensativa, casi sombría.

—Fuera —ordena Matthew suavemente—. Vete de aquí.

Tardo un momento en darme cuenta de que se refiere al gato.

—Hay varios de estos bichitos peludos viviendo en la catedral —añade, esta vez dirigiéndose a Valerie y a mí—. A uno le gusta dormir acurrucado sobre la tumba del Príncipe Negro, justo al lado del altar mayor. A las señoras que dirigen el patronato de restauración les parece un poco escandaloso, pero…

—A mí me gusta —digo, pensando en el dragón morado de la iglesita donde paramos hace dos días.

La capilla empieza a llenarse a nuestro alrededor. Ha entrado un gran grupo de turistas y otro espera en la puerta. El santuario de Becket es uno de los lugares más famosos de la catedral, y Matthew, que también se ha fijado en los turistas, comienza a llevarnos hacia uno de los pasillos.

—Por aquí —nos indica—. Un poco hacia el fondo.

Se sitúa entre nosotras mientras caminamos por el flanco de la catedral, mirando a derecha e izquierda, hacia los diversos rincones por los que pasamos. Algunos son oscuros y austeros, mientras que otros prácticamente te asaltan con su despliegue de oropeles. La nave central, donde según nos cuenta Matthew se celebran siete oficios diarios, está elevada e inundada de luz, de curiosos y, supongo, también de príncipes muertos y gatos dormidos. Es el lugar de las grandes proclamaciones, la faz más pública de la catedral. Pero estas naves laterales del templo, con su laberinto de cuartitos y estrechos pasillos, parecen ideadas para un fin distinto.

Nos paramos, aparentemente al azar, al llegar a un grupo de bancos. Imagino que estamos al fondo del edificio. Estoy desorientada.

—Podemos proceder con la bendición aquí, si les parece —propone Matthew—. Es un lugar íntimo. Y hay agua por si necesitan… Debería haberlo preguntado antes de empezar. ¿Alguna de ustedes se considera cristiana?

—Yo sí —respondo, tan deprisa que creo que sobresalto a todo el mundo y me sobresalto a mí misma.

Yo, desde luego, me llevo una sorpresa. ¿A qué demonios ha venido eso? ¿Me he dejado ofuscar por el escenario, por el esplendor, por el suave murmullo de un órgano en algún pasillo lejano, por la historia del sacrificio de Becket, o simplemente porque Matthew sea tan amable? Porque es amable, y no es ésa mi experiencia con la mayoría de los religiosos que he conocido. El gato nos ha seguido. No me doy cuenta hasta que me siento y se sube de un salto a mi regazo.

—No crean que tienen que decirlo para complacerme —dice Matthew. Hace un amago de espantar al gato, que lo mira con desprecio antes de acomodarse entre mis piernas—. Canterbury ofrece diversas bendiciones, adecuadas para todo tipo de viajeros. Sólo quería saber si, además de la oración y el lavado de pies, desean comulgar.

—Queremos el paquete completo —contesta Valerie al sentarse a mi lado—. Yo también soy cristiana.

Matthew se va. Valerie y yo esperamos con el gato.

—Ay, Dios —mascula en voz baja—. ¿Vamos a ir al infierno? Acabamos de mentirle a un sacerdote.

—Y muy simpático, además —respondo en un susurro—. Creo que eso es lo peor. Pero yo no creo en el infierno. No estoy segura de que crea en nada de esto.

—Entonces, ¿por qué hablas en voz baja?

—No sé. Por si acaso.

—Para ti es fácil dudar —dice ella—. Tú aún no has visto tu fecha de caducidad.

—¿Se lo has dicho?

Asiente con la cabeza.

—Tú también deberías decírselo.

—Decirle ¿qué?

—Lo de tu madre.

—No creo que les parezca bien que vaya tirando sus cenizas por la catedral.

—¿Por qué no? Dejan entrar a los gatos. Deberías hablar con él. En serio. Es distinto. Te mira fijamente cuando reza.

—Lo sé.

Matthew vuelve, se acerca a nosotras con una palangana, una toalla y dos botellas. Lleva una botella metida debajo de cada axila, aunque una de ellas sin duda contiene agua bendita y la otra vino de comunión. De momento, nuestra bendición no está siendo como me esperaba.

Deja los útiles de su oficio en el suelo de piedra, delante de nosotras.

—¿Por qué peregrina la gente?

Deduzco que se trata de una pregunta retórica, el preámbulo de una oración o un sermón preparados. Pero Valerie se da cuenta de que no, de que nos lo está preguntando de verdad. Mientras empieza a verter agua en la palangana, ella le da la misma explicación que nos dio Tess en el George Inn.

—Vienen buscando perdón y curación —responde.

—¿Y usted qué busca? —pregunta él.

—Las dos cosas, supongo —contesta—. ¿No son lo mismo?

Levanta la vista de la palangana y le guiña un ojo. Pero un sacerdote no debería guiñarle un ojo a una moribunda, ¿no? Claro que no. Llevo toda la semana al borde de la alucinación, con el enjambre de abejas y los besos en el jardín de fumar y el atropello de un niño en medio de una calle vacía, y si no supiera que es imposible juraría que he vuelto a emborracharme. Pero supongo que Matthew puede haberle guiñado un ojo a Valerie, que es posible que durante su breve charla privada hayan compartido algo que yo todavía no alcanzo a comprender. Podría ser cualquier cosa, porque en estos momentos me siento muy estúpida y hasta he empezado a llorar otra vez. No sé si lloro porque mi madre ha muerto, porque a Valerie haya vuelto a atacarla el cáncer o porque yo también moriré algún día. En este lugar la muerte parece más real que la vida y a pesar de que Matthew ha vertido agua en la palangana, está cogiendo la otra botella, la del vino. Así que por lo visto vamos a comulgar antes de que nos bendiga, a compartir antes de que nos dé la absolución. Quita el tapón a la botella de cerámica y saca de él un vasito de plástico. Ésta es al mismo tiempo la más humilde y la más elevada de las ceremonias. Valerie me mira, y esta vez guiña un ojo, no hay duda. ¿Qué tal será este vino? ¿De qué uva y qué añada? ¿Dios tendrá el suficiente sentido del humor para concedernos el perdón mediante un agradable zinfandel blanco?

Pero no, es vino tinto, denso y del color de la sangre. Matthew rodea el vasito de plástico con las manos y al acercarse a mí veo que tiene un bultito en el dedo corazón, uno de esos quistes que te salen de niño, cuando estás aprendiendo a escribir. Acerca el vaso a mis labios y yo respiro hondo para aspirar su aroma, más por costumbre que por otra cosa, pero lo que tengo delante de mí sólo son uvas y alcohol. Lo noto cálido y fino en la lengua.

—Ésta es la sangre de Cristo —dice en voz baja—, derramada por vosotros.

Yo intento aguantar el tipo. Bajo la cabeza demasiado y cuando inclina el vaso estoy a punto de atragantarme. Me entra de golpe en la boca, no un sorbito sino un chorro, y comprendo que lo que estoy sintiendo no se debe a que esté deslumbrada por la catedral, ni por las riquezas de Canterbury, ni siquiera por su historia. ¿Qué ocurriría si me echara a reír como una histérica durante la comunión, en este lugar sagrado? Seguramente nada. Matthew seguiría con el sacramento. Es ese tipo de sacerdote. Seguiría adelante sin emitir ningún juicio, hagan lo que hagan los peregrinos. La catedral es antigua y enorme. Todo lo que puede sucederle a un ser humano sin duda ha sucedido aquí en un momento u otro. Dentro de estas paredes la gente se ha reído y ha llorado, ha muerto y ha nacido, se ha atragantado con Jesucristo o lo ha aceptado sin rechistar, ha hecho el amor y ha cometido asesinatos.

Cierro los ojos y finjo rezar. Escucho el murmullo de Matthew al ofrecerle el vino a Valerie y su sorbito más suave y femenino. *Ya está, mamá,* pienso. *Te he traído hasta aquí y, si no te basta con esto, estamos las dos apañadas. Porque bien sabe Dios que no tenemos plan B.*

Cuando abro los ojos, Matthew está otra vez de rodillas delante de mí, cosa que también me parece abrumadora, además de grotesca. Si a una mujer actual le resulta difícil hacer una reverencia, más difícil aún le resulta aceptarla de otro. Aceptar que este hombre se haya puesto de rodillas y me esté quitando la bota. O mejor dicho la bota de Valerie, porque al final no nos hemos molestado en volver a cambiárnoslas. Hunde el paño en el agua de la palangana y limpia el cuero con una esquinita mojada, quitando el polvo del camino y también, imagino, algunas cenizas de Diana. Aunque esta versión moderna del lavado de pies no es tan íntima como la original, no deja de ser conmovedora, y Matthew murmura algo en voz baja cuando se ocupa de los pies de Valerie. Por lo visto esto es la bendición, pero no consigo entender todo lo que dice. Algo acerca del «círculo de la vida», aunque seguro que me equivoco (suena demasiado a Elton John y a Broadway). Luego añade con claridad: «Que este mundo desolado y roto descanse sobre tus hombros», y yo me recuesto en el banco y exhalo un suspiro.

Un suspiro de verdad, de esos que sólo das un par de veces a lo largo de tu vida. Meto a escondidas la mano en la bolsa de la mochila, que está colocada en equilibrio a mi lado, sobre el banco.

El gato levanta las orejas al ver reaparecer la bolsa blanca de *fish and chips*. Seguramente está pensando *Mmm, qué rico*. Intento no hacer ruido con el papel. Valerie y Matthew necesitan su momento de intimidad, y él la ha tomado de las manos. Ella se ha inclinado hacia delante y sus frentes casi se tocan. Están completamente abstraídos. Saco la bolsa con autocierre, meto los dedos dentro y luego los abro lentamente, separando las paredes de la bolsa.

Se rasga con facilidad. Lleva ya algún tiempo aguantando a base de tiritas y desesperación. Está más que lista para romperse. Mientras sigo abriendo los dedos, el plástico cede y las últimas cenizas de Diana me corren por la palma de la mano, hacia abajo, y caen al suelo de piedra.

Mi madre se ha ido. Mi madre está en todas partes.

Sería el momento lógico para llorar. El momento lógico para ceder a la emoción que llevo conteniendo toda la mañana. Toda la semana, todo el año, toda mi vida. Así que, naturalmente, no lloro. Ahora que he completado mi gran empresa, las energías parecen abandonarme de pronto. Me reclino contra el banco. Miro a Matthew y a Valerie, todavía frente con frente, los dos moviendo los labios. Yo también cierro los ojos.

¿Basta con esto? ¿Es suficiente para Diana, y para mí? La vida siempre será un misterio. Todo lo que crees poseer puede serte arrebatado en un instante y (lo que resulta aún más desconcertante) todo lo que creías perdido para siempre puede serte devuelto de golpe. El velo que cuelga entre los mundos me ha parecido muy fino últimamente. Tan fácil de rasgar como una bolsa con autocierre y casi ilusorio, como si la muerte no fuera tan espantosa ni tan lejana.

Abro los ojos y miro a mi alrededor, hacia las grandes y lejanas vidrieras, altas y coloridas, llenas de santos a los que no puedo nombrar, y sé que mi cuerpo, este cuerpo que ahora habito, cansado y polvoriento, es sólo una cosa más que perderé algún día. Y cuando llegue ese día, ya sea mañana o dentro de cincuenta años, ya sea durmiendo en la cama de una residencia o mirando hacia donde no debo al bajarme de la acera, espero morir exactamente como murió mi madre. Espero abandonar mi cuerpo como ella abandonó el suyo, sin darle más importancia que Claire cuando arroja uno de sus muchos jerséis sobre una cama alquilada. Espero dejar este mundo graciosamente, como un peregrino que se apea de su burro al final de un largo camino o como un viajero que desembarca de un aeroplano con el que ha cruzado el océano inmenso. O como una carta que sale deslizándose de su sobre una vez entregada.

17

—Al final no has contado tu historia —dice Tess.

Es otra cosa que le preocupa. Otro cabo suelto. Hay ciertas experiencias que trata de brindar a sus huéspedes en cada viaje guiado, y teme haber fracasado en éste. Ya se ha disculpado dos veces por que Valerie y yo hayamos entrado en Canterbury solas y, lo que es peor aún, que nos hayamos visto obligadas a recibir la bendición de manos de un hombre.

Esta tarde ha habido muchas idas y venidas. Cuando llegaron las otras, a eso de las tres, se pasaron primero por el hotel y descubrieron que Valerie y yo estábamos las dos en cama, cada una en su habitación, durmiendo los efectos de nuestra borrachera espiritual. Luego se fueron a la catedral y celebraron la ceremonia de la bendición con una sacerdote llamada Virginia, que por lo visto les causó gran impresión. Cuando Angelique le preguntó: «¿Y ahora adónde voy?», Virginia contestó: «A casa», y se echaron todas a llorar, después de lo cual, por lo que deduzco, la Sociedad para la Conservación de Canterbury recibió dos abultados cheques cortesía de Claire y Jean. Son ya más de las seis y han vuelto todas al hotel. Se están poniendo bolsas de hielo en la cara y arreglándose para su última cena juntas. Cuando Tess se pasa por mi habitación, parece alarmada al ver que sigo sesteando.

—En serio, no te preocupes —le digo mientras me incorporo y apilo cojines a mi alrededor. En esta cama hay muchos, mullidos y con un sinfín de borlas, tapizados de brocado burdeos y oro, los colores de la realeza—. Te prometo por la tumba de mi madre que he obtenido de este viaje todo lo que necesitaba.

Pero sigue preocupada, quizá porque le he dicho que no voy a acompañarlas en la cena final, cuando coronen a la ganadora en Deeson's. Está a punto de insistir, pero desiste. Dice que entiende que necesite descansar. Ayer debí de presentar una estampa impactante, tumbada sobre la mesa del bar, donando sangre. Debí de parecer increí-

blemente generosa o increíblemente patética, porque las mujeres ya no
me tratan como antes. Me miran con los ojos muy abiertos, como si de
pronto fuera a echar a volar.

Aunque le indico la silla, Tess sigue de pie. El lujo de nuestras habitaciones en esta última hospedería es señal, supongo, de que nuestro
viaje ha tocado definitivamente a su fin. Nuestra recompensa por com-
pletar el camino se manifiesta en forma de edredones, cafeteras, espejos
bien iluminados y duchas con hidromasaje y agua caliente ilimitada.
Y hay todo un armario para Claire, un vestidor en realidad, con gruesas
perchas de madera. Todas las habitaciones tienen enormes ventanales
que dan a la catedral, o al menos a alguno de sus lados. Estamos tan
cerca de ella que no podemos verla por entero, pero frente a mi ventana
se extiende un hermoso lienzo de piedra.

—Ven a tomar una copa con nosotras —dice Tess, dejando un momento de pasearse por la habitación—. O un aperitivo, quizá. Puedes
contarnos tu historia y luego volverte a la cama.

Hago amago de decirle que donar sangre para el niño fue quizá mi
versión del cuento del peregrino. Lo cual sería una solemne estupidez,
claro. Que yo, casualmente, tenga sangre del tipo B negativo no es una
historia. O bien podría recitar la primera frase que he estado ensayan-
do de cabeza estas últimas cuarenta y ocho horas. *Mi historia comienza
con la muerte de mi madre...* Cualquiera de las dos cosas haría que Tess
se sintiera mejor. Le angustia haber dejado un asunto pendiente, de
que hayamos venido ocho mujeres y sólo siete hayan contado su historia. Así que sería un gesto de bondad por mi parte ofrecerle algo, cualquier cosa, una serie de palabras que le permita tachar mi nombre de
la lista.

—El sacerdote que nos ha bendecido hoy —le digo por fin— lo ha
hecho de maravilla. Y mientras estaba dándonos la comunión...

—¿La comunión? —me interrumpe sorprendida—. Eso no forma
parte de la bendición.

Una pequeña bonificación que conceden a los moribundos, pienso yo,
pero no es eso lo que digo en voz alta.

—No sé cuál es la ceremonia tipo. Sólo sé que nos la ofreció y acep-
tamos.

Tess arruga el ceño, intentando comprender aquella irregularidad.

—No sabía que fuerais cristianas practicantes.

Suena una campana de la catedral. Un solo tañido, y Tess y yo miramos el reloj de la mesilla de noche: son las seis y cuarto.

—Suena muy fuerte, ¿verdad? —pregunta—. A veces no sé por qué nos alojamos aquí, a pesar de las vistas. Se oye ese campanazo cada cuarto de hora y a medianoche, claro, se despierta todo el hotel. Suena como si los ángeles del cielo nos hubieran declarado la guerra de repente.

—A mí me parece magia —confieso, volviéndome en la cama para mirar hacia la ventana—. Todo en ella. Valerie empleó esa palabra hoy, en la capilla de Becket, y al principio temí que ofendiera al cura. Pero ahora que lo he consultado con la almohada, me doy cuenta de que es el término preciso. Puede que todos los sitios sean mágicos si te paras a prestar atención. Quiero decir que fíjate en cuántos milagros hemos presenciado por el camino. Están por todas partes, hasta en el modo en que el lúpulo se convierte en cerveza…

Pero Tess sigue con el ceño fruncido, la cabeza ladeada y los brazos cruzados sobre el pecho. Parece un monarca enterrado. Ha venido esperando que dijera algo, pero no esto, eso está claro. Lo intento otra vez.

—Mi viaje no está incompleto —le digo—. He tenido que llegar hasta el final para percatarme de que lo que cuenta no es la meta. Porque el truco no está en ser capaz de reconocer la santidad de Canterbury. Porque… Fíjate. Prácticamente está ahí, en la ventana, gritando: ¡Despierta, mujer. Sal de la cama. Soy sagrada! El verdadero truco está en ver la santidad de todo. De todo en cada paso del camino, de todo este mundo roto y desolado. Lo entiendes, ¿verdad? Tú tienes que entenderlo. Por eso haces de guía en estos viajes.

Ella vacila. Se siente más cómoda formulando preguntas que respondiendo a ellas.

—No estoy del todo segura de por qué me apunté a El Ancho Mundo —admite—. Me gusta conocer a las mujeres que vienen, claro, y así gano algún dinero extra durante las semanas de vacaciones en la universidad.

—Venga ya, no puede ser sólo eso. Dudo de que te paguen tanto.

—Tienes razón —contesta mirando por la ventana—. El sueldo es una miseria y, sin embargo, sigo apuntándome. ¿Cuántas veces he estado ya aquí? ¿Veinte o treinta? Más, seguramente. Siempre imagino que este viaje será diferente. Vosotros los americanos lo llamaríais «El Viaje», con mayúsculas. La catedral es una maravilla arquitectónica, claro. Eso no lo discuto. Y su significación histórica es muy profunda…

Su voz se apaga. Así que aquí lo tenemos. El cuento de Tess, el más corto de todos y en cierto sentido el más conmovedor: sirve de guía hacia un destino que ella misma no puede alcanzar. Pero se sacude este momento de debilidad como un perro se sacude la lluvia y pregunta de nuevo:

—Pero ¿estás satisfecha? ¿Has encontrado lo que esperabas encontrar aquí?

En realidad sería más exacto decir que he perdido lo que esperaba perder, pero no tiene sentido decírselo. Sólo conseguiría volver a desconcertarla, así que asiento vigorosamente con la cabeza y sonrío.

—Cuando estaba en la capilla me he hecho una promesa: que a partir de mañana voy a dar un par de pasos hacia Canterbury todos los días, da igual en qué lugar del mundo esté.

—Vaya, eso es maravilloso —dice Tess—. Muy, muy bueno. ¿Te importa que escriba esa última parte, eso de caminar hacia Canterbury todos los días? Puede que quieran incluirlo en la página web de la agencia.

—Por mí encantada.

Hace un último y desganado intento de convencerme de que vaya a cenar con ellas, pero cuando rehúso por tercera vez me deja en paz. Le digo que lo único que quiero es pedir que me suban la cena, meterme en la bañera y acostarme temprano. Y es cierto, hasta cierto punto. Me atrae la simetría: no estuve con ellas la primera noche de la peregrinación y tampoco voy a estar la última.

Se para en la puerta y mira atrás.

—¿Y tu madre?

—Se ha ido.

Asiente con la cabeza.

—Bien. Por lo menos hemos conseguido acabar una cosa como es debido.

Cuando se marcha Tess, hago exactamente lo que le he dicho. Pido una pizza de champiñones y una lata de Coca-Cola *light*, y disfruto de la ingesta de carbonatos como una drogadicta. Pongo en la bañera unas deliciosas sales con olor a jengibre y después de bañarme me voy derecha a la cama, vestida con el albornoz del hotel. El sol se ha puesto mientras estaba en el cuarto de baño y la catedral impresiona especialmente de noche, iluminada desde abajo con una luz dorada que se proyecta hacia arriba como el agua de una fuente, creando extrañas sombras sobre la fachada del edificio. Mordisqueo los restos de la corteza de la pizza y me pongo a pensar que seguramente nunca volveré a cenar con unas vistas así, al menos apoyada en una almohada.

Pero todavía no son las ocho. Si me voy a dormir ahora, después de pasar media tarde en la cama, me despertaré a las tres de la mañana y eso no es bueno. Mañana va a ser un día infernal: la despedida al rayar el alba, el tren a Londres, cruzar la ciudad a todo correr para pasarme por el George por si acaso alguien ha devuelto mi teléfono, y luego seis horas en un avión de regreso a Estados Unidos. Ir a buscar a *Freddy* a su perrera y empezar la larga tarea de poner en orden mi vida posterior a Ned. Me agota sólo pensarlo. Si no duermo bien hoy, estoy acabada.

Así que decido levantarme y dar unas vueltas alrededor de la catedral, para obligarme a estar despierta al menos hasta las diez. Cuanto más tiempo paso aquí tumbada, más curiosidad siento por ver cómo es la catedral de noche. Dicen que la puerta principal se cierra a las siete, así que las únicas personas que quedan en el recinto de la catedral son los fieles que salen del oficio de vísperas y los huéspedes del hotel. Incluso rodear el perímetro del edificio sería un buen paseo ¿y cuándo volveré a pasar por aquí, si es que vuelvo alguna vez? Además, esta mañana fui a la catedral por Diana, para cumplir mi última promesa. Aún no he ido por mí.

Sólo me queda una muda de ropa completamente limpia, apartada para el vuelo de regreso, así que saco de la maleta un jersey que huele un poco y unos vaqueros y cojo las botas de Valerie. El solo hecho de mirarlas hace que me sienta culpable. Si ella ha podido reunir fuerzas para ir a la última cena, yo también debería haber podido. Buscar el Deeson's y reunirme con las demás al menos para tomar una copa. Para felicitar a la ganadora. Lo haré, y luego daré mi paseo nocturno alrededor de la catedral.

Camino por el ancho pasillo enmoquetado, paso el vestíbulo, donde se está registrando un grupo de ejecutivos que viene a una conferencia, cruzo el jardín bien cuidado y salgo por la entrada principal, que me lleva a la ciudad. Tess ha dicho que el restaurante estaba en Sun Street, una calle en la que me he fijado hoy al venir, y siempre puedo pedir indicaciones si las necesito. Hay más gente en la calle que esta mañana, grupos de estudiantes universitarios y turistas haciendo fotos. Un joven reparte folletos para un *tour* en barco por la ciudad a la mañana siguiente. Cojo uno.

Debería quedarme más, pienso. *Debería haberme tomado otro día de vacaciones, haber aprovechado para disfrutar un poco de Canterbury ahora que por fin estoy aquí. Quizá me gustaría hacer una travesía en barca por el Stour, ese riachuelo tan romántico, aunque su nombre lo sea tan poco.* Pero tengo reservado un vuelo a las doce del mediodía para regresar a Estados Unidos. Por lo menos eso es lo que creo que decía mi teléfono, así que no tengo más remedio que presentarme con el pasaporte y mis absurdas explicaciones y confiar en que me dejen subir al avión.

No me cuesta encontrar el Deeson's, que ocupa gran parte de la fachada de un edificio. Hace una buena noche y el patio es precioso, con barriles llenos de lo que parecen ser hierbas aromáticas creciendo entre las mesas de pizarra lisa. No hay nadie fumando. Encuentro a mis amigas dentro, sentadas casi como en nuestra primera comida en el George. Con un cambio notable. Becca está ahora junto a Jean. Sonríen y saludan con la mano al verme entrar en el restaurante, menos Tess, que gime:

—Ay, Dios, ya hemos pedido.

—Y yo ya he comido —le digo mientras aparto la única silla vacía—. Sólo he venido a tomar una copa de vino.

Mientras venía hacia aquí, he decidido comprar una botella para la cena, no un vino pasable, sino uno realmente bueno, un regalo de despedida para nuestra última noche juntas. La carta de vinos viene en una gruesa funda de cuero: página tras página de variedades cuidadosamente escogidas, y mi larga conversación con el sumiller (un verdadero sumiller, porque de algún modo nos las hemos arreglado para volver a 2015) divierte claramente a mis compañeras. Me decanto por un Châteauneuf-du-Pape y pregunto:

—Bueno, ¿quién ha ganado?

—Tess no quiere decírnoslo —responde Steffi.

—Sólo porque no lo he decidido —contesta ella—. Quiero saber qué pensáis vosotras.

—Yo diría que Jean —opina Angelique mientras vierte con cuidado el aceite de oliva y luego el vinagre balsámico, dibujando una flor sobre su ancho plato blanco.

Moja un trozo de pan en el corazón de la margarita, como una niña jugando con su comida. Desde que ha llegado a Canterbury, ha recuperado su cara de siempre y se la ha pintado con esmero. Si me hubiera cruzado con ella por la calle, no sé si la habría reconocido.

—Yo estaría de acuerdo —contesta Jean riendo— si no fuera porque he contado el doble de cuentos que vosotras. Vosotras dos os lo perdisteis —añade volviéndose hacia mí y luego hacia Valerie—, pero ayer por la tarde me sinceré. Becca tenía razón en lo que dijo durante la comida, justo antes del atropello… ¿Recordáis de qué estábamos hablando? Hubo tanto lío en la calle, pasó todo tan de repente…

—Yo me acuerdo muy bien —dice Valerie, sin sorprender a nadie.

Yo soy la esnob, ella es la metepatas, Becca es la enfurruñada, Angelique lleva suficiente maquillaje para diez mujeres, Tess se angustia con los detalles, Claire salta de cama en cama, Jean extiende grandes cheques, Silvia entorna los ojos para mirar y Steffi es una obsesa de la comida. Y está bien, porque así somos nosotras. De hecho, está mejor que bien: es perfecto. Esta noche tiene una atmósfera de perfección. Está aquí, delante de nosotras, redonda y completa como un huevo sin romper.

—Justo antes de que atropellaran al niño de la bici —comentaba Valerie—, Becca estaba diciendo que en realidad a su padre lo mataron durante una transacción de drogas. Cuando gritaste, al principio pensé que era por eso.

Jean asiente.

—Exacto. Mi primer cuento era mentira de principio a fin. Ayer por la tarde reuní por fin el valor necesario para contar cómo fue en realidad vivir en una urbanización de lujo con tres niños mientras intentaba ocultar que mi marido era drogadicto. Resumiendo, Allen empezó consumiendo drogas legales, como imagino que suelen empezar estas cosas. Analgésicos con receta y cosas así, pero cuando tuvo ocasión de ir a Centroamérica… —Se encoge de hombros—. Me daba miedo que hubiera aceptado el trabajo sólo para conseguir drogas más fácilmente, por eso me empeñé en que fuéramos todos. Y una vez allí soborné a Antonio, nuestro chófer, para que lo vigilara, pero resulta que Allen también lo estaba sobornando para que me ocultara la verdad, y dado que él le pagaba más…

Ahora todo tiene sentido. Su deseo frenético de sostener el espejismo de la familia ideal. Las salidas nocturnas de Allen por los barrios más sórdidos de una ciudad sórdida de por sí, el tiroteo, el cadáver cayendo al agua. Jean ha interrumpido su historia porque han llegado los entrantes. Son lindos y delicados: torrecitas de vieiras y ensaladas con forma de abanico, y el vino también está aquí, suspendido sobre mi hombro, aguardando mi gesto de asentimiento.

Así que asiento, el sumiller sirve, agito levemente el vino en la copa, olfateo y cato. Es profundo y sutil. Justamente lo que quería, y lo que quiero ofrecer a las otras. También nos reparten copas (de borde fino y culo ancho, copas como es debido para un buen vino), pero me fijo en que muchas de las mujeres han pedido entrantes de marisco y me pregunto si no debería haber pedido también un blanco. Es igual. Nada es perfecto. Y esto se le aproxima bastante.

Becca, de hecho, sonríe de oreja a oreja y recorre el lujoso restaurante con la mirada, satisfecha, antes de llevarse la copa a los labios.

—Canterbury es alucinante —le dice a Tess—. ¿Es difícil entrar en esta universidad?

—Hay varias facultades y varias escuelas universitarias —responde ella—, algunas más exigentes que otras.

—Ha sacado una nota muy alta en los exámenes de acceso a la universidad —afirma Jean con orgullo—. Y es la número dos en una promoción de quinientos alumnos.

Otra sorpresa, pero ¿por qué no iba a ser lista Becca? Nos ha aguantado maravillosamente bien durante el viaje teniendo en cuenta su edad. De pronto me doy cuenta de que he me precipitado al encasillarlas a todas. Mis trucos nemotécnicos no consiguen abarcarlas. Todas ellas acarrean muchas historias.

—Inglaterra tiene sus propias pruebas de acceso —expone Tess—, que son completamente distintas a las de Estados Unidos, pero si de verdad estás interesada podría informarte un poco.

—Fijaos en esto —habla Steffi inclinando su plato de ensalada—. Alcachofas, espinacas, pimientos rojos y amarillos… Fitonutrientes. Antioxidantes. Fibra. Estoy en el paraíso.

—Deberíamos quedarnos un día más —se lamenta Claire—. Es un pueblecito tan encantador… ¿Por qué no pensamos antes en quedarnos un día más?

—Hacen travesías por el río —comento.

—Travesías por el río —repite lentamente—. ¿Y qué se ve?

—Sobre todo el río, me temo —contesta Tess riendo—. Pero supongo que puede ser romántico si te gustan los ríos. Es el mismo que cruzamos hace un par de días, en un tramo mucho más estrecho. El Stour. Un riachuelo bastante bonito. Su curso es muy corto.

—Ay, Dios —exclama Jean—. Parece que he perdido la servilleta.

—No te muevas, mamá —le indica Becca, y se gira para estirar el brazo debajo de la mesa—. Ya la cojo yo.

—Sin quitarle mérito a Jean —dice Steffi—, a mí el cuento de Angelique sobre Psique también me parece muy atractivo. Y el de Valerie, con la historia de sir Gawain. ¿Qué quieren las mujeres? Puede que ésa sea la pregunta más potente de todas, ¿no os parece?

Silvia asiente con la cabeza.

—Yo estaba a punto de decir lo mismo. Es una pregunta que me ha obsesionado estos últimos dos días. En mi opinión, es Valerie quien debería llevarse la cena gratis.

—Eso, eso —conviene Claire, levantando la copa para hacer un brindis, pero Valerie ya está meneando la cabeza.

—No voy a aceptar —afirma—, porque yo soy la única que se escaqueó del reto. Todas habéis contado la verdad sobre vuestras vidas, más o menos, excepto Che…

—Oye —protesto—, que yo sangré.

—Sí, tú sangraste —reconoce Valerie—, por todas partes, así que estás disculpada. Pero yo me limité a repetir un cuento que leí en un libro, así que no merezco ganar. No, estando con mujeres que…

—Entonces cuéntanos algo que sea verdad —propone Jean—. Sobre ti. Ahora mismo.

—Sí —dice Angelique, pinchando una violeta escarchada con el tenedor y metiéndosela en la boca—. En tu historia preguntabas qué quieren las mujeres, así que dinos qué quieres tú.

Me recuesto en la silla. Recorro lenta y sistemáticamente la mesa con la mirada y mis ojos van a posarse en Becca. Está observando a los otros jóvenes del local, estudiantes universitarios enamorados, y sigue sonriendo como una niña que ha vislumbrado su futuro y le gusta lo que ve. Cuando Jean la roza con el hombro, no se aparta dando un respingo. Algo ha cambiado entre ellas, algo tan pequeño como que a la madre se le caiga la servilleta y la hija se agache a recogerla. O quizá sea algo enorme, no sé. No soy tan tonta como para creer que la confesión de Jean ha restañado todas las heridas. Volverán a pelearse, seguramente muy pronto y con saña, pero por ahora han alcanzado un nuevo equilibrio.

También soy consciente de que estoy conteniendo la respiración, a la espera de lo que diga Valerie. Claire sigue con la copa levantada. Angelique se quita un pétalo del labio. Silvia ha juntado las manos como la Mona Lisa.

—Lo que quiero —anuncia Valerie— es mil noches más como ésta.

—Exacto —la secunda Claire, y Steffi entrechoca su copa con la suya.

La conversación vuelve a fluir, una mujer le confía algo a la que tiene sentada al lado, se dejan sentir las sutiles vibraciones del compañerismo y yo me acuerdo de un programa de actualidad que vi una vez en Estados Unidos. Estaban entrevistando al negociador más eficaz del Departamento de Policía de Nueva York y le preguntaron cómo lo hacía. Cómo conseguía que un secuestrador liberara a sus rehenes, que un suicida se bajara de la cornisa, que un terrorista revelara el lugar donde había colocado una bomba. Y él contestó que empezaba todas las negociaciones de la misma manera, diciéndole a la otra persona: «Cuéntame tu historia», porque todos queremos contar nuestra historia, todos nosotros, desde los delincuentes a los sacerdotes. Es quizá nuestra necesidad más profunda: hablar y escuchar, aunque no siempre sepamos qué significa el relato. Sabemos de algún modo que el solo hecho de narrar puede contener magia suficiente para traernos aquí, a este lugar sagrado, a este círculo de amigas, a este final feliz.

Los camareros recorren la mesa retirando los platos de los entrantes y haciendo sitio para el siguiente manjar. Yo miro hacia la puerta. Debería irme.

Pero primero apuro mi copa. Miro a Valerie, que está sentada al final de la mesa.

—Este vino —digo, y tengo que alzar la voz para hacerme oír por encima de la cháchara de las otras—. ¿Qué te parece?

—Me parece que está bueno —responde—. De hecho, creo que es una de las cosas más ricas que he probado en mucho tiempo. Gracias.

Las puertas de la catedral están cerradas. Cerradas de verdad, con una cadena antigua y un candado metido entre barras de hierro. Vuelvo al hotel, saludo al recepcionista con una inclinación de cabeza y recorro otro pasillo, el que lleva al jardín de la catedral. La puerta se cierra con un chasquido detrás de mí cuando salgo, y un instante después suena un zumbido suave y amenazador, como esos que se oyen en las películas de prisiones. Me han dicho que con la llave de mi habitación podré volver a entrar en el hotel, y la pruebo para asegurarme. Funciona, pero aun así estoy nerviosa. Está muy oscuro aquí, del lado de la catedral, y la transición del mundo moderno al medieval es demasiado brusca. Doy un par de pasos indecisos alejándome del hotel y me sobresalto cuando mi pie deja la acera lisa y se hunde en la grava. No es sólo que esté oscuro, es que está muy oscuro, con todas las luces de ambiente atenuadas para hacer que la catedral brille aún más. Cuando las campanas dan las nueve, me recorre un escalofrío de la cabeza a los pies y viceversa, como si mi columna vertebral se hubiera convertido en un pararrayos.

Pero he venido aquí a caminar, así que tengo que hacerlo. Empiezo resueltamente, en dirección contraria a la que hemos tomado Valerie y yo esta tarde, y no se oye ningún ruido salvo el crujido constante de mis botas en la grava y la leve reverberación de las campanas. *Qué ridícula soy*, me digo. *No estoy sola aquí. El recinto de la catedral nunca está vacío. Matthew nos lo ha dicho hoy. Hay literalmente cientos de empleados y voluntarios, docenas de misas a la semana, un batallón de limpiadores, entre ellos uno admirable que se dedica todo el santo día a limpiar las vidrieras, semana tras semana, moviéndose en una órbita infinita alrededor de la catedral. Seguro que algunas de esas personas están a sólo unos pasos de aquí.*

Eso es lo que me digo, lo que pienso, pero la verdad es que tengo la sensación de que todo está desierto. Vacío y oscuro.

Y entonces lo veo. Un hombre solo, caminando hacia mí.

Bueno, vale, quizá no hacia mí. Eso sería demasiado dramático. Seguramente está haciendo lo mismo que yo, cediendo al impulso de dar un paseo nocturno alrededor de la catedral, y sólo por casualidad viene hacia mí. No le veo la cara, pero la silueta de su cuerpo parece bastante corriente. Es muy probable que sea uno de los ejecutivos que se alojan en el hotel, o bien otro turista. Lleva las manos en los bolsillos… ¿Estará buscando una pistola? Pero no, claro que no, eso es una locura. Estamos en Inglaterra. En todo caso estaría buscando una navaja. Pero no, eso también es una locura, no violan a nadie en los terrenos de la catedral de Canterbury, y es simple casualidad que sólo estemos él y yo aquí fuera, en la oscuridad, simple coincidencia que, por más que mire en todas direcciones, no vea ni oiga a nadie más. Para eso pagamos el hotel, a fin de cuentas, para tener esta sensación de aislamiento e intimidad. Y no me las he ingeniado para tropezarme con un asesino, aquí, en medio de la sagrada quietud de Canterbury, aunque, a decir verdad, este sitio no tiene precisamente un historial delictivo impoluto, ¿verdad?

Ahora tengo dos opciones. Puedo dar media vuelta y volver al hotel, pero eso supondría que el hombre y yo caminaríamos en la misma dirección un trecho largo, y que yo seguiría asustada pensando que quizá me alcance y me ataque por detrás. Así que quizá sea preferible cruzarme con él cara a cara, como estoy a punto de hacer, porque todo esto es una tontería. En realidad, este hombre no tiene nada de temible. Me he dejado llevar por mi imaginación y por los acontecimientos de estos últimos dos días, y me he convencido de que se va a producir un portento a cada instante. Ya estamos más cerca. A menos de veinte pasos, y miro fijamente hacia él, hacia las sombras.

—Ahí estás —dice.

Aquí estoy.

—Qué suerte, ¿verdad? —pregunta—. Una suerte increíble, haberte encontrado así, la primera vez que salgo a dar un paseo.

Se acerca a mí y por primera vez le veo la cara. Un rayo de luz rebota en algo, brilla a través del rostro de cristal de algún santo, o puede que en alguna parte alguien haya abierto una puerta. El caso es que una franja de luz cruza el camino de grava y entonces veo al hombre de Londres, el del George, el hombre del pelo casi cortado al cero. Se mete la mano en el bolsillo y saca mi teléfono.

—Imagino que has estado buscando esto.

Es un gesto muy noble, traerme el teléfono a Canterbury sólo para devolvérmelo en persona.

O eso le digo cuando nos sentamos en un banco de cara a la catedral. Me recuerda que de Londres salen trenes cada hora con destino a Canterbury.

—Es verdad —le digo—. Se puede venir en un momento y luego regresar. Tú mismo me lo dijiste.

Y entonces me cuenta el resto de la historia: que estaba pagando la cuenta cuando vio que me había dejado el teléfono, pero que para entonces ya nos habíamos marchado. Que su intención era dárselo al barman, pero que algo lo detuvo. La mayoría de los que trabajan allí son críos, dice, chavales a los que les encantaría tener un iPhone. No fue muy difícil hacer de detective. Tocó el teléfono y enseguida apareció la foto de *Freddy*, y entonces se acordó de la edad que le había dicho que tenía y del nombre de mi perro. Era muy probable que mi contraseña mezclara mi año de nacimiento y el nombre de mi mascota. La gente es así de predecible. Utilizamos una y otra vez los mismos datos entresacados de aquí y allá para identificarnos, y cualquier código fácil de recordar es igualmente fácil de descifrar. Así fue como se enteró de mi itinerario. No sólo sabía que acabaría en Canterbury, sino también en qué hotel iba a hospedarme y la fecha de mi llegada.

—Podrías haber mandado el teléfono al hotel —le digo.

—Sí —contesta—. Podría. Lo pensé.

Pero cuando unos días después volvió al George a comer, el barman le dijo que yo había vuelto y que me puse, en palabras del chico, «bastante histérica» cuando descubrí que había perdido el teléfono.

—En ese momento me di cuenta de que la había cagado —confiesa—. Debería haber dejado el teléfono en el restaurante el primer día, o haber intentado mandártelo por mensajero a alguna parada de tu ruta. Pero decidí que lo menos arriesgado era…

Se interrumpe, mira el teléfono que tengo en la mano. Todavía no lo he encendido. No sé qué ha hecho exactamente, pero no es lo menos arriesgado. Al venir aquí nos ha sumido a los dos en la incertidumbre, y esa idea resulta al mismo tiempo extraña y estimulante.

—Así fue como decidí traértelo en persona —continúa—. Sé que significa mucho para ti.

Trago saliva sin saber qué responder. Si ha entrado en mi cuenta de correo electrónico para ver el itinerario, seguramente habrá visto mi vida entera. No sólo adónde iba sino el porqué, y con quién, y quién ha intentado contactar conmigo y quién no. Tengo la impresión de que ahora lo sabe todo sobre mí, no sólo el nombre de mi perro y mi fecha de nacimiento, sino todos mis secretillos y mis ilusiones, encerrados dentro de la cámara acorazada de mi teléfono. Se pellizca el labio inferior con el pulgar y el índice, tira un poco de él. Hizo ese mismo gesto hace seis días, en el George. Ahora me acuerdo. Es lo que hace cuando está nervioso. Duda tanto de mí como yo de él.

—¿Cómo te llamas? —pregunto—. Tú sabes muchas cosas de mí, y yo ni siquiera sé tu nombre.

—Dylan.

—¿Dylan?

—Por Bob. Bob Dylan, el cantautor estadounidense. Mis padres eran unos hippies de campeonato. Tan hippies que acabaron convirtiendo a su hijo pequeño en contable. Me empujaron al mundo de los números y los libros de cuentas para que algo tuviera algún sentido. Pero supongo que podría haber sido peor. Mis hermanos se llaman Arlo y Seeger. ¿Por qué te ríes así? Crees que soy tonto por haber venido, ¿verdad?

—Espera un momento —le digo—. Enseguida vuelvo.

Corro y me alejo por el camino. Busco un entrante en la pared, me meto bajo una ventana. Espero a que mi madre meta baza, como hace siempre. A que me suelte una de sus consabidas charlas. *Che*, diría, *hay veces en que una tiene que asumir cierto riesgo. Y no se trata de un riesgo cualquiera, cielo. Éste tienes que asumirlo.*

Pero Diana guarda silencio. Se ha ido a algún sitio, distraída por alguna de sus cositas brillantes. Pulso el teléfono. Dylan lo ha cargado. La pantalla se enciende enseguida, tan brillante como Canterbury. El pequeño micrófono morado se pone firme. Me quedo mirándolo un momento, luego lo apago y vuelvo hacia el banco en sombras donde Dylan sigue esperando.

—¿Va todo bien? —dice.

—No creo que seas tonto por haber venido —respondo al sentarme a su lado—. De hecho, me alegro de que me hayas traído el teléfono. Ha sido un gesto muy noble, pero a veces uno tiene que hacer un gesto noble.

—He estado mirando la catedral —expone él—. ¿Cómo es por dentro?

—Grande.

—Nunca había estado aquí. Sí, ya lo sé, es una locura siendo de Londres.

—Quizá deberías quedarte hasta mañana. Tomarte unas vacaciones.

—Pero ¿tú vas a volver a Estados Unidos? —pregunta—. ¿El domingo a mediodía? ¿No es eso? Sé que tienes que volver por cuestiones de agenda.

Aplasto con las punteras de los pies los guijarros de debajo del banco y dejo que se levante el polvo. Las botas de Valerie van a necesitar otra limpieza.

—No estoy segura —digo—. No estoy del todo segura de qué voy a hacer. He oído decir que esta ciudad tiene río.

—Eso creo, sí —contesta con cautela, sin apartar los ojos del resplandor de la catedral—. Puede que haya visto en algún cartel que se alquilan barcas.

—Por lo visto no es un río muy grande.

Se pellizca el labio.

—Seguramente no. Pero sólo hay un modo de averiguarlo.

Y así seguimos sentados, Dylan y yo, hombro con hombro, levantando la vista hacia Canterbury. Pasan un par de minutos. Y luego un par más. A las nueve y cuarto sonará una sola campanada. Pero por ahora el silencio está bien.

Agradecimientos

Para documentarme antes de escribir este libro recorrí a pie el Camino de Canterbury, una empresa que habría resultado imposible sin la guía (literal) de Jane Martin, el cerebro que se oculta detrás de Tours of the Realm. Jane, que organiza y sirve de guía en viajes privados basados únicamente en los intereses del viajero, me ayudó a prestar autenticidad y realismo al periplo de Che.

También le estoy profundamente agradecida a mi agente, Stephanie Cabot, de Gernert Company, y a mi editora, Karen Kosztolnyik, de Gallery Books. *Las chicas de Canterbury* no habría sido posible sin su lealtad, su apoyo y su consejo.

Gracias a todo el equipo de Gallery, empezando por quienes manejan el timón: el director editorial, Jen Bergstrom, la presidenta, Louise Burke, y la subdirectora editorial, Michele Martin. El departamento de publicidad no podría haber sido más amable y eficiente, sobre todo la directora, Jennifer Robinson, y el publicista Jules Horbachevsky. Gracias en especial a la gente de márketing: la directora, Liz Psaltis, la encargada, Melanie Mitzman, y la encargada de márketing *online*, Diana Velasquez. Gracias a Becky Prager, la asistente editorial de Karen, que responde a todas las preguntas. Y, dentro de Gernert, gracias a Anna Worrall, que da unos consejos estupendos a los autores, y sobre todo a Ellen Goodson, que manda los cheques.

ECOSISTEMA DIGITAL

NUESTRO PUNTO DE ENCUENTRO

www.edicionesurano.com

2 AMABOOK
Disfruta de tu rincón de lectura
y accede a todas nuestras **novedades**
en modo compra.
www.amabook.com

3 SUSCRIBOOKS
El límite lo pones tú,
lectura sin freno,
en modo suscripción.
www.suscribooks.com

DISFRUTA DE 1 MES
DE LECTURA GRATIS

AB

SB
suscribooks

quiero**leer**

1 REDES SOCIALES:
Amplio abanico
de redes para que
participes activamente.

4 QUIERO LEER
Una App que te
permitirá leer e
**interactuar con
otros lectores**.

 iOS